초능력 정신과의원

영혼의 에너지가 만들어내는 변화,
그것이 초능력입니다.

달아실한국소설
17

초능력 정신과의원

성희연
장편소설

|차례|

나를 찾아줘

이진환
정신건강의학과 전문의

"우리는 진품으로 태어나 복제품으로 죽는다."라는 카를 융의 말을 처음 접한다면, 가슴이 서늘해질지도 모른다. 하지만 우리는 경험적으로 이 말이 사실임을 안다.

어렸을 적 꿈 많았던, 생동하는 '나'는 지금 어디에 있나. 우리를 옭아맨 거미줄들은 너무나도 많다. 어릴 때부터 귀에 못이 박히게 들어온 많은 소리들이 우리를 붙들어 맨다. "공부해야 성공한다."와 같은 참인지 거짓인지 알 수 없지만 참인 명제가 돼버린 말들 말이다. 우리도 모르게 우리 삶의 기준이 되어버린 수많은 말. 말. 말들에 짓눌려 있는 사람이라면 단숨에 소설에 빠져들 것이다.

이 소설이 궁극적으로 말하고자 하는 바는 한 인간의 "삶의 주체성 회복"에 관한 것이다. 작가는 "삶의 주체성 회복"을 위해 환상과 운명이란 다소 낯선 소재로 이야기를 풀어간다. 얼핏 듣기에 뜬구름 잡는 소리처럼 들리는 환상과 운명. 하지만 저자는 이것이 삶의 피상성을 타파할 수 있는 강력한 삶의 해독제가 될 수 있음을 흥미로운 이야기들로 풀어나간다.

내가 내 삶의 주인이 되는, 수처작주(隨處作主)의 삶을 살 수 있는 길은 어디에 있을까? 작가는 나름의 답을 제시한다. 치열한 고민의 흔적이 소설 곳곳에서 드러난다. 때문에 이것은 소설일 뿐 아니라 한 인간의 치열한 분투로도 읽힌다. 단언컨대 독자는 이 분투를 공감하게 될 것이다. 아니, 함께 분투하게 될 것이다. 왜냐하면 이 분투는 소설 속 주인공 한지수의 분투일 뿐 아니라 현실을 살아가는 우리 모두의 분투이기도 하기 때문이다.

이 소설을 분류하자면 '성인 성장 소설'이 될 것 같다. 청소년만 성장하는 것이 아니다. 우리는 언제나 발견하고, 배우고, 성장할 수 있다. 어쩌면 우리가 밖을 향해 찾고 있는 그 무언가가 사실은 지금 우리 안에 깊게 잠들어 있는지도 모른다. 한지수와 함께 그 깊은 잠을 깨우는 여행을 떠나 보자. 여행은 반드시 공간적인 거리를 이동할 필요는 없다. 책장을 넘김으로써도 가능하다. 한지수와의 여행에서 돌아오면, 아마도 당신은 당신만의 여행을 시작하게 될 것이다.

초능력 정신과의원……

똑똑.

"네, 들어오세요."

나는 원장님과 다시 마주앉았다. 우연히 이곳을 찾게 된 지 일주일 만이다.

"자… 무슨 얘기부터 나눠볼까요?"

지금부터 나에게 주어진 시간은 50분, 50분 동안 무슨 이야기든 해야 한다. 돈이 아깝지 않으려면 말이다. 내가 지금 앉아 있는 곳은 이야기를 하고 돈을 지불하는 곳, 바로 정신과다. 지난주, 황당한 동의서까지 쓰고 이곳을 다시 찾았건만 어찌 된 일인지 내 입은 떨어지지 않았다.

"편하게, 떠오르는 대로 얘기하면 됩니다."

나의 침묵이 계속되자 그가 말했다. 그건 나도 이미 잘 알고 있는 사실이었다. 문제는, 좀처럼 입이 떨어지지 않는다는 것이었다. 정신과 원장님도 인간이지 않은가? 어떻게 똑같은 인간 앞에서 마치 신에게 고해성사하듯 털어놓을 수 있단 말인가? 물론 고해성사라고 하진 않았지만 말이다. 정신과 의사 앞에서 눈물까지 뚝뚝 흘리며 모든 것을 털어놓는 사람은 정말 순진한 사람이다. 제아무리 전문가라고 해도 타인의 영혼에 대해 무엇을, 어디까지 이해할 수 있단 말인가? 그냥 같은 인간일 뿐인데 말이다. 오늘은 첫 번째 상담 시간이다. 나는 누구와도 나눌 수 있는 심플한 이야기를 꺼낼 것이고 원장님은 그저 고개를 끄덕거리며 듣고 있겠지? 아마도 말이다.

이토록 냉소적인 내가 이곳을 찾게 된 건 정말 우연이었다. 일주일 전, 나는 폭발하기 일보 직전의 상태였다. 머릿속은 갖가지 생각이 뒤엉켜 터져나갈 듯했고 몸은 물에 젖은 솜처럼 무거웠다. 회사원이란 이름표를 단 지 6개월, 하루하루를 힘겹게 버티고 있었다. 지난주 토요일, 어디로든 훌쩍 떠나버릴 생각에 아침 일찍 집을 나섰다. 마침 택시 한 대가 기다렸다는 듯 집 앞에 서 있었고 나는 그 택시를 탔다.

"기사님, 버스터미널로 가주세요."

"어느 버스터미널 말씀이신가요?"

"아, 대한버스터미널로 가주세요."

시간이 얼마쯤 지났을까? 깜빡 잠이 들었던 나는 기사님 목소리에 잠에서 깼다.

"도착했습니다."

"여기 요금이요. 감사합니다."

목적지에 도착했다고 생각한 나는 비몽사몽간에 요금을 지불하고 택시에서 내렸다. 그런데 내리고 보니 뭔가가 이상했다. 버스터미널이라고 하기엔 너무 고요했다. 건물이라곤 아무것도 보이지 않은 그곳은 마치 외딴섬 같았다. 유일하게 보이는 것이라곤 내 발 아래,

길 하나뿐이었다.

'여기 버스터미널 맞아?'

나는 주위를 두리번거렸다.

'아니, 이런 곳에 사람을 내려주고 가면 어떡해?'

치밀어 오르는 짜증을 애써 삼키며 길을 따라 걷기 시작했다. 길을 알려줄 친절한 동네 아주머니라도 만나길 기대하면서 말이다. 얼마 정도 걸었을까? 저 멀리 집 한 채가 어렴풋이 보였다. 나는 그 집을 향해 발걸음을 재촉했다. 보이는 것보다 멀리 있던 그 집 앞에 도착했을 때 나는 입이 떡 벌어지고 말았다.

'이 꽃들은 대체 다 뭐야?'

마치 동화 속 비밀의 정원을 현실에 옮겨놓은 듯했다. 형형색색의 아름다운 꽃들이 집 주위를 끝없이 둘러싸고 있었다. 특히 바람이 불 때마다 일렁이는 꽃들의 물결은 팅커 벨이 날아다닌다고 해도 믿어질 만큼 아름다웠다.

"누구 계세요?"

나는 비밀의 정원 한가운데 위치해 있는 집을 향해 크게 외쳤다. 족히 200년은 되어 보이는 낡고 허름한 나무집이었다. 오랜 세월의 흔적이 느껴지는 나무집과 그 집을 둘러싸고 있는 환상적인 꽃들의 물결은 아름다우면서도 기묘하게 느껴졌다. 갑자기 내가 이상한 나라의 앨리스라도 된 듯했다.

"누구 계세요?"

나는 다시 한 번 나무집을 향해 소리쳤다.

"아무도 안 계신…."

끼익.

대답 대신 들려온 것은 굳게 닫혀 있던 문이 겨우 열리는 듯한 소리였다.

'문 열리는 소리 같은데? 다행이다. 안에 사람이 있나 봐.'

하지만 나의 기대와 달리 아무런 인기척도 나지 않았다.

"혹시 잠시 나와주실 수 있나요?"

나는 다시 한 번 불렀다. 하지만 이번에도 대답은 들리지 않았다.

'대체 사람이 있는 거야, 없는 거야?'

주위를 두리번거리던 그때, 미처 보지 못한 키 작은 나무 한 그루가 눈에 들어왔다. 나무는 정원 울타리 바깥쪽에 보일 듯 말 듯 서 있었다. 대수롭지 않게 지나치던 눈길이 멈춰 섰다. 키 작은 나무에는 무엇인가가 걸려 있는 듯했다.

'뭔가 걸려 있는 것 같은데?'

나는 호기심에 가까이 다가갔다. 곧 떨어질 듯 아슬아슬하게 걸려 있던 그것은 팻말이었다. 팻말에 쓰인 글자는 당장이라도 지워질 듯 흐릿해져 있었다.

'초… 능… 력… 초능력, 정… 신… 과… 정신과, 의원?!'

팻말에 적힌 이곳의 정체는 다름 아닌 정신과의원이었다.

'여기가 정신과의원이라고?'

'그런데 초능력? 풉, 무슨 병원 이름이 이래?'

여기에 더하여 보일 듯 말 듯 작게 쓰여 있던 글씨는 나를 더 황당하게 만들었다.

'슈퍼 파워 울트라 절대 가치! 억만금을 줘도 살 수 없는 세 가지를 찾아드립니다.'

'억만금을 줘도 살 수 없는 세 가지를 찾아준다니, 그게 뭐야?'

어느 순간, 나는 이 낡은 나무집이 매우 궁금해졌다. 낯선 기묘함이 강렬한 호기심으로 바뀌었다. 나는 정원 안으로 걸어 들어가 보기로 했다. 도둑고양이처럼 조심스런 발걸음으로 나무집을 향해 걸어 들어갔다. 기분 탓이었을까, 깊은 어딘가로 빠져 들어가는 것만 같았다. 집은 보이는 거리보다 멀리 있었다.

똑똑.

"계세요?"

정원을 지나 나무집 앞에 도착한 나는 조심스레 문을 두드렸다. 알 수 없는 긴장감이 밀려왔다.

"들어오세요."

대답이 바로 들려왔다.

"다름이 아니라 길을 좀 여쭤보려고 하는데요."

그때 살짝 열린 문틈 사이로 강아지 한 마리가 불쑥 얼굴을 내밀었다. 까만 콩 두 알이 콕콕 박힌 듯 새까만 눈망울이 귀여운 강아지였다.

"어머나, 귀여워라."

나는 강아지 코앞으로 손등을 내밀었다. 조심스레 냄새를 맡아보던 강아지는 내 손을 핥기 시작했고 이내 바닥에 벌러덩 드러누웠다.

"너, 내가 낯설지 않니?"

몇 번의 손길로 무장 해제된 강아지가 귀여워 옆에 쪼그려 앉았다. 그리고 드러낸 배를 쓰다듬어주었다. 한동안 이리저리 뒹굴며 놀던 강아지는 기분이 좋은 듯 꼬리를 흔들며 집 안으로 들어갔고 나는 몸을 일으켰다.

"아야!"

발끝부터 찌릿함이 느껴졌다. 한동안 쪼그린 채 앉아 있었더니 쥐가 난 모양이었다. 단단히 난 쥐에 간신히 몸을 일으켰을 때였다.

'어머, 복도가 왜 이렇게 길어?'

내 눈앞에는 긴 복도가 뻗어 있었다. 나무집 내부가 한눈에 들어왔다. 그러고 보니 강아지가 얼굴을 빼꼼히 내밀었던 대문은 활짝 열려 있었고 정원의 흙을 딛고 있던 내 발은 나무집 바닥에 반쯤 걸쳐져 있었다. 대문 밖에 서 있던 나는 나도 모르는 사이 안과 밖의 경계에 서 있었다. 나는 그 자리에 선 채로 집 안을 둘러보기 시작했다. 나무집 내부는 외관과 다를 바 없는 모습이었다. 지나간 세월을 증명하듯 거미줄이 가득한 나무 창틀은 틀어져 있었고, 집을 떠받치고 있는 나무 기둥들은 삭은 흔적이 선명했다.

'이런 곳에 팅커벨의 정원이 있다고 하면 누가 믿을까?'

이곳 저곳을 살펴보던 내 시선이 다시 긴 복도 앞에서 멈췄다. 복도는 아득한 느낌이 들 만큼 길게 뻗어 있었다. 그때였다. 마치 꽃 한 아름을 코앞에 갖다 대기라도 한 듯, 진한 향기가 퍼져 나왔다.

'이게 무슨 향기야?'

무어라 형용할 수 없는 향기였다. 화려한 꽃향기도, 그렇다고 달콤한 과일향도 아니었다. 그것은 단순한 냄새가 아니었다. 뭐랄까? 느낌으로 표현할 수 있는 향기랄까? 깊고 아늑한 고요함이 느껴지는 향기였다. 내가 향기의 정체를 찾는 사이 향기는 더 이상 내 코앞에 머물러 있지 않았다. 향기는 하늘에서 내려오듯 내려 앉아 내 주위를 감싸고 있었다. 아이러니하게도 내 눈앞에는 틀어지고 갉아 먹힌, 낡은 나무집이 있을 뿐이었다. 나는 뭔가에 홀린 사람처럼 긴 복도를 따라 걸어 들어가기 시작했다. 복도 양쪽 벽면에는 창문이 띄엄띄엄 있었고 복도 끝에 다다르자 액자 하나가 걸려 있었다. 그 액자는 이곳의 정체를 말해주고 있었다. 나는 믿을 수 없는 사실을 확인하듯 한 자 한 자 꼼꼼히 읽기 시작했다.

" 의사 면허 108108호, 이름 바달다."

'바달다? 특이한 이름이네?'

'어쨌거나 정말 의사가 있긴 한가 봐.'

액자의 양옆으로는 문이 하나씩 있었다. 하지만 어느 쪽 문에도 팻말 같은 건 걸려 있지 않았다.

'여기에 노크해야 하나, 아니면 반대쪽인가?'

어느 쪽 문을 두드려야 할지 고민하던 나는 오른쪽 문을 두드렸다.

똑똑.

"네, 들어오세요."

대문을 두드렸을 때 "들어오세요."라고 말했던 바로 그 목소리였다. 나는 조심스럽게 문을 열었다.

"길 좀 여쭤볼게요."

내가 문을 열자 창밖을 보고 서 있던 사람이 뒤를 돌아보았다. 아주 평범한 모습이었다. 이곳을 발견한 후 처음 느낀 평범함이었다. 모든 것이 기묘하게 느껴지는 이곳의 주인은 동네 어르신 같은 사람이었다. 한 가지 특이한 점이라면 어르신의 나이가 인상으로 가늠되지 않는다는 것이었다. 희끗희끗한 머리와 옷차림새로 봤을 땐 노년의 어르신임이 분명해 보였지만 얼굴에 감도는 생기는 젊은이처럼 보였다. 게다가 어린아이 눈처럼 맑고 투명한 눈빛은 나를 멈칫하게 만들었다.

"혹시 원장님이신가요?"

"네, 그렇습니다."

"팻말에 초능력 정신과의원이라고 써 있더라고요."

"네, 맞습니다."

"제가 택시를 탔는데 기사님께서 잘못 내려주신 것 같아요. 여기가 어딘가요?"

"아마 잘못 내려주시지 않았을 겁니다."

"네?"

"어쨌든 여기까지 들어오셨으니 차 한 잔 드릴까요?"

"그럼 물 한 잔만 부탁드릴게요. 사실 아까부터 목이 말랐거든요."

"잠깐 앉아 계세요."

원장님이 물을 가지러 간 사이 나는 소파에 앉아 기다렸다. 소파 정면에 보이는 책상 위에는 명패가 놓여 있었다. 그 명패로 미루어 보아 이곳은 진료실인 듯했다. 책상과 의자, 소파와 협탁만이 단출히 놓여 있는 진료실은 작은 서점이라고 해도 과언이 아닐 만큼 책들이 빼곡히 꽂혀 있었다. 진료실을 둘러보던 내 시선이 책상 위의 한 책에서 멈췄다.

철컥.

물을 가지고 들어온 원장님은 소파 앞 협탁에 물잔을 내려놓으며 말했다.

"드세요."

"감사합니다."

나는 물 한 컵을 단숨에 비웠다.

"그런데,『환상과 운명』을 읽고 계신가 봐요?"

내가 책상 위에 놓인 책을 눈길로 가리키며 말했다. 원장님은 별다른 대답 없이 옅은 미소를 지을 뿐이었다.

『환상과 운명』. 그건 나에겐 단순한 책이 아니었다. 몇 년 전 나의 일상을 흔들어놓았던 책이었다.

"참, 여기는 어디예요? 여기서 대한버스터미널로 가려면 어떻게 가야 하는지 아세요?"

"지금 나가면 택시가 있을 겁니다."

"정말요? 조금 전까지만 해도 개미 한 마리 보이지 않더라고요."

사실 버스터미널은 차치하고 나는 이곳이 어디인지 너무 궁금해졌다.

"그런데 이곳은 어디죠? 그러니까 동네 이름 같은 거요."

"이름이랄 게 없군요."

"네? 이름 없는 동네가 있어요? 이름이 없으면 찾을 수가 없잖아요?"

"이곳을 다시 찾고 싶으신가요?"

세 번이나 반복된 질문에 대한 원장님의 대답이었다.

"네?"

"아니요. 아니요. 그런 뜻이 아니라…."

말끝을 흐린 나는 잠시 망설인 뒤 다시 말을 이었다.

"사실 그… 울트라 슈퍼 파워 절대 가치 세 가지가 무엇인지 궁금해요."

"슈퍼 파워! 울트라! 절대 가치입니다."

원장님은 '울트라 슈퍼 파워'와 '슈퍼 파워 울트라'는 다르다는 듯 악센트를 주며 말했다.

"아, 네네. 그거요."

"어떻게 하면 그 세 가지를 알 수 있나요?"

"상담 약속을 하시면 됩니다."

"그럼 전화로 예약하면 되는 건가요?"

원장님은 대답 대신 책상 서랍에서 종이 한 장을 꺼내 펜과 함께 내밀었다.

[동의서]

1. 1회 상담 시간은 50분입니다.

2. 상담 간격은 일주일로 합니다.

3. 진료비는 면담이 종료될 때 일괄 청구됩니다. 진료비를 책정하는 시간 단위는 분이 아닌 초를 기준으로 합니다. 만약 1초라도 저를 더 만난다면 그만큼 금액은 더 늘어나게 됩니다.

4. 당신의 집 주소, 원하는 요일과 시간을 적어주십시오. 시간에 맞춰 택시를 보내드립니다. 이곳에 올 수 있는 유일한 방법입니다.

신청자 사인 (   )

'무슨 동의서가 이래? 이건 일방적인 통보 아니야?'

"동의하시나요?"

"이 증서에 동의해야만 상담할 수 있나요?"

"그렇습니다. 만약 동의할 수 없다면 상담을 시작하지 않으면 됩니다."

원장님은 전혀 고민할 일이 없다는 듯 명쾌하게 말했다.

"네? 아, 네."

나는 황당하고 일방적인 동의서 앞에서 잠시 망설였다. 하지만 그 세 가지를 알 수 있는 방법은 증서에 동의하는 것 말고 다른 방법은 없어 보였다. 나는 신청자 사인에 내 이름을 적었다. 그리고 집 주소와 요일, 시간을 적어 종이를 돌려주었다. 증서에 적힌 내용을 확인한 원장님이 말했다.

"그럼 다음 주에 다시 뵙죠. 지금 밖에 택시가 준비되어 있으니 타고 돌아가시면 됩니다."

얼떨결에 상담 약속까지 하게 된 나는 무언가에 홀린 것이 분명하다고 생각했다. 반쯤 넋이 나간 채 정원을 걸어 나올 때였다.

빵빵.

정말 택시 한 대가 정원 밖에 서 있었다. 나는 서둘러 나무집 정원을 빠져나왔다. 택시에 올라탄 내가 기사님 목소리에 다시 눈을 떴을 땐 아침에 출발한 그곳으로 돌아와 있었다.

"감사합니다. 안녕히 가세요."

집으로 돌아오자 안도감이 밀려왔다.

'참나, 해가 뜨기도 전에 도망치고 싶던 사람 맞아?'

괜한 머쓱함이 들 때였다.

지이잉. 지이잉.

핸드폰 진동이 울렸다. 엄마였다.

"엄마."

"주말인데 엄마가 너무 일찍 전화했니?"

"무슨 소리야? 지금이 몇 신데?"

"지금, 8시잖아."

"8시?"

나는 서둘러 시계를 확인했다. 시계는 정말 8시를 가리키고 있었다.

'믿을 수 없어. 고작 두 시간밖에 지나지 않은 거야?'

시계를 믿을 수 없을 만큼 먼 곳을 다녀온 기분이었다.

*

월요일 아침, 다시 한 주가 시작되었다. 알람 소리에 눈은 겨우 떴지만 여전히 꿈속을 헤매던 그때 전화벨이 울렸다. 발신자는 팀장님이었다. 내 머릿속을 복잡하게 만든 주범, 김미영 팀장님이었다.

"출장이요? 네, 알겠습니다. 조금 뒤에 뵙겠습니다."

'팀장님과 출장을 가야 돼? 으악!'

김미영 팀장님은 내가 아는 사람 중 가장 이기적이고 가식적인 사람이다. 탁월한 업무 능력에 품위까지 갖춘 완벽한 사람으로 소문이 자자한 팀장님은 신입 사원들에겐 동경의 대상이었고 특히 여자 동기들 사이에서는 직장 생활의 워너비로 여겨졌다. 하지만 한인간에 대한 환상이 깨지는 데는 그리 오랜 시간이 걸리지 않았다.

입사한 지 한 달쯤 되었을 때였다.

"지수 씨, 퇴근한 거 아니었어?"

"지금 하려고요. 팀장님은 퇴근 안 하세요?"

"나는 오늘 야근이야. 내일까지 마무리해야 하는 일이 있어서."

"그럼 저는 먼저 퇴근하겠습니다."

그때였다.

"저기, 지수 씨 시간 있어? 나랑 저녁 먹고 갈래?"

"지금요?"

"응. 나 혼자 먹어야 했는데 잘됐다."

그렇게 같이 회사 앞 식당을 찾게 되었다.

"지수 씨, 일은 좀 어때? 적응됐어?"

"아직 쉽지 않네요."

"아직까지 어려울 때지 뭐. 갈수록 나아질 거야, 열심히 해."

"감사합니다."

팀장님의 격려가 고맙게 느껴질 때였다.

"아, 그런데 꼭 그렇지만도 않더라."

"네?"

"시간이 지나도 그저 그런 사람도 있거든. 흔히 일머리가 없다고 하지?"

남의 얘기로 치부할 수 없는 얘기였다.

"사실, 처음 3주 만 보면 딱 알지. 업무 감각이 있는 사람인지 없는 사람인지 말이야. 그런데 지수 씨?"

"네?"

"유능한 사람은 굳이 다른 애를 쓰지 않아도 예쁘잖아? 유능하니까. 그럼 일머리가 없는 사람은 어떨까? 굳이 다른 애를 쓰지 않아도 예쁠까?"

"… 글쎄요."

"이것도 저것도 예쁨받을 구석이 없는 사람은 어떻게 해야 할까?"

'왜 이런 얘기를 나한테 하는 거야?'

그사이 주문한 음식이 나왔고 팀장님은 수저를 들며 말했다.

"그런데 따지고 보면 유능한지 무능한지는 그리 중요하진 않아."

"왜요?"

"회사는 일하는 곳이지만 회사 생활이란 건 일만 잘한다고 되는 게 아니거든. 일 외에도 아니, 어쩌면 일보다 중요한 게 있단 말이지."

"일보다 중요한 거요?"

"바로 인간관계."

"아, 네."

직장 동료들과 잘 지내는 것, 당연한 얘기라고 생각할 때였다.

"그런데 직장 내 인간관계에서 가장 중요한 인간관계가 뭘까? 아무래도 상사와의 우호적인 관계겠지?"

"네? 아, 네네…."

"그럼 지수 씨, 잘 지켜볼게."

매일 보던 팀장님의 친절한 표정과 상냥한 목소리가 왠지 모르게 낯설게 느껴졌다. 며칠 뒤, "지수 씨, 잘 지켜볼게"는 앞으로 벌어질 현실에 대한 경고였음을 깨달았다. 그 시작은 테이크아웃 커피였다.

여느 아침처럼 출근 후 탕비실에 들러 커피 한 잔을 만들 때였다. 손에 머그컵을 쥔 팀장님이 들어오셨다.

"지수 씨, 나도 커피 한 잔만."

팀장님은 머그컵을 내 컵 옆에 내려놓으며 말했다.

"아, 네."

"참 지수 씨, 회사 근처에서 자취한다고 했지? 그럼 회사까지 걸어와?"

"네, 걸어 다녀요."

"그래? 그럼 별카페 지나오는 길인가?"

"별까페요? 출근길 건너편에서 본 것 같아요."

"아, 건너편이었구나."

"왜 그러세요?"

"아니, 나는 거기 커피 좋아하거든."

무심히 고개를 끄덕인 나는 팀장님 커피를 만들기 시작했다.

"그렇다고 굳이 사러 가게 되진 않더라고. 출근길이면 모를까…."

"그럼 제가 내일 한 잔 사다 드릴까요?"

"그럴 수 있어? 그럼 너무 좋지."

"그럴게요. 어떤 커피가 좋으세요?"

"난 아이스아메리카노 좋아해."

이튿날 아침, 테이크아웃한 커피를 팀장님 책상 위에 올려놓았다.

그리고 그다음 날 아침, 진한 믹스커피 한 잔으로 정신을 깨울 때

였다. 모니터에 새로운 수신 메시지 알람이 울렸다.

✉ 지수 씨, 잠깐 볼까?

팀장님이 보낸 메시지였다.

✉ 네, 지금 들어가겠습니다.

나는 팀장님 방문을 노크한 후 안으로 들어갔다.

"부르셨어요?"

팀장님은 우아한 목소리로 내가 전혀 예상하지 못한 말을 했다.

"오늘은 왜 커피가 없어?"

"네?"

"내가 아이스아메리카노 부탁하지 않았나?"

"아, 오늘도요?"

어제 하루의 부탁으로 생각했던 나는 당황했고 팀장님은 여유롭게 말했다.

"오늘도? 커피는 매일 마시는 음료 아니야?"

"네? 그럼 매일매일 사다 드…"

팀장님은 내 말을 끊으며 부드럽게 말했다.

"그건 지수 씨가 알아서 판단하면 되지 않을까?"

'그럼 매일 아침마다 테이크아웃해 오란 말이야?' 어안이 벙벙해진 것도 잠시, '잠깐만, 이게 그… 말로만 듣던 상사 갑질인가?' 상사의 갑질보다 더 충격적이었던 건 그 상사가 김미영 팀장님이란 것이었다.

이날 점심시간, 나는 소영 씨에게 메시지를 보냈다.

✉ 소영 씨, 지금 카페테리아로 올 수 있어요?

소영 씨는 보는 눈 듣는 귀 많은 회사에서 속 얘기를 털어놓을 수 있는 입사 동기다. 내가 도착한 뒤 10분쯤 지나자 소영 씨가 카페테리아로 들어섰다.

"지수 씨, 무슨 일 있어요?"

"직장 상사와 부하 직원. 다른 말로 하면 갑과 을. 그럼 난 을 맞죠?"

"무슨 말이에요?"

"매일 아침 커피를 테이크아웃해 오라세요. 팀장님께서요."

"팀장님이요? 지수 씨 부서라면 김미영 팀장님 아니에요?"

"맞아요."

"에이, 설마요."

소영 씨는 그럴 리가 없다는 듯 손을 저으며 말했다.

"김미영 팀장님, 21세기형 팀장님으로 소문났잖아요. 상사로서 직원들을 대하는 게 아니라 인간적으로 대한다고요. 뭔가 오해가 있는 거 아니에요?"

"그래서 지금 너무 헷갈려요. 그럴 리 없는 사람이 그럴 리 없는 말을 하니까…."

"분명히 사 오라고 하신 거예요?"

"명확한 지시는 아니었는데 그 뉘앙스가…."

"뉘앙스요?"

"직접적으로 말씀하시진 않으셨어요. 커피는 매일 마시는 음료가 아니냐고 하셨죠."

소영 씨는 갑자기 뭔가가 생각난 듯 무릎을 탁 치며 말했다.

"참, 지수 씨, 소문 들은 적 없어요?"

"무슨 소문요?"

"21세기형 팀장님에게도 유독 꽂히는 직원들이 간혹 있대요. 그런 직원들한텐 뭐랄까? 일종의… 시험에 들게 한다고 할까요?"

"시험에 들게 한다고요?"

"김미영 팀장님이 회사에서 좀 인정받는 편이잖아요. 그래서 처음엔 누구든지 예스맨이 된대요. 팀장님 눈 밖에 안 나려고 엄청 노력하는 거죠."

"그런데요?"

"그런데 끝까지 예스맨인 사람이 없대요."

"왜 그런 거예요?"

"글쎄요. 하지만 결론은 이거죠. 팀장님과 해피 엔딩인 예스맨이 없다는 거. 아이러니하지 않아요? 직장 생활의 워너비로 손꼽히는 사람이 예스맨을 결국 노맨으로 만든다는 사실이요. 그런데 이것도 소문이니까요. 뭐."

"그런 소문이 있어요?"

나는 처음 듣는 소문이었다.

"그런데 나한테 꽂힐 이유가 없지 않아요?"

나는 회사에서 있는 듯 없는 듯 그저 조용히 일만 하는 직원이었다.

"지수 씨, 혹시 실수한 거 있는 거 아니에요?"

아무리 기억을 더듬어봐도 실수는 떠오르지 않았다.

"설마 계속 사 오라고 하겠어요? 뭐, 며칠 정도? 성의만 보이면 되지 않을까요?"

소영 씨가 옷소매에 묻은 먼지를 툭툭 털어내며 말했다.

"길어야 일주일 아니겠어요?"

"그렇겠죠?"

"그럼요. 사회생활 배운다 생각하고 며칠만 눈 딱 감고 사다 드려요. 그런데 김미영 팀장님 정말 의외네요…"

소영 씨와 헤어지고 사무실로 들어가던 그때, 사무실 밖으로 나가려던 팀장님과 마주쳤다. 팀장님은 내가 먼저 들어갈 수 있도록 문을 잡아준 후 여느 때처럼 친절한 미소로 웃어 보였다. 그날 밤, 집에 돌아온 나는 침대 위에 뻗어버렸다.

'커피는 매일 마시는 음료 아니야?'

팀장님의 목소리가 다시 귓가에 맴돌았다.

"커피는 매일 마시는 음료가 맞겠죠. 그렇다고 제가 매일 준비해드려야 되는 건 아니죠?"

팀장님 앞에서 하지 못한 대답이 입 밖으로 튀어 나왔다.

'그런데 팀장님은 어떻게 항상 미소를 지을 수 있을까?'

심지어 갑질조차도 말이다. 팀장님의 갑질은 상대방을 깔보며 명령하는 것이 아니었다. 상냥한 얼굴과 목소리로 뉘앙스를 풍길 뿐이었다. 언제나 친절해 보이는 팀장님의 미소는 상사랍시고 갑질이나 하는 수준 낮은 인간과는 차원이 다른 사람으로 만들어주었다. 사실은 누구보다 갑의 위치를 즐기려는 인간일지라도 말이다.

'아휴, 그만 생각하자. 사회생활 배운다 생각하고 며칠만 성의를 보이면 되겠지?'

이튿날 아침, 별카페에 들러 아이스아메리카노를 테이크아웃했다. 그리고 팀장님 책상 위에 올려놓았다. 그리고 다음 날도, 그다음 날도. 며칠 동안 커피를 올려놓았다. 하지만 팀장님은 아무런 말씀이 없으셨다. 2주쯤 지난 아침, 테이크아웃한 아메리카노를 팀장님 책상에 올려두려고 들어갔을 때였다.

"깜짝이야."

평소처럼 안 계실 거라고 생각한 팀장님이 책상에 앉아 계셨다.

"지수 씨, 많이 놀랐어?"

"죄송해요. 계신 줄 몰랐어요."

그때였다.

똑똑.

"네, 들어와요."

문을 열고 들어온 사람은 정 대리님이었다.

"지수 씨도 있었네? 팀장님 결재 서류 여기 있습니다. 좀 급한 서류라서요."

"알겠어요. 두고 나가요."

정 대리님이 먼저 서류를 책상 위에 올려놓았고 나도 들고 있던 커피를 책상 위에 올려놓고 나오려 할 때였다.

"지수 씨, 커피 또 사 왔어? 뭐 하러 계속 사 와?"

"네?"

"설마, 그때 내가 했던 얘기 때문에 계속 사 오는 거야?"

순간 머릿속이 혼란스러워졌다.

"참, 지수 씨 앞에서는 농담도 못 하겠네."

팀장님이 재미있다는 듯 웃으며 말했다.

'농담? 그럼 그 말이 농담이었단 말이야?'

"지수 씨, 앞으로는 안 사 와도 돼. 출근하기도 바쁜데 뭐 이런 걸 신경써?"

팀장님은 변함없이 상냥한 미소로 말했다.

'지금까지 아무 말씀도 없으셨잖아? 2주 동안이나.'

혼란스러워진 나는 멍해진 채 팀장님 방에서 나왔다.

'대체 내가 뭘 한 거야?'

완전히 바보가 된 듯한 충격에서 벗어나지 못하던 그때 정 대리님이 말했다.

"지수 씨, 우리 커피는 없어? 오늘 지수 씨가 커피 쏘는 거야?"

"어제 팀장님께서 부탁을 좀 하셔서요. 대리님도 별카페 커피 좋아하시면 말씀하세요. 한번 사다 드릴게요."

아침 회의에 이어 본격적으로 업무가 시작됐지만 일이 손에 잡힐 리 없었다. 그때 메신저에 새로운 메시지가 도착했다. 소영 씨였다.

✉ 지수 씨, 오늘은 즐거운 불금.

✉ 소영 씨, 퇴근하고 맥주 한잔할까요? 시간 있어요?

✉ 좋죠. 회사 앞에 맥줏집 있죠? 퇴근하는 대로 거기서 봐요.

✉ 알겠어요.

✉ 지민 씨랑 태현 씨도 시간 있는지 물어볼까요?

✉ 좋아요.

퇴근 시간, 퇴근을 서두른 나는 약속 장소에 제일 먼저 도착했다. 가게 안은 아직 빈자리가 많았다. 나는 창가 쪽 테이블에 앉았다. 아침부터 꽉 막힌 속에 갈증까지 더해져 맥주 한 잔을 먼저 주문했다.

'오늘 하루도 끝났구나…'

저물어가는 햇빛이 하얀 테이블을 붉은빛으로 물들이고 있었다. 창밖으로 짙은 노을이 내리고 있었다. 멍하니 창밖을 보던 나는 문 열리는 소리에 고개를 돌렸다. 세 사람이 함께 들어오고 있었다.

"여기예요."

내가 손짓했다.

"조금 늦었죠? 미안해요."

소영 씨가 의자를 당기며 말했다.

"아니에요. 나도 방금 왔어요."

"오랜만이에요. 지수 씨, 잘 지냈어요?"

지민 씨가 인사를 건넸다.

"자자, 인사들 그만하고 음식부터 주문하자."

메뉴판부터 훑어보던 태현 씨가 말했다. 맥주와 간단한 요깃거리를 주문한 후 기다릴 때였다.

"다들 팀 분위기는 어때? 사무실에서 유독 재수 없는 사람 없어?"

"우리 팀은 뭐, 다들 무난한 것 같아."

지민 씨가 대답했다.

"소영 씨네 부서는 어때요? 거기 팀장님 깐깐하다고 소문난 것 같던데 괜찮아요?"

"어휴, 피곤해요. 팀장님이 깐깐하셔서 그런지 차장님, 과장님, 대리님 모두 엄청 타이트하세요. 그래도 전체적인 분위기는 개인주의라서 좋아요. 업무 외에 터치는 없거든요."

"참, 지수 씨. 어떻게 됐어요? 그 아이스아메리카노 말이에요."

소영 씨가 문득 생각난 듯 말했다.

"무슨 아이스아메리카노?"

지민 씨가 궁금하다는 듯 말했다.

"아… 그거요?"

나는 한숨이 새어 나왔다.

"무슨 일인데 한숨부터 나와?"

태현 씨가 말했다.

"그러게요? 무슨 일인데요?"

지민 씨의 맞장구에 나는 입을 열었다.

"2주 전쯤, 팀장님께서 커피 테이크아웃을 부탁하시더라고요. 별카페 커피 좋아하신다고요. 출근길에 별카페가 있거든요. 그래서 출근길에 사다 드렸죠. 그런데 그 이튿날 아침에 커피가 왜 없냐고 물어보시는 거예요. 당황해서 오늘도 부탁하신 줄 몰랐다고 대답했죠. 그랬더니 커피는 매일 마시는 음료가 아니냐고 반문하시더라고요."

"네? 그럼 매일 사 오라는 말씀인 거예요?"

지민 씨가 황당하다는 듯 말했다.

"제가 그런 뜻인지 여쭤보려고 하자 알아서 생각하면 될 것 같다고 말을 끊으시더라고요."

"김미영 팀장님 맞죠? 어머, 웬일이야. 김미영 팀장님 그런 이미지 전혀 아니잖아요. 정말 웬일이야. 그래서 다시 사다 드렸어요?"

지민 씨는 김미영 팀장님이라는 사실에 흥분하기 시작했다.

"며칠 성의를 보이면 되겠지 했는데 2주가 지나도 아무 말씀이 없으신 거예요."

"2주요?"

며칠을 예상했던 소영 씨는 많이 놀란 듯했다.

"그런데 놀라운 반전이 뭔지 알아요?"

"뭔데요?"

지민 씨의 눈이 동그래졌다.

"그 말이 농담이었다는 거예요."

"무슨 말이요?"

"팀장님이 하신 말씀요. '커피는 매일 마시는 음료 아니야? 지수 씨가 알아서 하면 될 것 같아'라는 말이요."

"네에?"

지민 씨와 소영 씨의 입에서 동시에 튀어나온 말이었다. 팔짱을 낀 채 내 말을 듣고 있던 태현 씨는 말없이 고개만 끄덕이고 있었다.

나는 이어서 오늘 아침 일을 털어놓았다. 내 말을 듣던 소영 씨와 지민 씨가 말문이 막힌다는 표정으로 서로를 바라볼 때였다.

"지수야, 네가 너무 오버한 거 아니야? 슬쩍 해본 얘기를 네가 너무 넘겨짚은 거 같은데?"

듣고만 있던 태현 씨가 입을 열었다.

"오빠, 그건 아니지. 정말 장난이었으면 한두 번? 아니 적어도 두세 번쯤 사 왔을 땐 말을 했어야지. 지금까지 한마디 없으시다가 오늘 갑자기 그렇게 말씀하신 거잖아."

"지금까지는 지수가 커피 갖다 놓을 때 마주치지 않았잖아. 그리고 아침에 얼마나 바쁘니, 커피는 돌아서면 잊어먹지."

조용히 생각하던 소영 씨가 말했다.

"제 생각에는 그저 농담만은 아니었던 것 같아요."

"그럼?"

태현 씨가 물었다.

"한마디로 표현하자면 교묘한 지시 같아요."

"교묘한 지시?"

지민 씨가 되물었다.

"팀장님이 직접적으로 지시한 건 아니었잖아요? 다만 요구하는 듯한 뉘앙스를 풍기셨죠. 하지만 분명 요구는 있었던 거예요. 상사가 부하 직원에게 하는 요구가 지시 아닌가요? 그러니 교묘한 지시죠."

"그런데 왜 오늘 갑자기 농담이었다고 하셨을까요?"

지민 씨는 이해할 수 없다는 듯이 말했다.

"오늘 정 대리님이 보셨잖아요. 그럼 얘기가 달라지니까요."

"어떻게요?"

"교묘한 지시가 타인의 눈에 띄면 더는 교묘해질 수 없잖아요? 교묘한 지시를 제3자가 보게 되면 분명 의아한 생각이 들지 않겠어요? 예를 들어 매일 아침 팀장님 책상에 커피를 올려두는 걸 누군가 봤다면 의아하게 생각하지 않겠어요? 그리고 그 이유를 찾다 보면 교묘한 지시가 드러나게 될 거고 그럼 더는 교묘해질 수 없잖아요. 한마디로 갑질하는 상사란 비판에 직면하게 되는 거죠."

"어머, 듣고 보니 정말 그런 것 같아요."

지민 씨는 맞장구를 쳤고 소영 씨는 말을 이었다.

"오늘 아침에 정 대리님한테 들키게 돼서 슬쩍 발을 빼신 것 같아요. 아니다. 슬쩍 발을 뺀 게 아니죠. 처음부터 담근 적조차 없다고 하셨으니 말이에요. 지수 씨를 완전 바보 만드신 거죠."

"소영 씨 말대로라면 팀장님 정말 대박이다. 어쨌든 지수 씨를 이용한 거잖아요? 2주 동안 모른 척 이용하다가 다른 사람이 보게 되니까 갑질한 거 들킬까 봐 이쯤에서 마무리 지은 거잖아요. 그것도 처음부터 지수 씨가 오해해서 벌어진 일로 마무리하면서…"

곰곰이 생각하던 태현 씨가 다시 말했다.

"자 봐봐. 일단 첫 번째, 팀장님의 말이 교묘한 지시였는지 그저 해본 농담인지 어떻게 알 수 있어?"

"딱 들어보면 알지. 뉘앙스라는 게 있잖아."

지민 씨가 답답하다는 듯 말했다.

"뉘앙스? 그 뉘앙스를 누가 판단하는 거야?"

"지수 씨가 판단하지."

"내 말이 그 말이야. 그건 지수 판단인 거야. 즉, 듣는 사람의 느낌
이란 말이지. 듣는 사람의 느낌은 누가 듣느냐에 따라 완전히 달라
질 수 있어. 그러니 뉘앙스만으로는 말한 사람의 의도를 단정할 수
없어."

태현 씨가 말을 이었다.

"그리고 무엇보다 소영이의 설명에는 논리적 오류가 있어."

"뭔데?"

지민 씨가 말했다.

"오늘 아침 전까진 커피 갖다 놓을 때 팀장님과 마주친 적 없었
지?"

"없었죠."

내가 대답했다.

"그러니까 오늘 팀장님의 반응을 제3자가 있었기 때문이라고 결론
지어선 안 되지. 왜냐하면 제3자가 없는 상황과 비교해볼 수가 없
잖아?"

일리 있는 말이었다.

"그리고 내가 볼 땐 팀장님의 의도가 무엇이었든 그건 중요하지 않아."

"그럼 뭐가 중요한데?"

지민 씨가 말했다.

"농담이었든 교묘한 지시였든 지수의 행동은 같았을 걸? 착한 부하 직원이 되고 싶은 게 지수 마음이니까 말이야. 사실 모른 척한다고 해도 팀장님이 뭐 어쩌겠어? 매일 커피 사 오라고 지시할 수 있겠어? 김미영 팀장님이?"

"뭐 어쩌긴… 밉상으로 콕 찍혔겠지. 뻔한 거 아니야? 오빠, 사회생활이라는 게 뭐야? 빙빙 돌려 말하는 걸 눈치껏 캐치해서 행동하는 거 아니야? 지금 보니 지수 씨가 걱정되는 게 아니라 오빠가 걱정되는데?"

지민 씨가 답답하다는 듯 말했다.

"지민아, 나는 그런 사람이 아니잖니?"

"무슨 사람?"

"방귀는 뀌어도 알랑방귀는 안 뀌지."

"과연 안 뀔 수 있을까? 안 뀌면 배탈 날 텐데?"

"그럼 태현 씨라면 어떻게 했을 것 같아요?"

소영 씨가 궁금하다는 듯 말했다.

"나? 확실하게 부탁한 게 아니라면 안 사다 드리지. 모호하게 던지는 말을 내가 지레짐작하여 행동할 필요가 있니? 설사 짐작 가는

39

바가 있다고 하더라도 모르는 척하는 거지. 그런다고 뭐 어쩌겠어? 업무 태만 아닌 이상 붙잡아 앉혀놓고 딴지를 걸 수도 없지. 안 그래? 그럼 된 거 아니야?"

당당하게 말하던 태현 씨는 이 말을 덧붙였다.

"나는 아무래도 회사에 말뚝 박긴 글렀지?"

술자리는 12시가 다 되어서야 끝났다. 아침부터 느낀 피곤함에 술기운까지 번져 몸이 땅으로 꺼질 것만 같았다.

"♩♫♪"

핸드폰 알람이 울렸다. 지난주 토요일에 맞춰놓은 알람이었다. 알람은 내일 오전 10시 스케줄을 알려주고 있었다. 내가 동의서에 적어 낸 시간은 매주 토요일 오전 10시였다.

'내일 그곳에 다시 가게 된다고? 왠지 믿기지가 않아.'

초능력 정신과의원은 마치 『피터팬』에 나오는 환상의 섬처럼 느껴졌다. 눈앞에 보일 때만 존재하는 곳 말이다.

'그나저나 내일 무슨 얘기하지? 아니, 무슨 말을 할 수 있을까?'

다음 날 아침, 나는 눈을 뜨자마자 직감했다. 10시가 코앞이란 사실을 말이다.

"으악, 몇 시야?"

시계는 9시 50분을 가리키고 있었다. 나는 정신없이 욕실로 뛰어들어갔다. 겨우 고양이 세수를 하고 어제 벗어놓은 옷을 그대로 다시 입고 후다닥 뛰어 내려가기 시작했다. 택시 앞에 도착하자 시계는 정확히 10시를 가리켰다.

"초능력 정신과의원 가는 택시 맞나요?"

기사님은 말없이 고개를 끄덕였고 나는 택시를 탔다.

'지난주에 탔던 그 택시 같은데… 아닌가?'

나는 곁눈질로 기사님을 훑어보았다. 내가 그러거나 말거나 짙은 선글라스를 낀 할아버지 기사님은 손님에겐 전혀 관심 없다는 듯 앞만 볼 뿐이었다.

*

나무집 대문은 살짝 열려 있었다. 나는 긴 복도로 들어섰다. 별다른 접수처도 안내해주는 사람도 없는 적막한 복도를 지나 복도 끝 오른쪽 문을 두드렸다.

똑똑.

"네, 들어오세요."

내가 들어가자 원장님은 책상 앞 의자를 가리키며 말했다.

"이리로 앉으세요."

의자는 보기보다 매우 편안했다. 깊어서 안정감이 느껴졌고 감촉이 매우 부드러웠다.

"자, 오늘 무슨 얘기를 할지 생각해보셨나요?"

원장님이 빙긋이 웃으며 말했다.

"네. 그런데 사실 무슨 말부터 해야 할지 잘 모르겠더라고요."

"무슨 말부터 해야 할지 모르겠을 땐 떠오르는 말부터, 떠오르는 대로 하면 됩니다."

원장님은 편안한 목소리로 말했다. 하지만 이것도 저것도 입 밖으로 꺼내기가 불편했던 나는 개인적인 이야기가 아닌 공식적인 주제를 꺼내기로 했다.

"참, 팻말에 쓰여 있던 글귀 말이에요. 정말 억만금을 줘도 살 수 없는 뭔가가 있어요?"

"지금 알려드릴까요?"

"지금 바로 알 수 있나요?"

"네. 하지만 알려드리고 나면 상담은 종료됩니다."

'오늘 바로 상담이 종료된다고? 오늘로 끝?'

나는 당황스러웠다. 당황스러운 내가 당황스러웠지만 말이다.

"사실은 오늘 나누고 싶은 다른 얘기가 있었어요."

나는 상담 종료를 피할 수 있는 핑곗거리를 찾았다.

"질문이 있어요."

"뭔가요?"

"일상의 쳇바퀴는 그저 열심히, 아무 생각 없이 굴리는 게 맞겠죠?"

내가 입버릇처럼 하는 말이자 동료들에게도 심심치 않게 듣는 말이었다.

"글쎄요. 그보다 이런 질문을 하는 이유가 뭘까요?"

"특별한 이유는 없어요. 우리 모두 일상이라는 쳇바퀴를 굴리며 살잖아요. 좋든 싫든 말이죠. 살아가려면 열심히 굴리는 수밖에 없으니까요."

원장님은 고개를 끄덕였다.

"뻔히 알면서도 이런 생각이 들어요. '이 쳇바퀴에서 벗어날 순 없나?' 하고요."

"쳇바퀴에서 벗어나고 싶나요?"

"그렇기는 하지만 그건 희망일 뿐이죠."

"쳇바퀴에서 벗어나는 건 불가능하다고 생각하시는군요."

"벗어날 수 없는 게 현실이니까요."

"그렇군요. 그런데 현실이란 건 무엇인가요?"

"벗어나지 못해 살아가는 것이죠."

"벗어나지 못하는 게 무엇일까요?"

"한마디로 대답하긴 어려울 것 같아요. 얽매여 있는 게 너무 많으니까요."

"많은 게 당신을 얽매고 있다고 느끼시는군요."

"모든 사람이 그렇지 않을까요?"

"모든 사람이 그렇게 느낄 것이라고 생각하는군요."

"모두들 벗어날 수 없는 현실에 얽매여 하루하루 살아가니까요."

"벗어날 수 있다면 벗어나고 싶나요?"

"당연하죠."

"벗어나면 지금과 무엇이 달라질까요?"

"글쎄요… 희망이 있지 않을까요?"

"벗어나지 않으면 희망이 없는 건가요?"

"현실 속에서 희망을 꿈꾸면 피곤해지지 않을까요?"

"어떤 의미인가요?"

"예를 들어 을의 위치에 있는 사람이 '사람은 지위 고하를 막론하고 모두 평등해'라고 생각하며 혼자만의 희망을 꿈꾸면 어떻게 될까요? 행복해질까요? 아니면 더 피곤해질까요?"

"글쎄요. 행복해질 수도 있고 더 피곤해질 수도 있겠죠."

"아마 99%는 더 피곤해질 거예요."

"당신은 그렇게 생각하는군요."

"그러느니 차라리 기계적으로 쳇바퀴를 굴리는 게 낫죠."

*

다시 한 주가 시작되었다. 월요일 출근길, 나는 커피를 사지 않았다. 사무실에서 마주한 팀장님은 변함없이 상냥한 태도로 인사를 건네셨고 나는 왠지 어색한 미소를 숨기지 못했다. 이날 오후, 최 과장님께서 부르셨다.

"과장님, 부르셨어요?"

"이번 주 금요일에 야유회 가는 거 알고 있지?"

"네."

"야유회라고 모여서 밥만 먹고 헤어지면 의미가 없잖아. 야유회 가서 뭐 하면 좋을지 한번 생각해봐. 팀장님이 지수 씨한테 얘기하라고 하셔서 지수 씨한테 대표로 말하는 거야. 신입 직원들끼리 의논하든 혼자 하든 그건 알아서 하고. 어쨌든 팀장님 지시니까 신경 좀 써."

"알겠습니다."

용건을 전달한 과장님은 마치 비밀 얘기라도 하듯 목소리를 살짝 낮추며 말했다.

"지금까지 이런 거 한 적 한 번도 없었어. 너무 신경쓸 필요 없어. 무슨 말인지 알지?"

"네? 아… 네."

골치 아픈 숙제를 떠맡은 기분이었다. 이럴 때 넋두리할 수 있는 사람, 소영 씨다. 나는 메신저를 보냈다.

⊠ 소영 씨, 바빠요?

⊠ 아니요.

⊠ 소영 씨 팀도 야유회 가요?

⊠ 우리는 취소됐어요. 가느냐 마느냐 찬반 투표를 했는데 반대가

압도적으로 많더라고요. 그래서 다음 주 중에 간단하게 회식하는 걸로 대신한대요.

⊠ 정말요? 좋겠다.

⊠ 지수 씨 팀은 간대요?

⊠ 네. 그것도 모여서 밥만 먹으면 의미가 없다고 뭐 할지 생각해 보라세요.

⊠ 레크리에이션 같은 거 말이에요? 1박 2일 단합회도 아니고 무슨 레크리에이션까지 준비하래요?

⊠ 내 말이 그 말이에요. 그나저나 뭘 준비해야 되죠? 나 이런 거 정말 젬병인 거 알죠?

⊠ 동기들하고 같이 의논해봐요.

⊠ 그러면 되겠죠? 나한테 말씀하시긴 했는데…

⊠ 당연하죠. 그걸 왜 지수 씨 혼자 고민해요. 지호 씨랑 수민 씨한테 말해서 같이 준비해요.

⊠ 알겠어요. 나중에 다시 연락할게요.

나는 우리 팀 동기들에게 메시지를 보냈다.

⊠ 퇴근하고 잠깐 얘기할 수 있어요?

⊠ 알겠어요.

퇴근 시간이 되자 퇴근 준비를 마친 지호 씨가 다가와 말했다.

"퇴근 준비 다했어요? 얘기할 게 뭐예요?"

"수민 씨 퇴근 준비되면 같이 나가면서 얘기할까요?"

10분 후, 우리는 사무실을 나섰다.

"다른 게 아니라 금요일에 야유회 가잖아요. 그때 다 같이 단합할 수 있는 프로그램을 준비해보라고 하셔서요."

"누구 지시예요?"

"최 과장님께서 말씀하셨는데 팀장님 지시래요."

두 사람 얼굴에 귀찮아하는 표정이 역력했다.

"우리 팀장님은 단합을 너무 좋아하시는 것 같아요. 그래서 우리 팀이 이렇게 단합이 잘 되나?"

지호 씨가 비꼬듯 말했다.

"그죠? 점심 식사도 그렇고 회식도 그렇고 우리만큼 한 팀으로 움직이는 부서도 없더라고요."

수민 씨가 맞장구쳤다.

"말이 좋아 단합이지 '억지로 같이 앉아 있기' 아니에요? 솔직히 난 팀장님 같은 스타일 별로예요."

"어머, 지호 씨가 팀장님 제일 좋아하는 것 같던데요?"

수민 씨가 의외라는 듯 대답했다.

"난 친절, 미소, 단합 이런 것보다 무신경, 무덤덤, 개인주의가 편해요."

귀찮다는 표정도 잠시, 지호 씨는 금세 오더를 잘 처리하기 위한 고민에 빠졌다.

"보자. 우리 세 명, 대리님 세 분, 과장님 두 분, 차장님 한 분, 팀장님 한 분 총 열 명이니까…."

"그런데 왜 지수 씨만 불러서 얘기하신 거예요?"

수민 씨가 문득 궁금하다는 듯 말했다.

"아, 팀장님이 저한테 얘기하라고 하셨대요."

"그래서 성실함을 너무 티 내지 말라는 거예요. 그럴수록 자잘한 일들이 내 몫으로 돌아온다니까요? 요즘도 혼자 일찍 출근하죠?"

지호 씨는 짐작 가는 바가 있다는 듯 말했다.

"지호 씨처럼 탁월하지 못한 내 능력을 탓해야죠. 뭐."

"이유야 어찌 됐든 나는 지수 씨가 대단하다고 생각했어요. 나는 절대 그렇게 못 해요. 정해진 근무 시간 외에는 회사 업무 때문에 내 시간을 쓸 생각이 전혀 없거든요."

수민 씨의 대답이었다. 헤어지기 전, 지호 씨가 말했다.

"각자 내일까지 생각해 와서 얘기해봐요. 단합하자는 의미로 하는 거니까 너무 골치 아프게 생각하지 말자고요."

집으로 걸어오는 길, 팀장님 지시란 말이 머릿속에서 떠나지 않았다. 김미영 팀장님과 표면적으로 얽히는 일은 없었지만 미묘하게 계속 얽히는 듯했다. 아이스아메리카노가 첫 번째 시험지였다면 지금은 두 번째 시험지를 받아 든 기분이었다. 이튿날 점심시간, 지호 씨가 말했다.

"내 생각에는 추억의 게임 같은 거 하면 좋을 것 같아요. 수건돌리기, 딱지치기 그런 거 있잖아요. 은근히 승부욕 폭발한다니까요.

준비할 것도 별로 없고 동심으로 돌아가는 기분도 낼 수 있고."

"오, 그거 재미있겠는데요? 이런 게임이 단순한데 하다 보면 목숨 걸게 되는 거 알죠?"

수민 씨가 웃으며 말했다.

"추억의 게임 좋은 것 같아요. 둘레길 걷고 점심 먹고 그 근처에서 하기엔 딱인 것 같아요."

그렇게 야유회 준비는 끝낸 숙제처럼 잊어버렸다.

금요일 아침, 늦지 않기 위해 준비를 서두를 때였다. 등산 가방에 간식과 준비물을 챙겨서 집을 나서는데 전화벨이 울렸다. 김미영 팀장님이었다.

"네, 팀장님."

"지수 씨, 출발했어?"

"이제 출발하려고요."

"그래? 뭐 타고 가?"

"지하철 타고 가서 버스로 환승하려고요."

"그럼 나랑 같이 가자. 회사에 들러야 해서 지금 가고 있으니까 지수 씨도 회사로 와."

'팀장님 차 안에 단둘이?'

그것은 불편한 그림이었다.

"네? 괜찮아요. 저는 대중교통이 편해요."

"그래도 차 타고 가는 게 편하지. 회사 앞에서 봐."

반갑지 않은 호의를 받아야만 했다. 출근길보다 더 무거운 발걸음이었다. 회사 입구에 도착했을 때였다.

"지수 씨."

팀장님이 차 안에서 손짓하고 있었다.

"팀장님, 먼저 나와 계셨네요. 제가 좀 늦었죠?"

"아니야. 지수 씨, 빨리 타."

차 안에는 클래식 음악이 흘러나오고 있었다. 어색한 적막을 낯선 선율에 의지해 가고 있을 때였다.

"참, 지수 씨. 최 과장이 얘기했지? 준비한 프로그램이 뭐야?"

"아, 지호 씨, 수민 씨랑 같이 얘기해봤는데 추억의 게임 몇 가지를 하면 좋을 것 같다고…."

미처 내 말이 끝나기도 전이었다.

"추억의 게임? 설마 어린 시절 놀이 같은 거? 수건돌리기?"

"네, 추억의 게임 세 가지 정도 준비했습니다."

"지수 씨!"

"네?"

"그런 거 할 거면 내가 3~4일 전에 미리 얘기를 했겠어?"

"그런 건 준비 없이도 할 수 있는 거 아니야?"

"최 과장이 말하지 않았어?"

"좀 신경써서 준비하라고?"

팀장님은 쏘아붙이듯 쉬지 않고 말했다. 상냥하고 우아한 톤으로도 감출 수 없는 정색이 묻어 나왔다. 맑은 하늘에서 갑자기 비가 쏟아지는 듯한 당황스러움에 대답을 머뭇거릴 때였다. 팀장님 핸드폰이 울렸다.

"박 차장, 모두 다 왔어? 나도 거의 다 왔어. 회사 들렀다 오느라고. 참, 오늘 둘레길 걷고 점심 먹고 해산이야. 팀원들한테 미리 말해 줘."

전화를 끊은 팀장님은 나를 불렀다. 옆에 있는데도 말이다.

"지수 씨."

"네?"

"나는 업무든 업무 외의 것이든 시간 때우기 식으로 대충하는 걸 제일 싫어해. 아니, 내가 싫어하고 좋아하고의 문제가 아니라 그건 자기의 태도를 말해주는 거야."

나는 꿀 먹은 벙어리가 되었다.

"지수 씨."

"네…"

"지수 씨가 조금만 신경썼다면 손수건 한 장 달랑 들고 왔겠어? 팀 원들이 유익한 시간을 보낼 수 있게 고심한 흔적을 찾아볼 수가 없잖아. 안 그래? 야유회랍시고 모여서 밥만 먹고 헤어지면 뭐해?"

"… 죄송합니다."

"준비가 안 됐으니 어쩔 수 없이 무익한 야유회로 끝내야지 뭐."

나는 유익할 수 있었던 야유회를 무익한 야유회로 만들어버린 죄인이 되어 있었다.

"죄송합니다. 그렇게까지 생각을 못 했어요."

"어쨌든 지수 씨가 야유회 절반은 망친 거나 다름없다는 것만 알아."

맑은 하늘에서 갑자기 내리던 비는 폭풍우를 퍼붓고는 그쳤다.

'아니, 레크리에이션 활동이 다 이런 거 아니야? 무슨 인문학 퀴즈라도 준비해야 했던 거야?'

마음속에서 소리 낼 수 없는 샤우팅이 쏟아져 나왔다.

'이렇게까지 정색할 일이야? 이 일이?'

모두가 화기애애했지만 우리 두 사람 사이에는 미묘한 긴장이 흐르고 있었다. 둘레길 산책을 마치고 근처 맛집에 들러 점심 식사를 마친 후였다.

"둘레길 산책 참 좋았죠? 점심도 맛있었고. 원래 계획은 점심 먹고 단합하는 시간을 가져보려고 했는데 마땅히 준비된 게 없어서 아쉽게도 다음번을 기약해야 할 것 같아요. 그럼 이제 커피 한잔 마시고 해산할까요?"

가시방석에 앉은 듯한 불편함이 느껴졌다. 지호 씨가 손으로 살짝 입을 가린 채 말했다.

"지수 씨, 추억의 게임 안 해요?"

"팀장님께서 안 하는 게 좋겠다고 하시더라고요."

옆에 있던 수민 씨가 말했다.

"왜요?"

"몇 날 며칠 밤새워 준비했어야 했던 것 같아요."

"그게 무슨 말이에요?"

지호 씨가 이해할 수 없다는 듯 말했다.

"우리가 준비한 게 성의 없어 보이셨나 봐요."

"네? 보통 회사 야유회 가면 이런 레크리에이션 가지고 피 터지게 한다던데?"

"팀장님 너무하시다. 별로 준비랄 건 없었지만 그래도 생각해서 온 건데."

수민 씨가 말했다.

"뭐 오히려 잘됐네요. 솔직히 시간 보내려고 수건이라도 돌리는 것보다 일찍 해산하는 게 훨씬 좋죠. 안 그래요? 이왕 나온 김에 우리끼리 영화나 한 편 보러 갈까요?"

지호 씨는 후련하다는 듯 말했다.

"미안한데 나는 못 갈 것 같아요. 좀 피곤해서요."

티타임을 끝으로 야유회는 끝이 났다. 버스 정류장까지는 지호 씨 차를 타기로 했다. 지호 씨와 영화를 보러 가기로 한 수민 씨도 함께였다. 두 사람은 이미 야유회 일은 잊어버린 듯 최근 개봉한 영화 이야기로 신나게 수다 중이었다. 하지만 나는 대화에 끼지 않은 채 그저 창밖을 바라보았다. 얼마 지나지 않아 정류장이 보였다.

"지호 씨, 여기서 내려줘요."

"조금 더 가서 내려요. 더 앞쪽까지 태워줄게요."

"아니에요. 어차피 버스 타야 하는데 지금 내리는 게 편해요. 고마워요."

혼자 있고 싶었던 나는 버스 정류장이 보이자 바로 차에서 내렸다. '김미영 팀장님은 나한테 왜 그러실까? 아니, 왜 나한테만 그러실까?'

어느 순간부터 나는 김미영 팀장님이 두 얼굴로 느껴졌다. 사무실에서 보는 팀장님은 여전히 워너비 팀장님 모습 그대로였지만 개인적으로 겪게 되는 팀장님은 어딘가 많이 달랐다. 상냥함의 대명사인 팀장님이 속을 알 수 없는 바짝 메마른 가시처럼 느껴졌다.

*

집으로 돌아오는 길, 근처 편의점에 들러 맥주 한 캔을 샀다. 시원한 맥주 한 캔에 오늘 하루를 털어버릴 생각이었다. 현관에 들어서자 낯익은 신발 한 켤레가 눈에 들어왔다. 엄마였다.

"엄마? 엄마 왔어?"

"지수야."

"언제 왔어?"

"조금 전에 왔어."

"갑자기 말도 없이 무슨 일이야?"

"일은 무슨. 너 보고 싶어서 왔지."

"평일에 가게 문 절대 안 닫잖아."

"아니야. 엄마도 요즘은 힘에 부쳐서 손님 없는 날에는 닫기도 해."

씻고 나오니 작은 식탁은 갖가지 반찬으로 빈틈없이 차려져 있었다. 그중 내가 가장 좋아하는 갈비찜은 메인 요리임을 증명하듯 중앙에 놓여 있었다. 점심을 먹는 둥 마는 둥 해서 배가 고팠던 터였다.

"와, 맛있겠다. 그런데 뭐 이렇게 반찬이 많아, 밥 한 공기 먹는데 반찬이 대체 몇 개야?"

"밥 한 숟가락 뜰 때마다 다른 반찬 먹으면 그래도 부족하지."

갓 지은 따뜻한 밥을 꾹꾹 눌러 담아주며 엄마가 말했다. 문득 어릴 적 밥상이 떠올랐다. 자주 해주지 못하는 고기반찬을 대신하려는 듯 엄마는 온갖 종류의 나물로 반찬을 만들었다. 엄마는 반찬 가짓수로 승부수를 띄웠지만 나는 한 가지 반찬이라도 입맛에 딱 맞는 게 있었으면 했었다.

"아빠는 요즘 어때?"

제3자의 귀로 들으면 어느 아줌마의 푸념 소리고 딸의 귀로 들으면 한이 맺히는 이야기의 시작점이다.

"매일 똑같지 뭐. 아휴, 아빠 얘기를 뭐 하러 물어. 밥이나 마저 먹어."

나는 더는 묻지 않았다.

"그런데 너 많이 피곤해 보인다. 회사 생활이 많이 힘드니?"

"아니야. 오늘 많이 걸었더니 그런가 봐. 야유회 다녀왔거든."

엄마 앞에서 힘든 일을 숨기는 건 오래된 버릇이었다.

"저게 뭐야? 무슨 천장에 별을 저렇게 붙여놨어?"

침대 위 천장에 붙여놓은 야광별을 발견한 엄마가 말했다.

"그냥… 예쁘잖아."

'현실에서 벗어나고 싶으니까'라는 속마음은 말하지 않았다.

"아직도 저런 게 예뻐?"

엄마는 어이없다는 듯 웃었다.

"그런데 엄마, 갑자기 왜 왔어? 무슨 일 있지?"

나는 다시 조심스럽게 물었다. 무슨 이야기를 듣게 될까 두려운 마음이 앞섰다.

"오늘은 정말 아무 일도 없어. 가게 문도 닫았고 해서 온 거야."

"정말이지?"

"그렇다니까. 연락도 통 없지. 내가 한번 와봐야지."

어느 순간 나는 엄마에게 전화 한 통 할 시간이 없을 정도로 바쁜 딸이 되어 있었다. 엄마와 일정한 거리를 두는 것, 이 거리는 내가 무너지지 않기 위한 안전선이었다.

"아, 좀 바빴어. 그리고 무슨 일 있으면 얘기해, 엄마."

"알았으니까 걱정하지 마."

"참, 내일 아침에 나 일찍 나가봐야 해. 10시쯤?"

"어디 가는데?"

"주말에 어학원 다녀. 나중에 진급할 때 영어 성적 필요하거든. 미리 준비해야지."

자연스럽게 나온 거짓말이었다.

"그럼, 미리미리 준비해야지. 엄마도 내일 일찍 나가봐야 돼. 가게 문 열어야지."

내가 수저를 내려놓기 무섭게 식탁을 치우기 시작한 엄마는 이른 잠자리에 들 때까지 쉬지 않고 움직였다. 일주일 치 집안일을 미리 다하려는 사람처럼 말이다. 아무리 말려도 엄마의 고집을 꺾을 순 없었다. 이튿날 아침, 잠결에 엄마 목소리가 들렸다.

"지수야, 엄마 먼저 나간다. 밥 차려놨으니까 일어나면 먹어."

"으응."

문 열리는 소리가 들리고 얼마 지나지 않아 알람이 울리기 시작했다. 손을 더듬어 알람을 꺼버린 후 나는 다시 이불 속으로 파고들었다.

'지수 씨가 유익할 수 있었던 야유회를 무익하게 만들었다는 것만 알아.'

싸늘하던 팀장님의 목소리가 떠올랐다. 나는 머리끝까지 이불을 덮어써버렸다.

한 시간 뒤, 나는 초능력 정신과의원에 앉아 있었다.

"지난주 이야기를 이어서 해야 하나요? 아니면 다른 얘기를 해도 되나요?"

"하고 싶은 얘기를 하시면 됩니다."

"원장님은 이유 없이 어떤 사람이 싫었던 적 있으세요? 주는 거 없이 미운 사람 말이에요."

"그보다 그게 궁금한 이유가 뭘까요?"

"아니면 어떤 사람이 원장님을 이유 없이 싫어하는 것 같다고 느낀 적 있으세요?"

"글쎄요. 그게 궁금한 이유가 뭘까요?"

"제가 지금 단단히 미운털이 박힌 것 같거든요. 팀장님한테요. 이유는 모르겠지만요."

"그렇군요. 그런데 이유를 모르겠다는 게 무슨 말인가요?"

"미운털이 박힐 만한 이유를 찾을 수가 없다는 거죠. 없는 게 사실이니까요."

"이유가 없는데 왜 미운털이 박혔다고 느꼈나요?"

"왜냐하면 그렇게밖에 설명이 안 되니까요."

"그렇게밖에 설명이 안 된다는 말이 어떤 뜻인가요?"

"다른 직원들한테는 그러시지 않거든요. 언제나 상냥하시고 친절하시죠."

"그러신다는 게 어떤 의미인가요?"

"모호한 말로 헷갈리게 만들고 황당하게 비난하고, 대체 어느 장단에 춤을 취야 할지 모르겠어요."

"그렇군요. 어떠한 일들이 있었는지 물어봐도 될까요?"

"얘기하자면 너무 길어요."

다시 얘기하는 것조차 피곤했다.

"결론은 이거예요. 팀장님의 이중성. 팀장님이 이중인격자라는 얘기죠."

"이중인격자요?"

"겉으로 보이는 모습과 그 안에 숨겨진 속살이 완전히 다른 사람이란 말이죠."

"어떤 점에서 그렇게 느꼈나요?"

"사무실에서의 팀장님과 제가 겪은 팀장님이 180도 다른 사람이었거든요."

"그렇군요."

"그럼 당신은 당신이 겪은 모습이 상사의 본래 모습이라고 생각하는 건가요?"

"당연하죠. 대외적 이미지가 본래 모습이었다면 제가 지금과 같은 황당함을 겪을 일은 없었을 테니까요."

"그렇군요. 그렇다면 팀장님의 숨겨진 이면을 왜 하필 당신이 보게 되었을까요?"

"제 말이 그 말이에요. 왜 하필 나한테만 그러실까요? 도통 이유를 모르겠어요."

"혹시 이전에는 지금과 같은 느낌을 받아본 적이 없나요?"

한 번도 생각해본 적 없는 질문이었다.

"글쎄요. 생각해본 적이 없어서요."

"한번 생각해보면 좋을 것 같군요."

나는 대충 고개를 끄덕였다.

"그런데 정말 가증스럽지 않나요?"

"어떤 점이 말인가요?"

"이중적인 모습 말이에요. 상사랍시고 부하 직원한테 갑질하는 인격밖에 안 되면서 대외적으론 관용의 상징이라도 되는 듯 행세하는 거 말이에요."

"무슨 일이 있었는지 모르겠지만 당신이 팀장님을 실컷 비난하고 싶은 마음인 건 알겠군요."

"당연하죠. 얼마나 황당한지 아세요?"

"당신은 충분히 그렇게 보이는군요."

"… 괜히 쓸데없는 얘기를 50분 동안이나 했네요."

내가 시계를 확인하며 말했다.

"무슨 의미인가요?"

"이렇게 얘기한다고 해서 그분이 팀장님이고 제가 신입 사원인 건 달라지진 않으니까요. 지위가 변하지 않는다는 건 결국 바뀔 게 없다는 말과 같은 뜻이죠."

팀장님에 대한 분노와 비난, 현실적 체념을 쏟아낸 후 집으로 돌아오는 택시 안, 흘려듣고 넘겼던 질문이 다시 떠올랐다.

'이전에도 지금과 같은 느낌을 받아본 적이 있나요?'

'이전에? 이전에⋯.'

하지만 딱히 떠오르는 기억은 없었다. 택시에서 내린 나는 바로 버스 정류장으로 향했다. 오랜만에 학교에서 약속이 있었다. 경대대학교로 향하는 버스는 10분 뒤 도착이었고 나는 벤치에 앉아 버스를 기다리기로 했다.

"303번 버스가 버스 정류장으로 들어오고 있습니다."

얼마 후 버스 진입을 알리는 안내 방송이 흘러나왔고, 문득 한동안 잊고 있었던 그 사람이 떠올랐다.

*

내가 그 사람을 보게 된 건 취업 스터디 모임에서였다. 졸업을 1년 앞둔 어느 날, 현주의 반강제적인 권유에 못 이겨 스터디 모임에 참여하게 되었다.

"이렇게나 사람이 많아?"

취업 스터디 모임이 열린 303호 강의실에는 생각보다 많은 사람이 모여 있었다.

"다 내 덕분인지 알아. 내가 빨리 신청하지 않았으면 네 자리는 없었을 걸?"

현주는 의기양양하게 말했다. 앉을 자리를 찾아 강의실을 둘러보던 그때였다. 모임의 메인 위치에 삼삼오오 모여 있는 사람들과 달리 혼자 구석 자리에 조용히 앉아 있는 사람이 보였다.

"우리 저기 가서 앉자."

내가 구석진 자리를 가리키며 말했다.

"무슨 소리야? 여기 앉아야지. 하나라도 더 얻어 가려면 무조건 적극적인 사람들 옆에 있어야 하는 거야."

현주는 나를 강의실의 메인 위치에 앉혔다.

"자, 다들 오셨죠? 오늘은 이력서에 대한 피드백을 나눠볼까요?"

적극적인 발표와 거침없는 피드백이 이어지는 가운데 그저 듣고만 있는 한 사람, 구석진 자리에 혼자 앉아 있던 그 사람이었다. 메인 위치에 앉아서 구석진 자리에 앉은 사람처럼 있던 나는 그를 흘끗 쳐다보았다. 말없이 앉아 시선을 바닥에 떨어뜨리고 있던 그 사람에게 왠지 눈길이 갔다. 그는 조용하다기보다 가라앉은 모습처럼 보였다. 왠지 모를 침울함이 느껴졌다. 그가 발표할 차례가 되자 그는 바닥에 떨구고 있던 시선을 거두며 몸을 일으켰다.

"죄송하지만… 저는 다음에 하겠습니다."

자리에 앉은 그는 다시 시선을 바닥으로 떨어뜨렸다. 모임이 끝나고 강의실 밖으로 나오며 현주가 말했다.

"지수야, 어땠어? 확실히 도움 되지 않아?"

"그런 것 같기도 하고 조금 부담스러운 것 같기도 하고."

"너는 좀 부담을 느껴야 돼. 부담을 느끼는 만큼 발전하는 거야."

현주가 나를 기어코 끌고 온 이유였다.

"현주야, 다음에 발표한다고 했던 사람 있잖아."

"응. 왜?"

"원래 스터디에 나오는 사람이야?"

"응. 그런데 그 사람은 스터디에 왜 나오는지 모르겠어. 본인이 적극
적으로 발표도 하고 피드백도 받고 해야 얻는 게 있는 거잖아. 매
번 듣고만 있다가 가는 것 같던데?"

"그렇구나…."

"그런데 잘생기지 않았니? 키도 크고 눈에 띄는 외모이지 않아?"

나는 그의 외모보다 침울한 표정으로 바닥만 바라보며 앉아 있던
그 모습이 떠올랐다.

"그 사람 단대에서 인기 많대. 단대 연예인이라나? 그런데 매일 혼
자 다닌대. 자칭 아웃사이더더라던데?"

"그래?"

"너 효민이 알지? 효민이도 스터디 나왔었거든. 효민이가 말해주더
라고. 그래서 나도 들었지 뭐."

"그렇구나…."

며칠 후, 중간고사 기간이었다. 시험 준비를 이유로 도서관을 찾았
지만 내 발걸음은 독서실이 아닌 문학 코너로 향했다.

'분명 이 책장이었는데? 아닌가?'

주위를 두리번거릴 때였다. 책장에 기댄 채 책을 읽고 있던 사람과 눈이 마주쳤다. 스터디 모임에서 보았던 바로 그 사람이었다. 순간 멈칫한 나는 재빨리 시선을 피해버렸다. 결국 책장에서 책을 찾지 못한 나는 대출 창구를 찾았다.

"『환상과 운명』이란 책을 찾고 있는데요."

"잠깐만요."

그때였다.

"반납된 책 가져왔습니다."

아르바이트생으로 보이는 학생이 곧 떨어질 듯 위태하게 쌓인 책들을 내려놓고 있었다. 그때, 대출 창구 주위에 서성이던 여러 사람 사이로 다시 그 사람이 보였다.

"마침 지금 책이 들어왔네요. 이 책 맞죠?"

"네, 맞아요. 감사합니다."

책을 빌려 독서실로 돌아온 나는 전공 책은 한쪽에 밀어둔 채 『환상과 운명』을 읽기 시작했다. 페이지를 넘길수록 나는 완전히 책속에 빠져들었다.

기범이의 유일한 바람은 이것이었다. 영혼이 온전히 기대 쉴 수 있는 단 한 사람을 만나는 것. 그는 이것이 운명이라고 믿었다. 의미 없는 만남은 운명적 만남을 퇴색시킬 뿐이라고 생각한 그는 언제나,

누구에게나 거리를 두었고 필연적으로 외로움과 고독에 놓일 수밖에 없었다. 그럴수록 그는 더욱 운명적 만남을 갈구했고 매일 밤 꿈속에서 찾아 헤매었다. 하지만 나는 그의 간절함에서 비극을 느꼈다. 그가 그토록 간절하게 찾고 있는 운명의 실체는 실제 존재 여부와는 상관없는, 기범이의 환상에 지나지 않는 것이기 때문이다. 제멋대로 펼쳐지는 내면의 깊은 환상 말이다.

어느새 가로등 불빛이 책을 비추고 있었다. 나는 한쪽에 밀어두었던 전공 책을 다시 가방에 밀어 넣고는 자리에서 일어났다.
집으로 돌아가는 버스 안, 내 머릿속은 여전히 책 속에 머물러 있었다. 기범이가 기다리는 운명, 그것은 내가 꿈꾸는 것이었다. 수많은 정거장을 지나는 지루함에 책갈피를 경계 삼아 휘리릭휘리릭 넘겨볼 때였다. 툭, 하고 포스트잇 한 장이 발밑으로 떨어졌다.

기범이의 바람은 그저 환상이었을까, 아니면 운명은 실제로 존재하는 걸까?

포스트잇에는 내가 궁금해하던 바로 그 질문이 적혀 있었다. 이날 밤, 집으로 돌아온 나는 밤을 새워 책을 다 읽었다. 그리고 다음과 같이 쓴 포스트잇을 책의 첫 장에 붙였다.

기범이의 바람이 환상인지, 실제 존재하는 운명인지보다 중요한 것은 그것이 기범이 삶의 길잡이가 된다는 것 아닐까요?

이튿날 아침, 나는 도서관에 들러 책을 반납했다. 그날 오후, 마지막 강의가 끝났을 때 현주가 말했다.

"우리 도서관에서 공부하고 가자. 집에선 도저히 안 돼."

"도서관에서도 도저히 안 되던데?"

내가 웃으며 말했다.

"도서관 갔었어?"

"며칠 전에 도서관 간다고 했잖아. 가긴 갔는데 책만 실컷 읽다가 나왔어. 너도 알지, 무슨 느낌인지?"

"당연하지. 야, 책이랑은 절교급인 나도 시험 기간만 되면 절친이 되는데 뭘."

현주가 호탕하게 웃으며 말했다.

"그런데 무슨 책 읽었어?"

"『환상과 운명』."

"아, 그 책?"

"너도 알아?"

"당연히 모르지."

현주가 장난스럽게 말했다.

"책 이야기가 나와서 말인데 질문 하나 해도 돼?"

"무슨 말을 하려고 허락까지 받는 거야? 나는 가끔 엉뚱한 네 입이 무서워."

"있잖아, 너는 운명에 대해서 생각해본 적 있어?"

현주는 들고 있던 과자를 내 입에 밀어 넣으며 말했다.

"이 과자로 대답을 대신할게. 이거 맛있지? 새로 나온 건데 내 입맛에 완전 찰떡이야."

"진지하게 생각 좀 해봐. 너는 궁금하지 않니?"

"뭐가?"

"삶을 이끄는 그 무엇인가에 대해 말이야."

"그게 왜 궁금하니, 답이 이미 나와 있는데?"

"응? 너는 그 답을 알아?"

현주는 동그래진 내 눈을 비웃듯 웃음을 터뜨리며 말했다.

"이 최현주의 삶을 이끌어가는 것은 오직 '대'기업에 취직하고자 하는 목표에 있습니다. 오로지 그 목표 하나로 이렇게 빛나는 청춘의 오후를 도서관에서 썩히려 하죠. 그 와중에 뜬구름 잡는 소리 하는 친구 때문에 성가시기까지고요. 뜬구름 잡느라 바쁜 나의 소중한 친구에게 말해주고 싶습니다. '이번 전공 시험 점수가 너의 인생을 이끌어줄 거야'라고요."

천연덕스러운 현주의 연기에 나는 웃음이 터졌다.

"알겠어. 그만할게. 그런데 있잖아…."

"또 뭐?"

"너의 삶의 길잡이… 야, 같이 가."

내 말이 끝나기도 전에 현주는 도망가듯 앞질러 걸어가고 있었다.

대학교에 입학한 해의 봄, 가장 적극적인 신입생이었던 현주가 가장 소극적인 신입생이었던 나에게 손을 내민 건 지금 생각해도 아이러니한 일이다. 우리가 가까워지게 된 건 봄 축제 준비 때문이었다. 몇 명씩 짝을 이뤄 역할 분담을 해야 했고 각자 맡고 싶은 파트를 선택할 때였다. 그저 남는 파트를 맡을 생각에 가만히 앉아 있는 나를 보고 현주가 말했다.

"지수야, 너도 우리랑 같이 음식 준비 맡을래?"

"어? 그래…."

성격이 정반대였던 우리는 오히려 그 성격 때문에 점점 가까워졌다. 현주는 내가 편한 듯했고 나는 현주의 유쾌함이 좋았다. 그리고 어느 순간 우리는 학번 동기에서 친구가 되어 있었다.

도서관에 도착한 현주는 발 빠르게 빈자리를 찾아다니기 시작했다.

"지수야, 너 2층 독서실 가봐. 나는 3층으로 가볼게."

"알겠어."

하지만 내 발걸음이 먼저 향한 곳은 도서 검색대였다. 나는 포스트잇을 붙여놓은 책의 향방이 궁금했다.

'어!'

검색키를 누른 나의 눈이 커졌다. 책은 다시 대출 중이었다.

'대출 기한이 언제까지지?'

책의 대출 기간은 5일이었다. 그때 누군가 내 어깨를 툭 쳤다. 현주였다.

"야, 너 왜 여기서 밍기적거리고 있어?"

"잠깐 검색할 게 있어서. 미안. 자리 없지?"

"겨우 찾았어. 어서 가자. 가방만 올려놓고 사람 없으면 자리 취소되는 거 알지?"

"응. 어서 가자."

정신없었던 중간고사 기간이 지나갔다. 나는 마지막 시험지를 제출하자마자 도서관으로 향했다. 오늘은 책의 반납 예정일이었다. 도서관에 들어서자마자 바로 도서 검색대를 찾은 나는 마지막 글자를 치고 검색키를 눌렀다.

"대출 가능."

책은 반납되어 있었다. 반납을 확인한 나는 곧장 4층 문학 코너로 향했다.

'설마, 정말 회신이 왔을까?'

설마하면서도 내 예감은 회신을 기대하고 있었다. 책은 책장 한구석에 꽂혀 있었다. 나는 바로 책을 꺼내 먼저 내가 붙여놓은 포스트잇을 찾아보았다.

'엇. 없네?'

내가 붙여놓은 포스트잇은 없었다. 나는 숨겨진 무언가를 찾듯 책을 처음부터 훑어보기 시작했다. 그때였다. 책 중간쯤, 반듯하게 접힌 메모지가 한 장 들어 있었다.

기범이의 길잡이가 환상이었다면 내 삶의 길잡이는 무엇이었을까? 나는 무엇을 따라 지금에 이르게 되었을까? 나는 답을 찾을 수 없었다. 어느 순간, 내가 흩날리는 눈송이와 다를 바 없다는 것을 깨달았다. 날아온 길도, 어디로 날리게 될지도 모른 채 흩날리는 눈송이 말이다. 그러다 어느 순간 사라져버리는 눈송이 말이다. 나는 두려워졌다.

나는 다시 책을 대출 신청한 후 도서관을 나섰다.
"한지수!"
돌아보니 현주가 뛰어오고 있었다.
"몇 번이나 불렀는데 왜 이제 돌아봐, 뛰어오느라 혼났네."
"정말? 난 못 들었는데? 미안."
현주는 숨을 고르며 말했다.
"철민 선배 도착했대. 어서 가자."
"응."
"시험은 어땠어?"
"모르겠어. 나쁘진 않은 것 같은데. 너는?"
"아, 몰라, 몰라."

"나, 박 교수님 강의 들은 거 맞지? 네 옆에 분명 앉아 있었지?"

"어떤 허수아비 같은 애가 앉아 있긴 했는데, 그게 너였니?"

나는 현주의 팔짱을 끼며 말했다.

"내가 너랑 말을 말아야지. 근데 너 손에 들고 있는 거 뭐야?"

"아, 이거… 너도 읽어볼래?"

나는 현주에게 메모지를 보여주었다. 미간까지 찌푸리며 집중해서 읽던 현주는 이내 심드렁한 표정을 지으며 말했다.

"자, 이 최현주의 삶을 만든 건 아무래도 눈부신 K입시제도 아닐 까?"

"무슨 말이야?"

"오로지 K. B. D대 입학! 얼마나 멋진 목표니? 인생의 탄탄대로를 보장해준다잖아. 야, 인생의 레드 카펫을 누가 이렇게 친절히 알려 주겠니? 내가 굳이 힘들게 찾지 않도록 말이야."

"무슨 말이 하고 싶은데?"

"어디서 우리처럼 거저 얻어먹을 수 없다 너? 그저 감사합니다. 생 각하란 말이야."

"풉, 너 왜 이렇게 냉소적이야?"

"그럼 지금 따뜻하게 웃게 생겼니? 대학교 입학 후에 방황하는 경 우가 얼마나 많은데? 너 생각해봐. 대학 입시가 끝나버리는 순간 지금까지 유일했던 길잡이가 사라지는 거야."

"응…."

"누군가 깔아준 레드 카펫을 의심 없이 걷다가 어느 순간 카펫 길이 툭 끊어졌다고 생각해봐. 지금까지 레드 카펫 아래 가려진 길에 대해서는 생각조차 해본 적이 없는데 말이야. 갑자기 어디로 발을 내딛어야 할지, 이게 길인지, 저게 길인지, 한마디로 완전 멍찐 상태가 되는 거지. 포스트잇에 적힌 글도 그런 뜻 아니야?"

"글세… 그렇게 볼 수도 있겠다."

"야, 정말 어이없는 게 뭔지 알아?"

"뭔데?"

"20살 전까지는 옆집 영희든, 앞집 철수든 모두가 같은 목표를 가지는 게 올바른 거라고 하잖아? 그런데 20살이 되면 갑자기 유일무이한 자신만의 삶을 찾아야 진정한 삶을 사는 것이라고 하는 거야."

"완전 공감."

"결론은 어떻게 되는지 알아?"

"어떻게 되는데?"

"다시 다 같이 유일한 목표를 가지는 거야. 우리가 경험으로 익혀온 것처럼 말이야. 다수가 가는 길이 안전한 길이겠지, 안전한 길이 내 길이겠지 하면서 말이야. 다만 시험의 종류는 바뀌지. 대학 입학 시험에서 대기업 적성 검사로 말이야."

나는 고개를 끄덕였다.

"현타 오는 얘기 해줄까?"

"뭔데?"

"그게 바로 지금 우리 모습이라는 거야. 대기업 플리즈."

"응…."

"그런데 이게 현실 아니야? 현실 속에 있으면 현실을 살아야지."

현주는 쿨하게 말했다.

약속 장소에는 철민 선배가 먼저 도착해 있었다.

"오늘 시험 끝난 애들 맞아? 얼굴이 왜 이렇게 좋아?"

"오랜만이에요, 선배. 그런데 선배는 시험 치고 오셨어요? 선배 얼굴이 딱 시험 친 얼굴인데요?"

선배는 웃음을 터뜨렸다.

"잘 지내셨어요?"

나도 인사를 건넸다.

"나야 뭐 잘 지냈지. 어서 앉아. 정말 오랜만이다."

현주랑 각별히 친했던 선배는 중간고사가 끝났으니 저녁을 사주겠다고 학교로 온 것이었다.

"취업 스터디 나가고 있어?"

"그럼요, 선배. 내가 같이 가자고 졸라서 지수도 같이 다니고 있어요."

"그래? 나름대로 유익할 거야. 눈 높은 애들이 많거든."

취업 스터디는 선배가 현주에게 추천해준 모임이었다. 현주가 몇 번 가보고는 나를 끌고 간 것이었다.

"내가 다닐 때 있던 사람들 중에 아직 나오는 사람이 있나? 아직 있는 사람은 없겠지?"

"아, 선배. 그 사람 알죠? 그, 어느 단대 연예인이라고 소문난 사람 있잖아요. 허우대는 멀쩡하게 생겼는데 아웃사이더같이 다니는 사람. 그 사람 요즘도 나와요. 선배 다닐 때도 있지 않았어요?"

"알지. 아직 있구나. 내가 듣기론 학번이 나랑 같은 걸로 알고 있는데… 이름이 뭐라더라, 민… 뭐랬는데, 여하튼 별 보며 사는 애도 취업은 안 할 수 없나 보다. 아직까지 나오고 있는 거 보니."

"별 보며 사는 애요?"

나는 내 방 천장을 우주 삼아 떠 있는 야광별을 떠올렸다.

"걔 아마 철학과 전공 수업 모조리 들었을걸? 내가 알기론 걔가 법대라고 알고 있는데 전공 수업은 안 듣고 동양철학, 서양철학, 여하튼 무슨 철학과 수업은 그렇게 열심히 듣는대. 우리 같은 보통 사람과 소크라테스랑 얘기하는 사람이 대화가 되겠니? 그러니까 걔가 누구랑 어울리겠니?"

선배는 말을 이었다.

"여기서 포인트! 배고픈 소크라테스도 현실적으로 취업은 해야 한다는 사실."

"그러고 보면 선배, 어쩌니 저쩌니 해도 그저 현실을 직시하고, 현실에 발맞춰 사는 게 최고인 것 같아요."

"현실에 발맞춰 사는 게 뭔지 네가 아니?"

선배는 어이없다는 듯 웃음을 터뜨리며 말했다.

"알죠, 선배. 혹독하고 거짓이 판치는 세상에 맞춰 사는 거죠."

현주의 말에 선배는 폭소를 터뜨렸다.

"혹독하고 거짓이 판치는 세상이 뭔지 네가 겪어봤니?"

"꼭 겪어봐야 아나요? 저도 그쯤은 알죠."

귀엽다는 듯 웃던 선배는 한탄하듯 말했다.

"너희 지금이 좋을 때다. 학교 다닐 때가 정말 좋을 때야. 회사 다녀봐. 어쩔 수 없이 꾸역꾸역 견디는 거야. 회사 생활이 무슨 자아실현이라거나 나의 삶에 의미 있는 무언가가 될 것이라고 기대한다면 그 기대는 지금부터 깨는 게 좋아."

"왜요?"

"회사에 취직한다는 건 유일무이한 존재가 되는 것을 포기하는 거야. 한마디로 언제든 대체 가능한 부품 같은 거지. 언제든 내가 그만두면 내 자리에 올 수 있는 사람은 많고 오고 싶어 하는 사람은 더 많거든. 한마디로 회사는 월급 수단 그 이상도 이하도 아냐."

저녁 식사를 마친 후 선배는 또 다른 약속이 있다며 학교로 갔고 우리는 버스 정류장으로 향했다. 버스 정류장으로 걸어가는 길, 현주가 말했다.

"지수야, 너도 내가 엄청 현실적인 거 알지?"

"알지."

"그런데 나도 꼭 그렇지만은 않나 봐."

"왜?"

"아까 철민 선배 얘기 듣는데 갑갑해지더라. 그래서 요즘 파이어족을 꿈꾸는 사람이 그렇게 많은 건가 싶고. 파이어족이 뭔지 알지? 이른 나이에 은퇴하고 자신의 삶을 찾고 싶어 하는 사람들."

나는 고개를 끄덕였다.

"일과 자기만족이 일치하긴 참 어려운 일인가 봐. 지금 생각 같아서는 취직만 된다면 밤샘 야근도 이 한 몸 바쳐할 수 있을 것 같은데. 그렇지 않아?"

"그러게."

현주가 탈 버스가 먼저 도착했다.

"월요일에 봐."

손을 흔들며 멀어지는 현주를 뒤로하고 나는 책 안에 꽂혀 있던 메모지를 다시 꺼내보았다. 철민 선배의 말과 메모지의 글이 오버랩되고 있었다.

책을 반납하기 하루 전, 나는 다음과 같이 적은 포스트잇을 다시 책의 첫 장에 붙였다.

혹시 지금은 당신의 길잡이를 찾으셨나요?

이튿날 아침, 나는 책을 반납했고 그날 오후 책은 다시 대출 중이었다. 그리고 다시 내가 대출했을 땐 다음과 같이 적혀 있었다.

아직 찾지 못했습니다. 여전히 찾고 있는 중이죠. 내 삶의 길잡이가 되어줄 '그 무엇'을 말이죠.

나는 다시 포스트잇을 붙였다.

삶의 길잡이가 되어줄 '그 무엇'은 어떻게 찾을 수 있을까요?

그리고 포스트잇은 내가 보낸 마지막 질문이 되었다. 이 질문에 대한 회신은 오지 않았다. 다시 반납된 책에는 어떠한 메모지도, 포스트잇도 들어 있지 않았다.
며칠 후, 취업 스터디 모임이 시작되기 전 모임의 대표가 말했다.
"모두들 민준 씨 아시죠? 지난주에 취직 성공했다고 합니다. 축하할 일이죠?"
그렇게 왠지 모르게 눈길이 가던 그 사람은 다시 볼 수 없었다. 메모지의 회신이 끊긴 후 나는 한동안 상심한 마음을 감출 수 없었다.
"한지수, 나 모르게 연애하다가 차인 거 아니야? 왜 이렇게 기운이 없어 보여?"
"아니야. 좀 피곤해서 그래."
포스트잇의 그 사람은 나에게 '길'이라는 한 글자를 각인시켰다.

이 한 글자는 현실엔 쓸모없는, 심지어 현실을 뒤흔들 수 있는 감정들을 불러일으켰다. 무탈하면 그만이라고 여겼던 하루하루가 시들하게 느껴졌고 이미 정해진 길을 따라가는 삶에 권태를 느꼈다. 하지만 회신이 끊긴 후 낯선 길에서 안내자를 잃은 듯 갈팡질팡하던 나는 그 길의 여정을 시작조차 하지 못한 채 포기해버렸다. 그렇게 다시 익숙하고 안전한 길을 따라 걷기 시작했고 몇 년이 지난 지금 나는 성산회사 신입 사원이 되었다.

*

"한지수!"
취직 후 통 만나지 못했던 우리는 한껏 회사원 티가 나는 서로의 모습에 웃음을 터뜨렸다.
"지수 너 매일 청바지에 운동화만 신고 다니더니 역시 성산회사 사원은 다르네?"
"그러는 너는? 누가 봐도 커리어 우먼이라고 하겠는데?"
우리는 이와 같은 말들로 서로의 취업 성공을 자축했다. 대학교 때 자주 찾던 단골 식당으로 향하며 내가 말했다.
"회사 생활은 어때?"
"꽤 재미있는데?"

"그래? 갑자기 철민 선배가 생각나네. 회사 생활의 무미건조함에 대해서 한탄을 했었는데."

"선배가 그랬지. 너희는 회사 생활을 안 해봐서 모른다 불라불라. 그런데 나는 뭐랄까, 한탄보다 이곳에서 끝까지 살아남아야지 하는 승부욕이 생기던데?"

"현주 너답다. 나는 끝까지 살아남아야지 하는 승부욕이 아니라 끝까지 살아남을 수 있을까라는 의문이 들던데…."

"강한 자가 살아남는 것이 아니라 살아남는 자가 강한 것이라는 말 들어봤지? 어떻게든 끝까지 견디는 거야. 오케이?"

나는 웃음으로 대답을 대신했다.

"그런데 벌써 그런 생각이 들어?"

"응."

"왜? 무슨 일 있어?"

"사실은… 어느 장단에 춤춰야 하는 건지 모르겠어. 그래서 내가 추는 춤이 맞는지 틀린지도 모르겠단 말이야."

"말해봐. 내가 명쾌하게 판단해줄게."

나는 그간의 일들을 털어놓았다.

"음… 내가 볼 땐 네가 너무 순진해서 그래."

"무슨 말이야?"

"가면무도회에 초대받았을 때 가면도회인지도 모르고 맨얼굴로 가면 어떻게 되겠어?"

"무슨 뜻이야?"

"모두가 맨얼굴로 왔다고 생각할 것 아니야. 그럼 어떻게 되겠어? 가면이 바뀔 때마다 혼자 어리둥절해하며 생각하겠지. '이 얼굴이야 저 얼굴이야 대체 뭐가 진짜 얼굴이야?' 하고 말이야. 원래 진짜 얼굴은 볼 수 없는 가면무도회인데 말이야."

"…"

"가면무도회에 참석한 그 누구도 가면이 바뀌는 것에 대해 신경쓰지 않아. 가면무도회인데 가면 정도야 당연히 바뀔 수 있는 거 아니야? 한마디로 다들 가면에 무뎌지지. 의미 없이 복잡해지기 싫으니까."

현주는 말을 이었다.

"지수야, 그냥 무시해버려. 다른 사람 입맛을 어떻게 맞추니? 적당히 해야 할 만큼의 도리만 했으면 된 거야."

나는 고개를 끄덕였다.

"지금 팀장님이라고 뭐 영원한 팀장님이니? 적당히 아는 척하고 적당히 모른 척해. 무슨 말인지 알지?"

나는 다시 고개를 끄덕였다. 현주는 내 어깨를 토닥거리며 말했다.

"네가 미워서 난리든 좋아서 난리든 신경쓰지 마. OK?"

"응…."

"야, 네 앞에 맨얼굴, 완전 쌩얼로 앉아 있는 날 신경써."

"밥 다 먹었지? 덜 먹었어도 난 먼저 일어날게."

*

다시 돌아온 월요일 아침, 전체 회의가 있었다. 공교롭게 나는 팀장님과 정면으로 마주앉게 되었다. 팀장님은 야유회 일은 잊었다는 듯, 눈이 마주치자 싱긋 웃어 보였다. 나는 입꼬리를 최대한 올렸다가 내렸다. 회의가 시작되었고 팀장님은 어떠한 안건에도 단칼에 지적하는 일은 없었다.

"지금도 충분히 좋은데, 조금 더 새로운 아이디어 없을까?"

역시 워너비 팀장님의 모습이었다.

'신경쓰지 말자, 신경쓰지 말자, 신경쓰지 말자.'

거의 주문을 외우며 그저 무난한 한 주가 되길 바라던 그때였다.

"자, 전체 회의는 여기까지 하고 신입 사원들은 내 방으로 오세요."

팀장님이 부르신 이유는 신입 사원 프로젝트 때문이었다. 연말 인사 고과에 반영된다는 점 때문에 우리 세 사람의 눈과 귀가 팀장님의 입을 향해 더욱 집중되었다.

"치열한 경쟁은 기대를 뛰어넘는 퍼포먼스를 가능하게 합니다. 무슨 말인지 이해하죠? 연말에 받게 될 첫 인사 고과 점수 궁금하죠? 이번 프로젝트 결과로 예상해보면 될 거예요."

"네, 알겠습니다."

"2주 뒤, 전체 회의에서 발표할게요. 열심히 해봐요."

밖으로 나오자 수민 씨가 투덜대며 말했다.

"오늘부터 야근이라도 해야 하는 거 아니에요?"

"그러게요. 2주 동안 빡세게 해야 할 것 같은데요?"

지호 씨가 말했다.

"그런데 이거 우리끼리 경쟁하게 됐네요. 저는 이런 부분에서는 확실하고 냉정하게 합니다."

"동기끼리 너무 냉정하게 그러지 맙시다. 우리 상부상조하면 어때요?"

"그러다 아이디어 흘리는 꼴 납니다. 어쨌든 평가 방식이 있으니 그 룰을 따라야죠 뭐. 이기적으로 혼자 잘하려고 하는 게 아니라요."

인간적인 정에 어필하던 수민 씨는 룰을 강조하는 지호 씨의 말에 입을 다물었다. 불과 몇 분 전까지만 해도 수다를 떨던 두 사람 사이에 미세한 어색함이 생겼다.

"지수 씨."

"네?"

"지수 씨는 어떻게 할 생각이에요? 지호 씨는 뭐 꼭꼭 숨겨놓은 엄청난 아이디어라도 있나 봐요."

수민 씨의 가시 돋친 농담에 지호 씨의 얼굴이 살짝 굳어졌다.

"글쎄요. 이제부터 생각해봐야죠."

이날 늦은 오후, 퇴근 시간이었다.

"지수 씨, 퇴근 안 해요?"

지호 씨가 퇴근 준비를 하며 말했다.

"조금 더 있다가 가려고요."

"벌써 너무 열심히 하는 거 아니에요? 나도 갑자기 퇴근하기가 망설여지네."

옆자리에 있는 수민 씨가 어깨에 가방을 멘 채 말했다.

"그런 거 아니에요. 느린 사람은 일찍 출발해야죠."

"어쨌든 열심히 해요. 먼저 갈게요."

모두가 퇴근한 뒤 사무실에 혼자 남아 자료 조사를 시작할 때였다. 문 열리는 소리에 돌아보니 퇴근한 팀장님이 다시 들어오고 계셨다.

"지수 씨, 아직 퇴근 안 했어?"

"조금 있다가 하려고요. 퇴근하신 거 아니셨어요?"

"아, 두고 간 서류가 있어서. 왜 아직 퇴근 안 했어?"

"프로젝트 때문에 자료 조사 좀 하고 가려고요."

"이건 지수 씨 인사 고과와 관련이 있어서 그런가, 야유회 프로그램 준비한 거랑은 느낌이 다르네."

"아, 그런 게 아니라…"

"그래, 열심히 해. 열심히 해야지. 그게 당연한 거지."

"네…"

"아이디어는 좀 있어?"

"아니요. 아직 생각 중이에요."

"참, 지수 씨. 낮에 깜빡하고 말을 못 했는데 지수 씨가 나를 좀 도 와줘야 할 일이 있는데."

"무슨 일인데요?"

"2주 뒤에 상무님 앞에서 프레젠테이션이 있거든. 요즘 이것 때문에 내가 정신이 하나도 없어. 어쨌든 지수 씨가 며칠만 도와줘야할 것 같아. 지수 씨 어차피 야근할 거잖아? 지수 씨 꺼 하면서 틈틈이 도와줘. 부탁 좀 할게."

"네, 그럴게요."

"그럼 난 먼저 갈게. 내일 봐. 수고하고."

이튿날 아침, 팀장님의 메일을 확인한 나는 경악했다. 며칠만 틈틈이 도와달라고 했던 일은 도저히 그렇게 할 수 없는 분량이었다. 틈틈이 아니라 그 일에만 매달려도 시간이 빠듯할 듯했다. 그때 메신저가 울렸다. 팀장님이었다.

✉ 지수 씨, 메일 확인했지? 적어도 3일 안에는 정리해서 이 과장한테 보내줘야 돼. 그럼 수고.

이때부터 이틀을 꼬박 야근한 나는 겨우 기한에 맞춰 정리한 자료를 이 과장님께 전송했다. 피곤이 밀려왔지만 프로젝트 때문에 또다시 퇴근을 미뤘을 때였다.

"지수 씨."

"부르셨어요?"

"지수 씨가 정리한 자료 있잖아. 통계적으로 분석을 좀 해야 하는데… 지수 씨 얼마 전에 직무교육 다녀왔지?"

"네…"

"그럼 일단은 지수 씨가 맡아서 좀 해봐."

"제가요?"

깜짝 놀란 나와 달리 팀장님은 놀랄 이유가 전혀 없다는 듯 태연하게 말했다.

"지수 씨, 요즘 뭐 바쁜 일 있어?"

프로젝트를 지시한 팀장님이 되레 바쁜 일 있냐고 묻고 있었다.

"프로젝트는 업무 능력 트레이닝 차원이니 크게 신경 안 써도 되고. 원래 맡은 업무는… 지금 큰 이슈 없잖아?"

'업무 능력 트레이닝 차원이니 신경 안 써도 된다고?'

나는 황당했다. 불과 며칠 전에 연말 인사 고과 운운하며 치열하게 준비하라고 하셨던 분이 바로 팀장님이었다.

"큰 이슈는 없지만…"

"그럼 지수 씨가 좀 맡아서 해봐. 안 바쁜 사람이 어디 있어. 그지?"

팀장님 앞에서 내가 할 수 있는 대답은 '네'뿐이다. '네'와 '아니요'는 선택을 나타내는 단어지만 팀장님 앞에서 '아니요'는 선택할 수 없는 단어였다.

"언젠가 다 지수 씨한테 도움되는 거야. 안 그래?"

"네…"

"지금 메일로 보내놓을 테니까 확인해봐. 수고하고."

자리로 돌아온 나는 머리가 멍해졌다.

'자료 정리가 끝이 아니었어?'

✉ 메일이 도착했습니다.

메일이 왔다는 알람이 곧바로 울렸다. 메일을 확인한 나는 눈앞이 깜깜해졌다.

'이걸 프로젝트랑 같은 기한 내에 하란 거야?'

감당할 수 없는 무게에 짓눌린 듯 가슴이 답답해졌다. 연일 계속된 야근에 컨디션까지 최악이 돼버린 나는 퇴근 준비를 서둘렀다.

"지수 씨, 지금 퇴근하려고?"

"네, 그러려고요."

"내가 보낸 메일 봤어?"

"네, 방금 확인했습니다."

"그런데 지금 퇴근해?"

"네?"

"아니, 내 말은 1분 1초가 아까운 시간일 텐데 싶어서. 게다가 지수 씨 프로젝트도 해야 하잖아."

'그리 잘 아시는 분이 일을 이렇게 시킬 수 있어요?'

순간 마음의 소리가 입 밖으로 튀어나올 뻔했다. 하지만 마음속의 메아리일 뿐 내 입은 컨디션이 안 좋다고 구구절절 얘기하고 있었다.

"몸이 안 좋으면 쉬어야지. 그런데 일 처리가 늦어지면 머리가 더 아파지지 않을까, 선택은 지수 씨가 하는 거지 뭐."

어둑해진 퇴근길, 오늘처럼 발걸음이 무거웠던 적은 없었다.

'오늘이 며칠이지? 프레젠테이션까지 얼마나 남았지?'

괜스레 날짜만 헤아려보고 또 헤아려보았다.

집으로 돌아온 나는 그대로 뻗어버렸다. 축 처진 채 누워 있던 나는 현주에게 전화를 걸었다. 연결 신호음과 동시에 바로 내 이름이 들려왔다.

"한지수?"

"뭐 하고 있어?"

현주의 목소리 너머로 시끌시끌한 소리가 들려왔다.

"지금 밖에서 저녁 먹고 있어."

"그래."

"너 목소리가 왜 그래?"

"좀 피곤해서 그래."

"너, 설마 지금 퇴근한 거야? 요즘 많이 바빠?"

"응. 어이가 없을 만큼."

"그래서 목소리마저 파김치가 됐구먼."

"응."

"야, 그럴 때일수록 투지를 불태워야지. 목소리가 그게 뭐야?"

"투지를 불태우기는커녕 그나마 있던 불씨도 꺼질 지경이야."

"너 그러다 루저 된다."

"루저?"

"못 이겨내고 빌빌대다가 뒤처지는 게 루저지 뭐."

"야!"

"아, 깜짝이야. 왜 소리는 지르고 그래?"

"모든 사람이 너처럼 이겨내진 못해."

나는 울컥했다.

"… 나 지금 말실수한 거지? 알았어, 미안미안. 얼른 바쁜 일 끝내고 맥주 한잔하자. 알았지?"

현주의 말대로 투지를 불태울 수밖에 없는 한 주였다.

토요일 아침, 새벽까지 일에 매달린 나는 머리도 감지 않은 채 초능력 정신과로 향했다. 감지 않은 머리는 엉겨 붙어 있었고 얼굴은 초췌했다. 누가 봐도 일주일 사이에 확연히 달라진 몰골이었다.

"피곤해 보이네요?"

"요즘 회사 일이 좀 바빠서요."

원장님은 차트를 넘기고 있었다.

"오늘은… 아무 말 없이 있어도 되나요?"

눈앞의 일만 해도 머리가 터질 지경인데 지나간 일들까지 꺼낼 마음의 여유가 없었다.

"편한 대로 하시죠."

나도 모르게 깊은 한숨이 새어 나왔다. 내 한숨 소리에 자리에서 일어난 원장님은 차(茶)를 한 잔 가져왔다.

"차 한 잔 드세요."

나는 조심스럽게 한 모금 마셨다. 문득 첫날 느낀 향기, 그 향기가 떠올랐다.

"무슨 차예요?"

"그저 여러 가지 잎을 배합한 것이라 이름이랄 게 없군요."

나는 따뜻한 찻잔을 손에 쥔 채 한동안 아무 말 없이 앉아 있었다. 며칠 만에 느끼는 편안함이었다.

"참, 생각해봤는데요."

"무엇을 말인가요?"

"누군가 나를 괜히 싫어한다고 느낀 적 있는지 물어보셨잖아요?"

"떠오르는 기억이 있던가요?"

"딱히 떠오르는 기억이 없더라고요."

"그렇군요."

"그런데… 팀장님과 오버랩되는 사람이 있더라고요."

"그 사람이 누군가요?"

"… 엄마요."

원장님은 고개를 끄덕였다.

"팀장님과 당신의 어머니가 어떤 점에서 오버랩되던가요?"

"글쎄요, 아마도 혼란스러움… 때문인 것 같아요."

"혼란스러움이라, 구체적으로 얘기해볼 수 있나요?"

"예를 들면 이런 거예요. 엄마는 입버릇처럼 '다 너를 위해서'라고 하셨지만 제가 느끼기엔 저를 위해서가 아니었어요. 엄마의 한(恨) 때문이었죠."

원장님은 고개를 끄덕였다.

"팀장님의 이중인격과는 좀 다른 얘기지만 어쨌든 양면이 명쾌하지 않다는 데서 느끼는 답답함은 같으니까요."

"양면이라 함은 지난번에 얘기한 팀장님의 이중성을 말하는 건가요?"

"네. 하지만 정확하게 말하면 엄마는 팀장님의 이중성과는 다른 문제예요. 엄마는 표현하는 것과 다른 본심의 문제이거든요."

"어떤 차이가 있죠?"

"팀장님의 이중성은 의도의 문제죠. 겉과 다른 저의가 있는 것 같거든요. 하지만 엄마는 의도의 문제는 아니죠. 표현 능력의 문제랄까요? 당신의 솔직한 마음을 자신도 몰랐거나 아니면 알아도 솔직히 표현할 수 없었거나…."

"무슨 말인지 이해했습니다. 엄마가 본심과 표현하는 마음이 다른 사람이라고 느꼈나요?"

"솔직히 말하자면… 네, 그래요."

"그렇군요. 어머니에 대해 얘기해볼 수 있나요?"

"엄마요? 엄마는…."

의외로 어려운 질문이었다.

"제가 구체적으로 질문을 드릴까요?"

나는 고개를 끄덕였다.

"'어머니는 어떤 사람이다'라고 표현한다면 어떻게 말할 수 있을까요?"

"엄마는… 희생적인 사람인 것 같아요."

"그렇군요. 구체적으로 어떤 점에서 그렇게 느꼈나요?"

"엄마의 인생이 그랬으니까요. 어릴 땐 외할머니 형편을 생각해서 일찍부터 일하러 가셨었고…."

"그렇군요."

"그리고 남편 역시 잘 만나지 못했죠. 원하든 원치 않든 희생할 수밖에 없는 처지였죠."

"그렇군요. 남편 역시 잘 만나지 못했다는 것은 어떤 의미인가요?"

"아무래도… 경제적 무능과 성격적 결함 아닐까요?"

"아버지께서 경제적으로 무능하셨고 성격적으로도 힘든 면이 많으셨나요?"

"그랬죠. 지금도 마찬가지고요."

"그렇군요."

"그래서 저는 회의적이에요."

"무엇에 대해서 말인가요?"

"연애, 결혼 이런 것들 말이에요."

"회의감을 느끼는 이유가 뭘까요?"

"두 사람의 인생이 하나의 인생으로 묶인다는 게 과연 좋은 일일까요?"

"글쎄요."

"물론 장밋빛 미래를 꿈꾸겠죠. 하지만 현실이 꿈처럼 펼쳐진다는 보장이 있나요?"

"어리석게도 가시밭길 앞에서 장미꽃 길을 기대하고 있는 것일지도 모르죠."

"그것이 연애, 결혼에 대해 회의적이라고 한 이유인가요?"

나는 고개를 끄덕였다.

"그렇군요. 그럼 '어리석게도'를 '현명하게도'로 바꿔서 말해보면 어떻게 말할 수 있을까요?"

"음… 현명하게도 어떤 길인지 알 수 없는 길 앞에는 서지 않았다."

"가시밭길을 피하고 싶은 당신이 선택한 최선의 방법은 장미꽃 길 역시 포기하는 것이군요."

"네?"

"길을 걸어가보지 않고는 그 길이 가시밭길인지, 장미꽃 길인지 알 수 없는 일이니까요."

"아, 그렇죠."

"가시밭길을 피하고 싶은 마음은 이해가 됩니다. 그런데 그 길이 장미꽃 길일 수도 있으니까요. 길 앞에 서지 않는 것이 가시밭길을 피하는 것이 아니라 장미꽃 길을 포기하는 것이라면 어떨 것 같나

요?"

"그렇다 할지라도 저는 위험을 감수하고 싶지 않아요."

"위험이라? 가시밭길은 어떤 의미의 위험인가요?"

"제 인생이 실패했다는 것과 같은 거예요. 엄마와 같은 삶을 살아야 한다면 전 아마 견딜 수 없을 거예요."

"당신은 엄마와 같은 삶을 살게 될까 봐 두렵나요?"

정곡을 찌르는 말이었다. 나도 모르는 설움이 복받쳐 올랐다. 서러움은 눈물이 되어 흘러내리기 시작했다. 뚝뚝 떨어지는 눈물을 황급히 닦으며 터져 나오는 울음을 삼키려 애썼다.

"요즘 스트레스가 너무 많았나 봐요."

나는 눈물이 난 이유를 늘어놓았다.

"그랬군요. 그런데 어떤 이유로든 울 수 있죠."

그는 휴지를 내 앞으로 조용히 밀어주었고 울음을 멈출 때까지 기다려주었다. 어느 정도 울음이 잦아들자 그가 말했다.

"괜찮으신가요?"

"네, 괜찮아요."

나는 다시 찻잔을 손에 쥔 채 아무 말 없이 앉아 있었다. 마지막 남은 차 한 모금을 끝으로 상담 시간은 끝이 났다. 다시 집으로 돌아온 나는 마치 출근하듯 책상 앞에 앉았다. 그리고 다음 날까지 줄곧 책상에 앉아 있었다. 월요일 아침 출근 전까지 말이다.

"지수 씨, 어디 아파요? 얼굴이 말이 아니네."

사무실에 들어서는 나를 본 수민 씨가 말했다.

"수민 씨, 주말 잘 보냈어요?"

"도서관에 처박혀서 프로젝트 자료 준비했죠 뭐. 지수 씨는요?"

"아직 시작도 제대로 못 한 것 같아요."

"이번 주 안에 어떻게든 해보자고요. 지호 씨는 알아서 너무 잘하고 있겠죠?"

"그렇겠죠?"

"맞아요. 우리가 문제죠, 뭐."

수민 씨가 한숨을 쉬며 말했다.

자리에 앉아 컴퓨터 전원을 켜자마자 팀장님의 메시지가 도착했다.

✉ 지수 씨, 내가 얘기한 거 어디까지 진행됐어? 진행된 것까지 일단 메일로 보내줘.

✉ 알겠습니다.

나는 주말 내내 분석한 자료를 전송했다. 그리고 얼마 뒤, 메신저가 다시 울렸다. 팀장님의 호출이었다.

똑똑.

"들어와."

팀장님의 목소리는 싸늘했다. 야유회 가는 차 안에서 느꼈던 그 싸늘함이었다.

"지수 씨!"

나의 느낌은 착각이 아니었다. 팀장님은 굳은 얼굴로 내 이름을 차갑게 불렀다.

"네?"

"지수 씨, 지금 뭐 하는 거야?"

나는 우두커니 선 채로 굳어버렸다.

"지수 씨, 이 자료가 어디에 쓰이는 거야? 그거 먼저 물어보자."

"상무님 앞에서 프레젠테이션할 때 필요하시다고…."

"그건 확실히 알고 있네. 상무님 앞에서 발표할 때 쓸 자료야. 그런데?"

"네?"

"내 말을 못 알아듣겠어?"

거듭된 추궁에 머리가 새하얘졌다.

"지수 씨!"

내 이름이 한 번 불릴 때마다 나는 쪼그라들고 있었다.

"지금 지수 씨가 내린 분석은 너무 단순하고 뻔하잖아? 그걸 모르는 사람이 있을까?"

나는 이제 아무 말도 떠오르지가 않았다.

"지수 씨, 그 결론 내자고 그 많은 자료를 분석했어? 그건 굳이 분석하지 않아도 알 수 있는 거 아니야?"

"…."

"지수 씨, 내가 공부를 하라고 했잖아. 자료를 분석한 프로그램 자체가 너무 낮은 수준이야. 고급으로 접근했어야지. 고급 수준이 필요하면 당연히 배워서라도 해야 하는 거 아니야?"

"…"

"이렇게 단순하게 분석해서는 자료로 쓸 수가 없어. 내가 지금 보자고 안 했으면 어쩔 뻔했어, 방금 들은 얘기 참고해서 다시 보내줘."

"…"

"지수 씨, 왜 대답이 없어, 내 말 듣고 있는 거야?"

"네."

"지수 씨는 상사를 대하는 기본 태도부터 좀 배워야겠어. 대답을 해야지."

"네."

"지수 씨!"

"네."

"입장이란 걸 고려해서 생각해봐. 지수 씨가 상무님 앞에서 프레젠테이션을 한다고 생각해봐. 자료 준비가 확실하면 확실할수록, 구체적이면 구체적일수록, 창의적이면 창의적일수록 더 인상적인 발표가 되지 않겠어?"

"더는 긴말하지 않을게. 다시 준비해서 보내줘. 나가 봐."

피할 수 없는 비바람을 아주 세차게 정신없이 맞은 기분이었다. 프로젝트 준비, 팀장님 자료 수정, 회사 업무. 이 모든 것이 머릿속에

서 연기처럼 빠져나가고 있었다. 나는 무기력해졌다. 자리로 돌아
온 나는 소영 씨에게 메시지를 보냈다.

🖂 소영 씨, 퇴사가 생각나는 아침.

🖂 지수 씨, 퇴사가 생각나는 매일.

🖂 확 과감한 결단, 해버릴까요?

나는 소영 씨의 대답이 궁금했다.

🖂 지수 씨, 과감한 결단은 어떻게 하는 건 줄 알아요?

🖂 어떻게 하는 건데요?

🖂 마음속으로만 하는 거예요.

피식 웃음이 새어 나왔다.

🖂 그렇겠죠…?

🖂 당연하죠. 지수 씨 이따가 다시 메신저 할게요.

피식 새어나오던 웃음이 멈추자 다시 어딘가에 갇힌 듯한 답답함
이 밀려왔다. 내 처지 따위는 아랑곳 하지 않는 듯 시간은 빠르게
흘러갔다. 수요일쯤 자료를 확인하실 줄 알았던 팀장님은 아무런
말씀이 없으셨다. 목요일 퇴근 시간이 다 되었을 때였다.

🖂 지수 씨, 마무리했어? 고급 통계로 접근하니 분석 결과가 다양
해지지?

🖂 네.

🖂 이게 다 지수 씨한테 도움되는 거야. 알지?

🖂 네.

⊠ 그래. 오늘 퇴근 시간 전까지 보내줘.

⊠ 네.

늘 그랬듯이 '네'라고 대답하는 것 외에 달리 할 말이 없었다. 퇴근하기 전 팀장님께 자료를 보내드린 후 무거운 짐을 내려놓은 듯한 후련함도 잠시 헌타가 밀려왔다. 신입 사원 프로젝트 발표일이 내일로 다가와 있었다. 오늘은 동기들도 퇴근을 미루고 있었다.

"오늘 모두 야근하고 갈 거죠? 같이 저녁 먹고 할까요?"

지호 씨 제안에 사무실을 나섰다.

"지수 씨, 준비 많이 했어요?"

"아뇨. 성의 없어 보인다는 피드백을 걱정해야 할 정도예요."

"에이, 지수 씨 괜히 그렇게 말하지 마요. 매일 남아서 야근하던데요, 뭘."

괜한 겸손이라고 생각한 수민 씨가 말했다.

"정말이에요. 야근은 다른 급한 일이 있었거든요."

"다른 급한 일요?"

"팀장님이 프레젠테이션 자료 준비를 저한테 맡기셔서요."

"정말요? 아니, 프로젝트 준비하라고 해놓고 팀장님 발표 준비까지 시키면 어떡해요?

수민 씨가 어이없다는 표정으로 말했다.

"어떤 자료 준비였는데요?"

지호 씨가 말했다.

"월별 실적을 통계로 분석해서 원인을…."

내 말이 끝나기도 전에 지호 씨가 말했다.

"그거…."

"왜요?"

"박 대리님이 저한테 오더 내리셨는데 다시 신경 안 써도 된다고 하시더라고요. 팀장님이 신입 직원들은 제외하라고 하셨다던데요?"

"…."

나는 어안이 벙벙해졌다.

"누가 지시한 건데요?"

"… 팀장님이요."

"네?"

"아니, 지수 씨가 잘못 알고 있는 거 아니에요?"

지호 씨가 믿을 수 없다는 듯 말했다.

"팀장님이 직접 저한테 얘기하셨으니… 제가 잘못 알고 있는 건 아니겠죠?"

잠시 후 상황 파악을 끝낸 지호 씨가 안타까움을 감추지 못하고 말끝을 흐리며 말했다.

"팀장님 자료 준비 분량이 상당했을 텐데…."

아직 상황을 파악하지 못한 수민 씨는 여전히 '왜'라는 말만 반복하고 있었다.

"참, 지갑을 두고 온 것 같아요. 먼저 가 있어요."

황급히 핑계를 댄 나는 반대 방향으로 걷기 시작했다. 가슴속에서 걷잡을 수 없는 무언가가 터져 나오려 했다.

'다른 사람에겐 부과할 수 없는 업무를 나에게는 당연하다는 듯 지시했던 거야?'

뒤늦게 알게 된 사실은 어떻게든 버텨보려는 나를 벼랑 끝까지 내몰았다. 회사 생활에 대한 회의감이 걷잡을 수 없이 밀려왔다. 정처 없이 걷고 있을 때 전화벨이 울렸다. 엄마였다. 받을까 말까 잠시 망설이던 나는 전화를 받았다.

"엄마."

"밥은 먹었니?"

"응. 엄마는?"

나는 거짓말을 했다.

"먹었지. 시간이 몇 신데."

"엄마 목소리가 좋네?"

엄마 목소리는 들떠 보였다.

"그렇게 들려? 엄마 오늘 기분 최고였지."

"왜?"

"오늘 오랜만에 계모임 갔더니 다들 자식 취직 걱정이 이만저만이 아니더라고. 엄마는 너 성산회사 취업했다고 당당하게 얘기했지."

"… 그랬어?"

"그랬더니 어찌나 부러워들 하는지. 엄마가 아주 흐뭇했지. 엄마가 친구들 앞에서 자랑할 게 뭐가 있니, 자랑할 거라곤 아무것도 없는데 너 하나 번듯한 회사에 취직하니 엄마 어깨에도 힘 들어가는 날이 오네."

"… 응."

"그런데 너는 목소리가 왜 그래?"

"아니야. 지금 야근 중이라서 그래."

"아직도 퇴근 못 했어? 일하는 줄도 모르고 엄마가 말이 길었네."

"나중에 다시 전화할게."

"기특한 딸 고생이 많다. 엄마 자랑거리라곤 너뿐이다. 알지?"

전화를 끊자 씁쓸한 미소가 새어 나왔다. 초라한 엄마 인생에 유일한 자랑거리가 된 딸이 느끼는 뿌듯함과 함께 그 유일한 자랑거리가 도망치고 싶은 현실이라는 씁쓸함 때문이었다. 정처 없이 걷던 나는 회사로 돌아가지 않고 바로 집으로 향했다. 그리고 이튿날 아침 10시, 프레젠테이션이 시작되었다.

"자, 지호 씨부터 시작할까요?"

첫 발표자는 지호 씨였다. 지호 씨는 학벌과 스펙은 물론, 업무 감각까지도 뛰어난 에이스였고 이번 프로젝트에서도 여실히 자신의 능력을 증명해 보였다. 지호 씨의 발표에는 핵심을 분명히 짚어내는 예리함이 있었다. 프레젠테이션이 끝나자 팀장님은 제일 먼저 박수를 쳤고 흡족한 표정으로 고개까지 끄덕였다. 다음은 수민 씨

차례였다. 수민 씨 역시 완성도 높은 프레젠테이션으로 무사히 발표를 마쳤고 마지막으로 내 차례가 되었다. 마이크 앞에 서기가 두려웠다. 제대로 준비하지 못한 프레젠테이션을 매우 잘 준비된 프레젠테이션 뒤에 발표해야 하는 부담감이 가슴을 짓눌렀다.

"제가 준비한 발표는 여기까지입니다."

프레젠테이션이 끝나자 팀장님은 미소와 박수 대신 입을 떼셨다.

"지수 씨."

목소리 톤에서 미묘한 변화가 느껴졌다. 대외적인 상황에서 부르는 "지수 씨"는 부드러웠다.

"짧게 피드백할게요. 일단 지수 씨의 프레젠테이션은 사실 프레젠테이션이라고 보기도 어려워요. 왜냐하면 어떠한 관점도 제시하지 못했으니까요. 동기들의 발표를 지수 씨도 봤으니까 비교해서 생각해보면 무슨 말인지 알 거예요. 무슨 말인지 이해하죠?"

"네."

"자, 그럼 여기까지 하고 마칩시다. 모두들 수고했고 이전에 얘기한 대로 연말 인사 고과에 적극 반영하겠습니다. 그리고 내가 지수 씨의 프레젠테이션을 들으니 인사 고과에 대해 잘 모를 수도 있다는 생각이 들어서 말하는데 인사 고과 점수는 매우 중요합니다. 왜냐하면 이게 여러분의 회사 성적표입니다. 무슨 말인지 알죠? 자, 그럼 모두들 오늘 하루도 힘내서 파이팅하자고요."

팀장님은 다시 한 번 인사 고과 점수에 반영된다는 사실을 강조했다. 나는 팀장님을 바라보았고 팀장님은 눈이 마주치기가 무섭게 시선을 돌렸다. 팀장님이 마주친 눈을 미소 대신 먼저 피한 적은 처음이었다. 회의실에서 나오는데 수민 씨가 다가왔다.

"지수 씨, 괜찮아요? 어제 그렇게 가버려서 걱정했어요."

"기다렸죠? 미안해요."

"괜찮아요. 그런데 기분 안 좋죠? 팀장님 정말 너무하신 것 같아요. 프레젠테이션 준비할 시간을 다 뺏어놓고 관점을 제시했니 못 했니 하는 건 너무한 거 아니에요?"

나는 아무런 말도 하고 싶지 않았다.

"그러고 보면 팀장님이 지수 씨한테는 유독 좀 야박하신 것 같아요. 야유회 때도 좀 찝찝하게 끝났잖아요, 그때…."

나는 아무 대답도 하지 않았다.

"이번에도 나는 팀장님 자료 준비는 전혀 몰랐어요. 지호 씨한테는 신경쓰지 말라고 하셨다면서 왜 지수 씨한테는…."

수민 씨는 말끝을 흐렸다. 아무 말 없이 걷고 있는 내 눈치가 보여서인지 아니면 차마 꺼내기 어려운 말이 있었는지는 알 수 없지만 말이다. 자리로 돌아온 나는 소영 씨한테 메시지를 보냈다.

✉ 소영 씨, 오늘 퇴근하고 맥주 한잔할까요?

✉ 좋아요. 그때 만났던 데서 봐요.

*

퇴근 시간, 길거리에는 아직 늦은 오후의 햇빛이 길게 늘어져 있었다. 나는 천천히 걷기 시작했다. 매일 보던 도시의 풍경이 낯설게 느껴졌다. 퇴근길 발걸음을 재촉하는 사람들을 보며 그들의 하루를 떠올려보았다.

'나의 하루나 이들의 하루나 거기서 거기겠지, 별반 차이 없겠지….'

약속 장소에는 소영 씨가 먼저 와 있었다.

"지수 씨."

소영 씨가 반갑게 손을 흔들어 보였다. 식사가 시작되고 내 맥주잔은 평소보다 빨리 비워지고 있었다.

"그렇게 마시다가는 금방 취하겠어요."

"취하고 싶은 날 있지 않아요? 나는 오늘이 그런 날이거든요."

나는 씁쓸하게 웃어 보였다.

"소영 씨, 문제 하나 내볼까요?"

"무슨 문젠데요?"

"한지수는 앞으로도 성산회사 사원일 수 있을까요? 없을까요?"

"당연히 사원이어야 하죠."

"그런 거죠…."

나는 다시 맥주잔을 비웠다.

"지수 씨, 무슨 일 있었어요?"

얘기해봤자 소용없는 얘기를 그저 위로받기 위해 늘어놓고 싶진 않았다. 나는 화제를 돌렸다.

"소영 씨는 회사 생활 해보니 어때요? 평생 해도 후회 없을 것 같아요?"

"제발 평생 할 수 있으면 좋겠네요. 정년까지 다닐 수 있을까요?"

"정년까지나 다니고 싶어요?"

"그럼 지수 씨는 정년까지 다니고 싶지 않아요?"

"나는 도저히 상상이 안 되네요."

"내 마음이야 정년까지 꽉 채우고 싶죠. 그런데 제때 진급 못하고 밀리다 보면 알아서 조용히 짐 챙겨야겠죠?"

소영 씨가 웃으며 말했다.

"어쩔 수 없이 밀려나지 않는 이상 스스로 짐 챙기는 일은 없겠네요?"

"당연하죠. 최선의 선택이잖아요?"

"최선의 선택이요?"

"그럼요."

소영 씨는 한 치의 의심도 없다는 듯 말했다.

"어떤 점에서요?"

"나는 누군가 굴리는 바퀴의 수많은 바큇살 중 하나가 되고 싶은 사람이거든요."

소영 씨가 웃으며 말했다.

"매일 한탄은 할지언정 과감한 결단은 결코 생각하지 않는 이유죠."

"왜 수많은 바큇살 중 하나가 되고 싶어요?"

"심플하잖아요."

"심플해요?"

"지수 씨, 생각해봐요. 바퀴를 직접 굴리려면 머리가 터질지도 몰라요, 그리고 내가 굴린다고 해서 잘 굴러간다는 보장이 있나요? 없잖아요? 시작의 고통과 결과의 불확실성까지 생각하면 난 절대 못 할 것 같아요."

나는 고개를 끄덕였다.

"그런데 누군가 굴리는 거대한 바퀴에서 뻗어나간 수많은 바큇살 중 하나가 되면 내 몫만 하면 되잖아요? 바퀴는 누군가 잘 굴리겠죠 뭐."

"…"

"난 내 몫의 일만 하면서 내 몫 만큼의 대가를 받는 거죠. 그것도 안정적으로 매달 꼬박꼬박 말이죠."

나는 다시 고개를 끄덕였다.

"물론 일개 바큇살도 엄청 스트레스 받죠. 우리한테 시키는 일이 좀 많아요?"

"좀 많은 게 아니죠."

"게다가 주변의 온갖 바큇살 눈치까지 봐야 하죠. 우리가 한탄을 하는 이유, 지금 맥주를 마시는 이유죠."

직장인의 이심전심이었다. 맥주를 한 모금 마신 후 내가 말했다.

"그런 생각해본 적 있어요?"

"어떤 생각요?"

"The end."

"끝?"

"of your life."

"내 인생의 끝? 벌써 그런 생각을 뭐하러 해요?"

"그럼 1년 뒤, 아니 몇 년 뒤 계획은 왜 세워요?"

"그건 현실적인 계획이잖아요."

"올지 안 올지조차 알 수 없는 몇 년 뒤의 일이 현실적일까요? 아니면 지금 이 순간 확실히 말할 수 있는 인생의 끝이 있다는 사실이 현실적일까요?"

"아, 듣고 보니 그렇기도 하네요."

소영 씨는 고개를 끄덕였다.

"재미있는 사실 알려줄까요?"

"뭔데요?"

"지금의 확신이 죽음 앞에서는 의문으로 바뀔 수도 있다는 거예요. 재미있지 않아요? 삶을 전제로 할 때와 죽음을 전제로 할 때 생각이 달라진다는 사실 말이에요."

소영 씨와 헤어지고 집으로 돌아가는 길, 제법 서늘해진 바람이 느껴졌다. 어느새 계절이 바뀌고 있었다. 집에 도착한 나는 서랍 깊숙이 넣어두었던 작은 상자를 꺼냈다. 상자 안에는 포스트잇으로 나누었던 3년 전의 대화가 고스란히 들어 있었다. 그리고 3년 전의 포스트잇 대화는 다시 현재의 질문이 되어 있었다.

*

토요일 아침, 나는 초능력 정신과를 찾았다.

"지난주에 어디까지 얘기했죠?"

"오늘은 그보다⋯."

"다른 하고 싶은 얘기가 있나요?"

"제가 갈림길에 서 있는 기분이거든요."

"어떤 갈림길인가요?"

"회사원이 되느냐 퇴사원이 되느냐의 갈림길이죠."

"퇴사를 고려 중인가요?"

"퇴사⋯ 어쩔 수 없이 두려운 단어네요."

"어떠한 계기가 있었나요?"

"내가 아무리 노력해도 의미가 없다는 것을 알았거든요."

"무기력함을 느꼈나요?"

"이루 말할 수 없이요… 그리고 회사 생활에 대한 회의감…"

"회의감이라…"

"사실… 엄마 인생의 자랑거리 하나 만들어주고 싶은 욕심이 없었다면 지금과는 전혀 혹은 많이 다른 선택을 했을지도 몰라요."

"한지수로서 내린 선택이라기보다 딸로서 내린 선택이었다는 말이군요."

나는 고개를 끄덕였다.

"그렇다고 울며 겨자 먹기로 선택했다는 건 아니에요. 그땐 당연한 것이었으니까요. 그냥 당연한 것이었어요. 당연한. 그런데…"

"그런데요?"

"의문이 들어요. 당연하다고 생각했던 것에 말이죠."

"그렇다면 고민이 깊겠군요."

"제가 요즘 어떤 심정인지 아세요?"

"어떤 심정인가요?"

"의미 없이 돌아가는 쳇바퀴를, 아니 의미를 모른 채 돌리고 있는 쳇바퀴를 멈출 수는 없으니 겨우 돌리고 있는 기분이랄까요?"

"그렇군요."

"심지어 어떤 사람이 그 위에 무거운 돌까지 툭 얹어놓았죠."

"버겁게 느껴지나요?"

"하루하루 버티고 있죠."

나는 쓸쓸한 미소를 지으며 대답했다.

"여기서 한번 생각해보면 좋을 것 같군요."

"무엇을 말인가요?"

"갈림길의 의미에 대해서 말이죠."

"갈림길의 의미요?"

"곰곰이 생각해보면 아침에 눈떠서 다시 잠들 때까지 매 순간 우리는 갈림길에 서게 됩니다. 경중을 따지지 않고 생각해본다면 말이죠. 차가운 커피를 마실지, 뜨거운 커피를 마실지도 두 가지 갈림길 위의 선택입니다."

나는 고개를 끄덕였다.

"하지만 우리는 유독 고민에 빠질 때 선택의 순간임을 인지합니다. 지금 당신이 느끼는 것처럼요. 하지만 인지하지 못할 뿐 우리는 매 순간 선택의 순간 속에 있습니다. 뻔하게 돌아가는 일상도, 예상치 못한 일탈도 다르지 않습니다. 어떤 행동이 일어났다는 것은 그 행동을 선택한 것입니다."

나는 다시 고개를 끄덕였다.

"매 순간이 선택의 순간이라는 것. 어떤 의미일까요?"

"글쎄요…."

"우리의 삶이 매 순간 생동하고 있음을 의미합니다."

"생동이요?"

느껴보지 못한, 의미로만 알고 있는 단어였다.

"그렇습니다. 선택하기 전에 정해져 있는 것은 없습니다. 이러한 사실이 순간을 생동하게 만들죠. 어떤 선택을 하느냐에 따라 새로운 파장이 만들어지니까요. 그리고 이 파장이 순간을 새롭게 하죠."

"네…"

"인생의 갈림길에 있다면 이 점을 명심해야 합니다. 내 삶이 생동하고 있다는 사실을요."

그리고 말을 이었다.

"당신은 지금 회사원이 되지도 퇴사원이 되지도 못하는 불안한 처지가 아닙니다. 당신의 삶을 바꿔줄 새로운 파장 앞에 서 있는 것이죠."

원장님은 단 두 문장으로 나의 처지를 완전히 바꿔주었다.

"선택의 갈림길 앞에서 우리는 두 가지 태도를 가질 수 있습니다. 하나는 결과에 초점을 두는 것이고, 하나는 선택의 순간이 지닌 의미에 집중하는 것입니다. 첫 번째 태도는 불안해질 수밖에 없습니다. 당장 코앞의 일도 알 수 없는데 하물며 선택에 따른 결과를 어떻게 알 수 있겠습니까? 모르니 불안해질 수밖에 없습니다."

"네…"

"그렇기 때문에 초점을 이동시키는 현명함이 필요합니다. 당신이 서 있는 갈림길, 그 갈림길이 현재의 당신에게 어떤 의미인지 집중하는 것이죠. 최선의 선택을 보장할 수 있는 유일한 방법이죠."

상담이 끝나고 나무집 문을 나설 때였다.

"왈왈."

첫날 보았던 강아지였다. 강아지는 마치 내가 나오기를 기다렸다는 듯 꼬리를 흔들어댔다.

"어머. 잘 지냈니?"

나는 반가운 마음에 머리를 쓰다듬어주기 시작했다. 그때였다. 강아지는 내 바짓가랑이를 살짝 물고는 다시 나무집 안으로 나를 당기기 시작했다.

"어어, 왜 바지를 당겨?"

의아한 행동의 이유를 말로 묻는 내게 강아지는 행동으로 대답했다. 더 세게 당기기 시작한 것이다.

"같이 들어가잔 말이야?"

끌려가듯 따라간 곳은 복도 끝에 있는 왼쪽 벽 문 앞이었다. 진료실과 맞은편에 있는, 항상 굳게 닫혀 있던 문이었다. 강아지는 그곳에 나를 세워둔 채 혼자 되돌아가버렸다.

'아니, 날 왜 끌고 온 거야?'

다시 돌아가려던 그때 항상 닫혀 있던 왼쪽 벽의 문이 살짝 열린 것이 보였다. 살짝 열린 문 틈 사이로 미세한 빛이 새어나오고 있었다.

'여기도 진료실인가?'

나는 슬쩍 훔쳐보았다.

'이 그림이 다 뭐야…'

내 예상은 완전히 빗나갔다. 이곳은 진료실과는 전혀 다른 곳이었다. 사방의 벽이 페르시아 양탄자 같은 카펫들로 둘러쳐져 있었다.

'여기는 대체 뭐 하는 곳이야?'

나는 안으로 들어갔다. 벽을 둘러싸고 있는 카펫에는 의미를 알 수 없는 고대 문양 같은 그림들이 빼곡히 그려져 있었다. 그림 앞에 서자 묘한 기분이 느껴졌다. 뭐랄까? 마치 주문을 외면 열리는 신비한 동굴 앞에 서게 된 기분이랄까.

나는 그림을 둘러보기 시작했다. 무심히 스쳐지나가던 내 시선이 한 곳에서 멈추었다. 한 남자가 앞을 향해 서 있는 그림이었다. 이 그림이 내 눈길을 붙잡은 건 그림 속 남자의 눈빛 때문이었다. 지긋이 응시하듯 바라보는 눈빛에 마치 서로의 눈이 실제로 마주친 것처럼 느껴졌다. 그림이 너무나 현실처럼 느껴지는 비현실감에 사로잡힌 나는 잠시 멍한 채 서 있었다. 그러다 문득, '참, 택시!' 택시를 까맣게 잊어버린 채 우두커니 서 있던 나는 서둘러 문을 닫고 나왔다.

이튿날 밤, 나는 오랜만에 꿈을 꾸었다. 나무집 복도 끝 왼쪽 벽면의 문, 그 안에서 보았던 의미를 알 수 없던 여러 그림이 빠르게 스쳐 지나가다가 한 그림에서 멈추었다. 한 남자가 중심에 있었는데, 원초적이면서도 숭고함을 지닌 모습이었다. 내 시선이 그의 앞에서 멈추자 그림은 살아 움직이기 시작했고 나를 향해 걸어왔다. 그가 점점 가까이 다가올수록 나는 숨이 멎을 것만 같았다. 발끝까지 가깝게 다가온 그가 무슨 말을 건네려고 할 때였다. 나는 화들짝 놀라며 잠에서 깨어났다.

'휴, 꿈이었구나.'

창밖은 여전히 어두웠고 시계는 새벽 5시를 가리키고 있었다. 나는 협탁에 놓아둔 물을 마셨다. 물 한 컵을 다 마신 뒤에도 심장 박동은 여전히 빠르게 뛰고 있었다. 현실보다 더 현실 같은 생생함 때문에 꿈이었다는 사실이 믿어지지 않았다. 다시 잠을 청하려 했지만 잠은 이미 달아난 뒤였다. 잠은 달아나 버렸지만 그 속에 머무르고 싶은 흐릿한 시간, 떠오른 한 사람은 하필 팀장님이었다. 나는 다시 무기력함을 느꼈다. 서서히 밝아오는 창밖을 멍하게 바라보았다. 창밖이 밝아질수록 내 방 천장의 은하수는 빛을 잃고 희미해지고 있었다. 마치 내 모습처럼 무기력하게 희미해져만 가던 은하수는 결국 완전히 모습을 감추었다. 얼마 뒤 알람이 울리기 시작했다. 나는 깊은 한숨과 함께 몸을 일으켰다.

*

"지수 씨, 오늘은 일찍 출근하지 않았나 봐요?"

수민 씨는 평소와 달리 이른 출근을 하지 않은 내가 꽤 놀라운 눈치였다.

"참, 지수 씨. 기분은 좀 괜찮아졌어요?"

"아, 네…."

"아니, 그런데 생각할수록 화가 나는 거예요. 내가 지수 씨라면 꿀 먹은 벙어리처럼 있진 못할 것 같아요. 억울해서 어떻게 가만히 있을 수 있겠어요?"

"수민 씨라면 어떻게 했을 건데요?"

"저라면 얘기해볼 것 같아요. 인사 고과 점수가 뭐예요? 진급과 직결되는 성적표잖아요. 직장인한테 이보다 중요한 게 어디 있어요?"

나는 고개를 끄덕였다.

"조건은 불공정하고 평가는 동일한 기준으로 내리니까 이건 짚어봐야 할 문제죠. 게다가 지호 씨한테는 지시했다가 철회하셨다면서요, 그러니까 더 모순적인 거죠."

순간 삭이려던 억울함이 솟구쳐 올랐다. 하지만 여전히 망설여지는 건 어쩔 수 없었다.

"그런데 팀장님의 업무 지시에 대해 얘기를 하는 게 적절한 건지…"

"지수 씨."

"네?"

"지수 씨도 가만 보면 참 고지식한 것 같아요. 팀장님이 아니라 누구라도 억울하게 느껴지면 말할 수 있는 거 아니에요?"

"그렇긴 한데…"

"지수 씨는 너무 묵묵한 게 탈인 것 같아요. 분명 장점이지만, 그게 자신을 지키지 못할 때도 있다고요."

오전 내내 수민 씨의 말이 계속 머릿속에서 맴돌았다. 메시지를 썼다 지우기를 반복하던 나는 전송 버튼을 눌러버렸다.

✉ 팀장님, 면담 가능할까요?

회신은 바로 도착했다.

✉ 지금 볼까?

회신을 확인하자 긴장감이 밀려왔다. 여기서 팀장님과 더 불편해지는 건 나로서는 정말 최악의 시나리오였다.

똑똑.

"들어와."

내가 문을 열고 들어가자 팀장님은 책상에서 일어나 테이블 의자로 옮겨 앉았다.

"여기로 앉을까?"

나는 맞은편에 앉았다.

"무슨 얘기야?"

팀장님은 짐작 가는 일이 전혀 없다는 듯 순수한 궁금함을 드러내고 있었다. 나는 말을 어떻게 꺼내야 할지 몰라 망설였다.

"저… 팀장님."

"말해봐."

우물쭈물하는 나와 달리 팀장님의 목소리는 단호했다. 아무 감정 없는 건조한 목소리에서 압박감이 느껴졌다.

"신입 사원 프로젝트 말이에요."

"응. 왜?"

"제 입장에서는 정말 중요했던 거 아시죠? 고과 점수에 반영되는 일이었고 또 첫 프레젠테이션이기도 했고…."

"그런데?"

"프로젝트 준비와 팀장님 자료 준비를 같은 기간 내에 하는 건 사실 불가능한 일이었습니다. 먼저 처리할 업무를 선택해야 했고 저로서는 팀장님 발표 준비를 선택할 수밖에 없었습니다."

"그래서?"

팀장님은 가슴 앞에 팔짱을 끼며 말했다.

"그런데… 나중에 들으니 팀장님께서 그 일에서 신입 사원들은 제외하라고 하셨다고 하더라고요."

"그래서 지금 지수 씨 말은, 지수 씨 혼자 발표 자료를 준비한 게 억울하다는 건가?"

팀장님은 긴말하지 말고 요점만 말하라는 듯 쏘아붙였다.

"그러니까 제 말은… 평가라는 건 조건이 공정해야…."

"자, 지수 씨."

"네?"

"만약에 내가 지수 씨한테 자료 준비를 시키지 않았으면 프레젠테이션에서 다른 사원들보다 분명히 우수했을 거라고 자신할 수 있나?"

"네?"

117

"그러니까 지수 씨가 2주간 다른 업무 없이 프로젝트 준비에만 몰두했으면 확실히 A를 받았을 거라는 확신이 있냐고?"

"그건 아니지만… 과정이 공정했다면 억울하지는 않았겠죠. 더 중요한 건…."

팀장님은 내 말을 끊으며 말했다.

"지수 씨, 결과가 변함이 없는데 그 결과에 대한 개인적인 소회, 그러니까 지금으로 치면 지수 씨의 기분, 감정… 이런 것이 지수 씨한테는 중요하겠지만 다른 사람한테도 중요할까?"

"무슨 말씀이신지…."

"우수한 선수가 있고 우수한 선수에 버금가는 선수가 있고 평범한 선수가 있어. 그럼 시합을 앞두고 팀 전체의 전략을 봤을 때 누가 기량을 펼쳐야 팀이 이길 가능성이 높아질까?"

"…."

"우수한 선수지, 그럼 우수한 선수가 기량을 펼칠 수 있도록 서포터를 해야 할까 아니면 공정함을 이유로 모든 선수가 다 똑같은 일을 하도록 해야 할까?"

"…."

"원래 평범할수록, 즉 뛰어나지 않을수록 여러 가지 잡다한 일을 하게 되지."

"…."

"그리고 내가 의도적으로 지수 씨한테 업무를 이중으로 부과하려고 했나?"

"아니요. 그런 건 아니지만…."

매우 혼란스러워진 나는 가까스로 생각을 정리하려 애쓰며 입을
열었다.

"지금 팀장님 말씀은… 저는 평범한 선수고 지호 씨는 우수한 선
수니까 절차상의 공정함과는 상관없이 결과는 이미 정해져 있다
는 말씀인 건가요?"

나의 입술은 떨리고 있었다.

"지수 씨는 수긍이 안 되나 봐?"

팀장님은 떨리는 입술을 가까스로 앙다물고 있는 내가 안중에도
없다는 듯 차갑게 말했다.

"지수 씨, 나는 능력 없는 사람이 참 안타까워. 그런데 자기의 능력
이 어느 정도인지, 즉 자기가 있을 자리인지 없을 자리인지 모르는
사람은 안타깝다 못해 뭐랄까, 딱하다고 해야 할까?"

"…."

"왜 자기 자신을 그렇게 모를까? 무엇을 기대하고 꾸역꾸역 버티고
있는지 모르겠더라."

"…."

"더 할 얘기 있어?"

"…."

"그럼 나가 봐."

뒤돌아 문을 닫고 나오던 나는 처음 이 문을 열고 들어갔던 그날이 떠올랐다.

입사 후 팀장님과의 첫 면담 시간이었다. 팀장님은 입사 지원서와 신입 사원 연수 평가서를 펼쳐놓고 꼼꼼히 읽기 시작했다.

"보자… 지수 씨는 면접일에 컨디션이 굉장히 좋았나 봐?"

팀장님의 첫마디였다.

"네?"

"지수 씨 대학교 네임 밸류를 보니 고등학교 때는 나름대로 열심히 한 것 같은데 대학교 때는… 대학교 때도 좀 더 열심히 하지 그랬어. 화려한 스펙이 꼭 업무 능력을 보장하는 건 아닌데 그래도 화려한 만큼 성실함은 보장하더라고."

화려하다고 보긴 어려운 스펙을 가진 나는 두 손을 가지런히 모은 채 앉아 있었다.

"어쨌든 그런 애들은 그만큼 열의가 있어서 그런지 행동도 빠르고 회사 생활도 대충하거나 답답하게 하지 않더라고. 지금까지 내가 본 바로는 그랬어."

"네…."

"그런데 지수 씨는 내가 지금 이 자료들로만 봐서는 걱정이 좀 되는데?"

이때도 팀장님은 상냥하게 웃으면서 말했다. 어쩌면 이때부터 나는 팀장님에게 눈엣가시였는지도 모른다. 성에 차지 않아 못마땅

한 사람은 주는 것 없이도 미운 법이니까 말이다. 지금과 다른 점이 있다면 팀장님의 부드러운 목소리, 상냥해 보이는 미소, 우아한 태도 앞에서 적의란 단어는 상상조차 하지 못했다는 것이었다. 스펙으로 증명할 수 없는 나의 성실함을 직접 증명하고 싶었던 나는 출퇴근 시간에 연연하지 않았다. 하지만 그건 성실함의 의미를 몰랐던 나의 미련스러운 행동이었다. 이곳에서 말하는 성실함이란 묵묵한 태도가 아니었다. 성실함은 성과로 증명해야 하는 것이었다. 회사 생활을 시작한 지 얼마 지나지 않아 몇 년 전 철민 선배의 말을 절실히 이해할 수 있게 되었다. 이때부터 회사는 나에게 핏이 맞는 옷이 아니라 어쩔 수 없이 입어야 하는 단벌과 같은 것이 되었다. 도깨비바늘이 100개나 박혀 있다고 해도 입을 수밖에 없는 유일한 옷 말이다. 하는 수 없이 불편한 옷을 입고 견디기로 한 나에게 팀장님의 존재는 이 옷과 세트로 신어야 하는, 5mm는 작은 신발과 같았다. 찢어진 단벌을 겨우 걸치고 맞지도 않은 신발에 부은 발을 구겨 넣은 내가 혼잣말을 하고 있었다.

'난 정말 무엇을 기대하고 꾸역꾸역 버티고 있는 것일까…'

입사한 지 1년, 나는 다시 정해지지 않은 길 위에 서 있었다. 퇴근길, 어둡게 저물어가는 하루가 그 어두움만큼 나를 짓누르는 듯 느껴졌다. 며칠 전 상자에서 꺼내 다이어리에 붙여 놓았던 메모지를 꺼내보았다.

그것이 기범이의 길잡이였다면 내 삶의 길잡이는 무엇이었을까? 나는 무엇을 따라 지금에 이르게 되었을까? 나는 답을 찾을 수 없었다. 어느 순간, 내가 흩날리는 눈송이와 다를 바 없다는 것을 깨달았다. 날아온 길도, 어디로 날리게 될지도 모른 채 흩날리는 눈송이 말이다. 그러다 어느 순간 사라져버리는 눈송이 말이다. 나는 두려워졌다….

나는 다시 『환상과 운명』을 찾고 싶어졌다. 버스 정류장을 지나갈 때였다. 마침 경대대학교로 향하는 303번 버스가 정류장에 들어서고 있었다. 나는 집으로 향하던 발걸음을 돌려 바로 303번 버스에 올라탔다.

*

몇 년 만에 들른 학교 도서관은 꽤 많이 바뀌어 있었다. 도서 검색대를 찾으려고 주위를 두리번거릴 때였다. 그때 누군가와 눈이 마주쳤다.
'어머, 그 사람 아니야?'
303호 강의실 가장 구석진 자리에 혼자 앉아 있던 그 사람, 그 사람이었다. 그때 직원으로 보이는 사람이 내게 다가왔다.

"『환상과 운명』 문의하셨죠? 지금 도서 재정비 중이라 검색대에서 검색하셔도 위치가 다르게 나올 수 있어요. 지금은 3층 H열에 진열되어 있습니다. 그래도 혹시 모르니 3층에 내려가서 사서분께 한번 여쭤보세요."

"저도 찾고 있긴 한데, 문의는 제가 하지 않았어요."

"아, 죄송합니다."

그때였다. 그 사람이 이쪽으로 걸어왔다.

"제가 문의했습니다."

"죄송해요. 지금 도서 재정비…."

"아, 다시 말씀 안 해주셔도 됩니다."

"네. 그럼 3층으로 가보세요."

친절한 직원은 자리를 떠났고 나는 엘리베이터를 향해 걸어갔다. 내가 엘리베이터에 시선을 고정하고 있을 때였다.

"저…."

"네?"

"예전에 취업 스터디에서 뵌 적 있죠?"

"아, 네."

"역시 맞네요. 그런데 『환상과 운명』을 찾으세요?"

"아, 네…."

"저도 오랜만에 다시 읽고 싶어서 찾고 있었거든요."

엘리베이터에 나란히 선 그가 웃으며 말했다. 몇 년 만에 우연히 마주친 그 사람은 딴사람이라고 해도 믿을 수 있을 정도로 달라진 모습이었다. 왠지 모르게 눈길이 가던 침울함이 먼저 말을 건네 오는 여유로 변해 있었다. 엘리베이터가 3층에 멈췄고 나는 먼저 내려 사서 데스크를 찾았다.

"『환상과 운명』을 찾고 있는데요. H열에 있는 게 맞나요?"

"아까 어떤 남자분이 찾는다고 하시던데, 지금 그 책이 한 권밖에 없거든요. 워낙 옛날 책이고 찾는 학생이 없으니 분실되어도 따로 보충을 하지 않아서요. 제가 여기서 3년 전부터 근무했는데 그 책을 찾는 분은 두 분밖에 못 봤네요."

순간 뒤따라 들어온 그와 눈이 마주쳤다. 나는 그 자리에 멈춰버렸다.

"어쨌든 책은 H열에 있어요. 먼저 오셨으니 먼저 빌려 가시면 되지 않을까요?"

안내를 받았지만 발걸음을 어디로 옮겨야 할지 갑자기 혼란스러워졌다. 길을 잃은 내 발걸음을 눈치 챈 듯 그 사람이 말했다.

"책… 먼저 빌리세요."

"…아, 네."

"어떻게 들릴지 모르겠지만… 혹시 잠깐 시간 있으세요?"

"네? 네…"

"그럼 후문에 있는 달카페에서 기다리고 있겠습니다."

그가 밖으로 나가자 갑자기 다리에 힘이 풀려버렸다.

'설마 포스트잇을 보낸 사람이 303호 구석 자리에 있던 그 사람이 었던 거야? 설마…'

나는 얼른 책을 빌려 달카페로 향했다. 문을 열고 들어서자 창가에 앉아 있는 그 사람이 보였다.

"많이 기다리셨죠?"

"아니에요. 먼저 차부터 주문할까요?"

차를 주문한 뒤 우리는 어색하게 앉아 있었다.

"주문하신 차 나왔습니다."

직원이 차를 내어주고 가자 누가 먼저랄 것 없이 차를 한 모금씩 마셨다.

"혹시…『환상과 운명』책 속에 들어 있던 포스트잇 보셨나요?"

그 사람의 입에서 포스트잇이라는 말이 나오는 순간 숨이 멎는 듯 했다.

'정말 이 사람이 포스트잇을 남긴 사람이었던 거야?'

"아, 네…"

"그럼 회신도 보내셨나요?"

"네…"

그도 놀란 표정을 숨기지 못했다. 불과 한 시간 전, 포스트잇으로만 존재하던 그 사람이 지금 내 눈앞에 앉아 있었다. 나는 무슨 말을 해야 할지 아무런 생각이 떠오르지 않았다.

"회신의 주인공을 매주 만나고 있었다니 도무지 믿어지지가 않네요. 그것도 취업 스터디에서 말이죠."

그가 믿을 수 없다는 듯 말했다.

"이름… 여쭤봐도 될까요?"

"한지수예요."

"저는 김민준입니다."

시계를 확인한 뒤 가방에서 무언가를 찾는 듯 뒤적이던 그가 명함을 꺼내 손에 쥔 채 말했다.

"사실은 제가 선약이 있어서 지금 일어나야 할 것 같아요. 실례가 안 된다면 제 연락처를 드려도 될까요?"

"아, 네…"

"다시 한 번 뵐 수 있으면 좋겠어요."

그는 명함과 함께 정중한 인사를 건넨 뒤 급히 카페 밖으로 발걸음을 옮겼다.

'왠지 눈길이 가던 그 사람, 포스트잇의 그 사람, 그리고 오늘 마주친 김민준이란 사람… 모두 한 사람이었단 말이야?'

마치 한 사람을 세 사람으로 만난 듯한 기분이었다. 여기에 더해진 묘한 기분은 오늘 도서관에서 걸어오던 그의 모습을 어디선가 본 듯한 느낌 때문이었다. 마치 데자뷔처럼 말이다. 하지만 그가 취업 스터디에 나오지 않은 이후로 지금껏 그를 본 적은 없었다.

집으로 돌아오자 느껴지는 분명한 현실감에 퇴근 후부터 지금까지 일어난 일들이 더욱 비현실적으로 느껴질 때였다.

"아, 꿈!"

불현듯 꿈에서 보았던, 나를 향해 걸어오던 그림 속 남자의 모습이 떠올랐다. 그리고 그 모습은 오늘 도서관에서 걸어오던 김민준 씨의 모습과 오버랩되었다. 문득 『환상과 운명』에서 보았던 한 구절이 뇌리를 스쳤다.

삶의 어느 한 순간, 운명이 모습을 드러낼 때가 있다….

나는 다시 일어나 가방을 뒤적여 그의 명함을 꺼냈다. 그리고 메시지를 보냈다.

✉ 한지수예요. 기다리실 것 같아 연락드려요.

메시지를 보내자마자 답장이 왔다.

✉ 기다리고 있었어요. 내일 연락드릴게요.

이날 밤, 나는 쉬이 잠들지 못했다. 낯선 설렘, 묘한 기분이었다.

＊

밤새 잠을 설친 나는 알람 소리에 겨우 몸을 일으켰다. 무거운 발걸음으로 출근하는 길, 빨간 신호등 불빛이 거침없이 진격하던 수많은 슈트맨들을 순식간에 멈춰 세웠다. 일렬로, 앞뒤로, 대각선으로 각자 서서 초록 불빛의 명령을 기다리는 슈트맨들을 보자 문득 공상 영화의 한 장면이 떠올랐다. 복제 인간이 우연히 머릿속에 심겨진 칩을 발견한 후 자기 존재에 대한 의문을 품게 되는 장면 말이다. 복제된 삶의 프로그램에 맞춰 살아가다 길을 잃고 머뭇거리게 된 나는, 다시 태초의 길을 찾아 기웃거리고 있었다. 회사 앞에 도착했을 때쯤 메시지가 울렸다. 민준 씨였다.

⊠ 오늘 저녁 식사 같이 할 수 있나요?

⊠ 그래요.

⊠ 그럼 퇴근 시간에 맞춰서 계신 곳으로 갈게요.

⊠ 저는 성산회사 다니고 있어요. 퇴근은 6시쯤이고요.

⊠ 알겠어요.

사무실로 바로 들어가려던 나는 화장실로 발걸음을 돌렸다. 화장실 거울 앞에 섰을 때였다.

"좋은 아침! 지수 씨, 오늘 예쁘게 보일 일 있나 봐? 아침부터 거울 앞이네?"

팀장님이었다.

"아뇨…. 옷에 뭐가 좀 묻어서요."

"아닌 게 아니라 예쁘게 보일 일 좀 만들어봐."

팀장님의 격의 없는, 친근함이 느껴지는 농담에 갑자기 체할 것만 같았다. 아침을 먹지도 않았는데 말이다. 나는 서둘러 화장실에서 나왔다. 사무실로 들어가자 수민 씨가 비밀 이야기라도 하듯 나를 슬쩍 당기며 말했다.

"지수 씨, 어제 팀장님 방에서 꽤 오래 있는 것 같던데 얘기해봤어요?"

"… 네."

"뭐라고 하세요?"

"나중에 얘기해줄게요."

"어쨌든 얘기는 한 거죠?"

나는 고개를 끄덕였다.

"그럼 됐어요. 내 속이 다 시원하네요."

"신경써줘서 고마워요."

"아니에요. 이게 뭐 고마울 일인가요. 이따가 점심 같이 먹어요."

여느 날과 같은 하루였다. 모든 것이 어제와 같았다. 다만 그 속에 있는 나만 달라져 있었다. 눈앞에 쌓인 업무들을 처리하고 있었지만 내 마음은 어디론가 계속 떠다니고 있었다.

"지수 씨!"

"…"

"지수 씨, 지수 씨!"

"네?"

"아, 네."

"정신을 어디 팔고 있어?"

정 대리님이었다.

"죄송합니다. 무슨 일이세요?"

"지수 씨, 내일 출장 가야 할 것 같아. 출장 계획서 메일로 보내놨으니까 열어봐."

메일을 확인한 나는 머리를 쥐어뜯었다. 이보다 더 최악일 수는 없었다. 또다시 팀장님과 출장을 가야 했다. 그것도 세 시간이나 되는 거리를 단둘이서 말이다. 그때였다.

✉ 메시지가 도착했습니다.

메신저 알림음이 울렸다. 팀장님이 보낸 메시지였다.

✉ 지수 씨, 출장 메일 확인했지, 기차로 가야 하니까 시간 체크해서 예매해.

갑자기 식은땀이 나고 두통이 밀려왔다.

'팀장님이랑 세 시간이나 기차를 타야 한다고? 이건 지옥행 열차나 다름없잖아!'

하루 종일 느리게 움직이던 시계가 드디어 6시를 가리켰다.

'포스트잇을 보낸 그 사람이 지금 회사 앞에 있단 말이야?'

다시 생각해도 비현실적인 현실이었다. 나는 퇴근 준비를 서둘렀다.

"여기예요."

멀리서 부르는 소리가 들려왔다. 민준 씨가 차에서 손짓하고 있었다.

"안녕하세요."

"지수 씨, 일단 차에 타야 할 것 같아요. 여기 주정차 금지 구역이
거든요."

나는 얼른 차에 올라탔다. 차를 출발하며 그가 말했다.

"어디로 갈지 정해야 하는데 뭐 먹을까요?"

"저는 아무거나 상관없어요."

"그럼 제가 가는 단골 식당이 있는데 그리로 갈까요?"

"그래요."

잠시 어색한 침묵 후 민준 씨는 라디오 주파수를 맞추며 말했다.

"지수 씨 취업 준비 열심히 하셨나 봐요?"

그가 웃으며 농담을 건넸다.

"네? 아, 네."

"운이 좋았던 것 같아요."

나는 어색한 웃음을 지으며 말했다.

"혹시 무슨 일 하는지 여쭤봐도 돼요?"

나는 명함을 받은 후부터 궁금했던 질문을 했다.

"아, 명함 봐도 잘 모르겠죠? 저는 한 가지 일을 하는 게 아니라
서…"

"아, 그럼 여러 가지 일을 하세요?"

"일단… 자격증으로 보자면 변호사이고 하는 일들로 보자면… 뭐,
잡다한 엔잡러죠."

그가 웃으며 말했다. 그가 안내한 식당은 작은 골목에 있는 파스

타 가게였다. 그가 들어서자 식당 주인은 익숙한 듯 인사를 건넸다.

"김 변호사, 어서 와요."

식당 주인과 그는 친분이 있어 보였다.

"오랜만에 왔죠? 잘 지내셨어요?"

"덕분에 잘 지내고 있어요. 다 김 변호사가 잘 해결해준 덕분이죠. 그건 그렇고 오늘은 여자분과 같이 오셨네요, 여자 친구인가요?"

"아닙니다."

"나는 또…. 여자분과 오신 건 처음이라 특별한 분이신가 했습니다."

식당 주인은 웃으며 자리를 안내해주었다. 자리에 앉은 후 컵에 물을 따르던 그가 말했다.

"참, 지수 씨는 나이가 어떻게 돼요?"

"아, 저는 스물일곱 살이에요."

"저는 서른한 살입니다."

"그런데 나이를 3년 만에 알게 됐네요?"

그가 웃으며 말했다. 잠시 후 음식이 나왔다. 그는 내 앞에 수저와 접시를 놓아주며 말했다.

"나는 좋아하는 곳인데 지수 씨 입맛에도 맞을지 모르겠어요."

"맛있어 보이는데요?"

파스타는 정말 맛있었다. 식사를 하던 그가 말했다.

"그런데 정말 신기하지 않아요?"

"뭐가요?"

"우리 인연 말이에요. 완벽히 낯선 타인인 줄 알았던 사람과 사실은 회신을 주고받고 있었고 3년 뒤 이렇게 같이 저녁 식사를 하고 있으니 말이에요."

"그러게 말이에요. 포스트잇의 그 사람을 현실에서 만나게 되리라고는 상상조차 못 해봤거든요…."

그는 미소를 지었다.

"그런데 지수 씨는 어떻게 『환상과 운명』을 읽게 된 거예요?"

"친구가 추천해줬어요. 꼭꼭 읽어보라고 해서 읽게 됐죠."

"그랬군요."

"민준 씨는 어떻게 읽게 된 거예요? 유명한 작가 책도 아니고 빛을 못 본 책이라고 하던데."

"저는 원래 그 작가의 팬이었어요. 『환상과 운명』이 출판되기 전부터 말이죠. 『너머』라는 책이 있었는데 그 책을 중고서점에서 우연히 읽게 됐거든요. 그런데 그 자리에서 완전히 매료되고 말았죠. 삶을 해석하는 작가의 관점이 신선했거든요."

"네."

"참, 며칠 전 도서관에서 지수 씨가 회신을 보낸 사람이란 걸 알고 나서 급한 마음에 연락처부터 드렸는데 실례가 아니었는지 모르겠어요. 꼭 한번 만나고 싶었거든요."

꼭 한번 만나고 싶었던 건 바로 내 바람이었다. 갈림길에 설 때마다, 선택의 순간마다 포스트잇의 그 사람이 떠올랐었다.

"혹시… 앞으로도 가끔 만날 수 있을까요?"

"네?"

"사실 우리 관계를 정의하자면 낯선 사람이잖아요? 정확한 나이도 오늘 알게 된 것처럼 말이죠."

그가 웃으며 말했다.

"저도 그러면 좋을 것 같아요."

나도 웃으며 대답했다. 식사를 마치고 나왔을 때였다.

"집까지 태워드릴게요."

그가 주차장 쪽을 가리키며 말했다.

"아니에요. 버스 타고 가면 돼요. 바로 근처에 정류장이 있어요."

"그러면 제 마음이 불편할 것 같아서 그래요."

몇 번의 거절 끝에 결국 다시 그의 차를 탔다. 살짝 열린 창문으로 차가운 바람이 들어왔다. 제법 차가워진 겨울바람이 느껴졌다. 그가 창문을 올리며 말했다.

"시간 참 빠르죠, 벌써 겨울이 시작되는 것 같아요."

"그러게 말이에요. 벌써 한 해의 마지막 계절이네요…"

*

집으로 들어오자 까맣게 잊고 있었던 내일 팀장님과의 출장이 생각났다.

'아니, 팀장님 출장은 왜 매번 나랑 가게 되는 거야?'

침대에 걸터앉은 채로 푸념을 늘어놓을 때였다. 전화벨이 울렸다. 엄마였다.

"지수야, 너 엄마 친구 중에 영숙이 아줌마 알지?"

"응. 알지. 영숙이 아줌마는 잘 계셔?"

"잘 있지. 다른 게 아니라 영숙이 아줌마가 참 괜찮은 사람이 있다고 너랑 만나봤으면 하던데…."

"응?"

생각지도 못한 얘기였다.

"선 같은 게 아니라, 요즘 젊은 사람들은 뭐라고 하니?"

"소개팅?"

"그래. 소개팅. 소개팅처럼 생각하고 한번 만나봐. 엄마가 들어보니 참 괜찮은 사람 같더라."

"관심 없어."

"왜 관심이 없어, 혹시 너 남자 친구 있니?"

"아니, 그냥, 그럴 여유가 없어."

"아이고 애, 네가 취직 준비하는 학생도 아니고 뭐가 그리 바빠?"

"엄마, 직장인이 취준생보다 더 바빠."

나는 어떻게든 핑계를 대야 했다.

"지수야, 이제 사람도 만나보고 해야지. 그래야 다음에 신랑감도 잘 고를 수 있다, 너?"

나는 헛웃음이 났다.

"엄마, 내가 고르긴 누구를 골라. 못 살아."

엄마는 내 말은 가볍게 패스한 듯 말을 이었다.

"지수야, 한번 들어봐. 너보다 나이는 다섯 살 많은데 교사래. 중학교 교사. 키도 훤칠하니 인물도 좋고⋯. 부모를 보면 자식을 안다는데 그 부모도 그렇게 양반이래. 게다가 대대로 먹고살 걱정은 없는 집이래."

엄마의 포인트는 여기 있는 듯했다. 먹고살 걱정 없는 집안, 엄마의 평생 바람이었다. 먹고살 걱정 있는 집안에서 태어나 먹고살 걱정 있는 남편을 만나 평생 먹고살 걱정을 해야 했던 엄마는 입버릇처럼 고꾸라져도 뒷받침해줄 수 있는 집에 시집가야 된다고 말했었다. 학생일 땐 한 귀로 듣고 한 귀로 넘겨버릴 수 있는 엄마의 푸념이었지만 지금은 상황이 달라졌다. 엄마는 더 이상 푸념으로 그칠 생각이 아닌 듯 보였다. 물론 내 생각은 전혀 달랐지만 말이다. 결혼은 생각도 해본 적 없는 일이었다. 아니, 연애조차도 말이다. 대학 시절, 호감을 느꼈던 이성도 있었지만 호감, 그게 다였다. 현주는 호감 외에 뭐가 더 필요하냐며 면박을 주곤 했다.

"지수야, 좀 캐주얼하게 생각해봐. 일단 호감 있으면 만나보면 되지. 호감이 좋은 감정이잖아. 그럼 됐지, 뭐가 더 필요해?"

"뭐가 더 필요해서가 아니라…. 모르겠어, 그냥 '이 사람'이라고 느껴지진 않는 것 같아."

"나는 정말 궁금하다. 네가 누구를 만날지. 너는 오리배 위에서라도 같이 두 팔 벌리게 될 운명적 사랑이 있다고 믿는 거지?"

"응."

"대단하다, 대단해. 그 유일무이한 한 사람은 대체 어디 있는 거니?"

"그러게, 어디 있을까?"

"야, 이건 순진한 게 아니라 고지식한 거야. 어휴, 이 답답이."

어쨌든 지금까지 사랑이니 연애니 하는 얘기를 꺼내본 적도 없는데 엄마는 단번에 결혼을 들고 나왔다. 어쭙잖게 핑계를 댔다가는 단단히 시달리게 될 것 같은 두려움에 매우 진지한 목소리로 말했다.

"엄마."

"그래, 지수야 말해봐."

엄마의 목소리에 왜 기대감이 묻어나는지 나는 알 수 없었다.

"내가 만나게 될 사람은 내가 알아볼 수 있다고 생각해. 나는 내 영혼이 알아보는 사람을 만날 거야. 그러니까 인위적으로 누군가를 만날 필요가 없어. 때가 되면 만나게 될 테니까 말이야."

"아이고 지수야, 그런 게 어디 있어?"

엄마는 답답하다는 듯 말했다.

"직업 안정적이겠다, 집안 뒷받침되겠다. 이보다 좋은 조건이 어디 있어?"

"아무튼 엄마, 나는 분명히 말했어. 그러니까 앞으로 소개팅이니 선이니 그런 말 하지 마."

"참말로, 너는 영혼 어쩌고 하지만 그런 사람이라고 살아보면 뭐가 다를 줄 아니? 사람 살아가는 모습이 다 똑같은데?"

"엄마, 이 얘기 말고 더 할 얘기 없지?"

"지금 이 얘기보다 더 중요한 얘기가 어디 있어?"

"그럼 끊어. 나 피곤해. 내일 출장도 가야 해."

전화를 끊으려는데 엄마가 황급히 말했다.

"사실은 엄마가 벌써 선 본다고 했어."

"뭐?"

"영숙이 아줌마가 얘기하길래 약속 잡았지 뭐. 한번 만나보는 게 어려운 일은 아니잖아?"

"…"

"지수야?"

"끊어요."

나는 그대로 전화를 끊어버렸다. 전화벨이 다시 울렸지만 받지 않았다. 그러자 엄마는 메시지를 보내왔다.

✉ 한번 만나만 봐. 만나보면 너도 생각이 달라질 거야. 2주 뒤 일요일 저녁이야. 시간 꼭 비워둬. 장소는 다시 알려줄게. 알았지?

나는 답을 하지 않았다.

*

이튿날 아침, 기차역으로 갔을 때 팀장님은 먼저 도착해 있었다.

"팀장님 일찍 오셨네요?"

"나도 방금 왔어. 바로 내려가자."

평일 오전이라 기차 안은 한산했다. 나란히 예매한 좌석과 달리 한 칸 옆으로 옮겨 앉아도 될 것 같았다.

"팀장님, 빈자리 많은데 저는 저기 옆자리에 앉을게요. 편하게 가세요."

자리에서 일어서려는데 팀장님이 옷을 당겨 주저앉혔다.

"내가 과일이랑 좀 싸왔어. 같이 먹자."

팀장님은 가방에서 준비해 온 간식들을 꺼내기 시작했다. 같이 있기가 부담스러워 피하려던 나는 꼼짝없이 잡혀버렸다. 팀장님은 과일과 빵, 커피를 올려놓았다.

"아, 저는 아무것도 없이 왔는데…."

"괜찮아. 집에 있어서 몇 개 담아 온 거야."

'오늘 컨디션이 유난히 좋으신가?'

돌변한 태도에 당황스러운 나와 달리 팀장님은 마치 여행이라도 가는 듯 한껏 기분 좋은 목소리로 말했다.

"오랜만에 기차 타니까 대학 다닐 때 생각난다. 대학교 1학년 때 기차 타고 엠티 갔었는데… 처음이자 마지막 엠티였지. 지수 씨도 기차 타고 엠티 가봤지? 세대가 달라도 대학생 엠티 하면 기차 타고 떠나는 거 아니야?"

"네."

"지수 씨는 대학교 생활 어땠어, 재미있었어?"

"그럭저럭요."

"과 생활은 어땠어? 과 활동도 적극적으로 하고 동아리 활동도 하고 그랬어?"

"뭐 그렇게 적극적으로 한 건 아니에요."

"그게 대학교의 재미 아니야, 왜 안 했어?"

"그런 성격이 못 돼서요. 그래도 친한 친구가 적극적인 성격이라 그 친구 덕에 조금은…."

"그랬어?"

팀장님은 잠시 말을 멈추었다. 그리고 커피를 한 모금 마신 후 다시 말을 이었다.

"그래도 지수 씨는 동기 복이 있었네. 나는 그런 동기가 한 명도 없었어. 어떻게 노는 줄도 몰랐고 놀자고 하는 사람도 없었지. 대학

생활의 재미라는 걸 몰랐지."

"네…"

"고등학교 때까지는 공부만 했고. 난 정말 공부만 했거든. 친구와
어울리지도 않았어. 공부할 시간이 아까웠거든. 내가 대학교 어디
나왔는지 알지?"

"네."

"우리 학교, 우리 과 나왔으면 공부만 했다고 해도 믿을 수 있지?"

"네."

"아무튼 고등학교 때까지는 공부만 했고 대학교 들어가고 나서 노
는 건 어떻게 하는 건가 궁금하기도 하고, 좀 어울려보고 싶었는
데… 쉽지 않더라고."

"네…"

"그래서 또 공부만 했지 뭐, 그 덕에 4년 내내 장학금 받았고 졸업
하자마자 우리 회사에 입사했어."

"네…"

"회사 생활이란 것도 누가 뭐 신경이나 써주니? 다 각자 마이 웨이
지."

"네…"

"10대, 20대, 30대, 40대, 나이가 들고 모든 것이 달라져도 한 가지
변하지 않는 사실이 뭔지 알아?"

"글쎄요."

"혼자라는 사실이지. 이게 대전제야. 이 사실을 일찍 알면 살아가는데 편할 거야."

"네…."

"내가 성공적인 회사 생활의 3가지 조건 알려줄까?"

"네?"

"능력, 평판, 줄. 누구든 잘 보여서 이득 볼 게 있으면 가까이하고, 별로 이득 볼 게 없으면 멀어지고 그러는 거야. 지수 씨는 아직 세상 물정 모르지?"

한 치의 망설임 없이 직설적으로 쏟아지던 팀장님의 말이 갑자기 멈췄다. 잠시 고민하듯 망설이던 팀장님이 말했다.

"왜 지수 씨가 나한테 미운 오리 새끼가 된지 알아?"

아무 대답도 할 수 없었다. 나는 그저 고개를 저었다.

"지수 씨를 보면 옛날의 내 모습 같거든…."

전혀 예상하지 못한 말이었다.

"누가 이렇게 말하면 이런가, 저렇게 말하면 저런가, 전전긍긍하면서 막상 자기 실속은 못 챙기지. 그러면서 무슨 엉덩이 힘이 무기인 양 주야장천 자리만 지키고 앉아서 애쓰지…. 꼴 보기 싫은 그 꼴 보고 있으면 속이 터져…."

"…."

"지호 씨 보면서 느끼는 거 없어?"

"네?"

"지호 씨가 회사 생활을 어떻게 하는지 봐. 자기 실리 놓치는 거 봤어?"

"…"

"못 봤을 거야. 지호 씨는 자기 실리도 챙기면서 겉으로는 엎드린다고. 어쨌든 그렇단 얘기야."

팀장님은 내가 아닌 창밖을 바라보며 말했다.

"지수 씨는 내가 꽤 불편할 거야…"

나는 뭐라고 대답해야 할지 몰랐다.

"나를 보기만 해도 숨이 막힐 거야, 그지?"

"…"

"내가 다 알지. 나도 겪어봤으니까. 그런데 지수 씨, 내가 여기까지 어떻게 왔는지 알아?"

"…"

"견뎠기 때문이야. 지나고 보니 살아남기 위해서는 벼랑 끝으로 내 몰려볼 필요도 있단 사실을 알게 됐지."

"네…"

"회사 밖이라서 아니, 기차를 타서 그런가… 오늘 쓸데없는 얘기를 너무 많이 했지?"

"아, 아니에요…"

"지수 씨, 편한 자리 가서 쉬어. 나도 일 좀 볼게."

팀장님은 노트북을 켰고 나는 옆자리로 옮겨 앉았다. 기차가 터널로 진입하자 검게 변한 창문에 팀장님이 비춰 보였다.

'내가 팀장님의 옛날 모습 같다고?'

상상이 되지 않았다. 이토록 유능하고 언제나 여유를 표현할 수 있는 팀장님이 지금 나의 모습과 같았을 때가 있었다니 말이다.

'그런데 왜 이런 이야기를 나한테 하셨을까?'

미팅을 끝내고 돌아오는 기차 안, 팀장님은 별다른 말이 없으셨다. 미팅했던 내용을 잘 정리해놓으라는 말씀을 제외하곤 말이다. 지루한 시간 끝에 도착을 알리는 안내 방송이 흘러나왔다.

"지수 씨, 출장 다녀오느라 고생했어."

"팀장님도 수고하셨습니다."

"그리고 여기서 바로 퇴근하면 돼."

"팀장님도 바로 퇴근하세요?"

"아니, 나는 회사에 들어가 봐야 해."

"그럼 저도 회사 들렀다가 퇴근할게요."

팀장님은 내 속이 훤히 보인다는 듯 말했다.

"혹시 저의는 다르지 않을까 고민되지?"

"네?"

"지금은 정말 말한 그대로야. 지금 퇴근 시간 다 됐잖아. 바로 퇴근해도 돼."

팀장님과 함께한 기차 출장은 예상외로 지옥행 열차는 아니었다. 나를 옥죄는 듯한 눈빛도, 냉랭한 목소리도 들을 수 없었다. 다만 알 수 없는 기분이 들었다.

'이기심과 친절함, 싸늘함과 미소, 팀장님의 이중성…'

지금까지 팀장님의 이중성이 역겨웠을 뿐 그 내면의 이유는 생각해본 적이 없었다. 마치 태어날 때부터 이중인격자였음이 분명하다고 가정하듯 말이다. 그런데 오늘 처음으로 팀장님이란 사람이 궁금해졌다. 김미영이란 사람이 말이다.

*

집으로 가는 버스를 기다릴 때였다. 문자 메시지가 울렸다. 요 며칠 잊을 만하면 울리는 엄마의 문자 메시지였다. 엄마는 엄마표 소개팅을 성사시키기 위해 전방위적으로 설득하고 있었다. 가벼운 식사 자리임을 강조하는 것부터 그 사람을 어필하는 것까지 말이다. 나는 한 번도 답장을 보내지 않았지만 엄마는 굳게 믿고 있는 것 같았다. 내가 엄마 말을 잘 듣는 착한 딸임을 말이다. 엄마는 그 믿음을 이렇게 표현했다.

✉ 우리 딸은 엄마 마음을 잘 이해한다고 믿는다.

다시 토요일이 돌아왔다. 나는 초능력 정신과의원을 찾았다.

"일주일 만에 온 거 맞죠?"

내가 건넨 인사였다.

"무슨 뜻인가요?"

"오랜만에 온 것 같아서요."

"일주일간 많은 일이 있었나 보군요?"

나는 고개를 끄덕이며 말했다.

"게다가 믿기 어려운 일도 일어났죠."

나는 민준 씨와 눈이 마주친 그 순간이 떠올랐다.

"믿기 어려운 일이라, 궁금해지는군요."

나는 책을 매개로 회신을 주고받았던 3년 전의 일부터 며칠 전 도서관에서 우연히 만나게 된 이야기까지 모두 털어놓았다. 이야기를 하는 동안 나는 믿을 수 없다는 말과 함께 몇 번이나 머리를 저었고 이야기가 끝났을 때 내 얼굴은 상기되어 있었다. 아주 흥미롭다는 표정으로 듣고 있던 원장님이 말했다.

"오늘 처음으로 당신의 감정이 생생하게 느껴지는군요."

"네?"

"지금까지 당신을 귀로 듣고 이해했다면, 오늘은 느껴지는 당신의 감정이 당신을 이해하게 하는군요."

"아, 네…"

이해가 될 듯 말 듯한 얘기였다.

"사실 마주하기 버거운 감정일수록 누군가와 나눈다는 것은 쉬운 일이 아니죠. 왜냐하면 회피하고 싶은 감정에 머물러야 하니까요."

"네…"

"당신은 감정을 마주하는 것이 익숙지 않아 보였습니다. 그래서 전 당신의 얘기를 들으면서 당신의 감정을, 당신과 나누고자 노력했죠. 하지만 오늘은 그럴 필요도 없이 스스로 드러내더군요. 피어오르는 감정, 그대로를 말이죠."

나는 고개를 끄덕였다.

"당신은 지금까지 그 사람을 실제로 만나게 된 놀라운 감정과 마치 꿈을 꾸는 듯한 환상적인 느낌을 억누르고 있었을지도 모릅니다."

민준 씨의 문자 메시지에 일렁이던 내 안의 작은 파도를 잠재우기 위해 크게 숨을 내쉬던 내 모습이 떠올랐다.

"물론 의식적으로 억누르지는 않았을 겁니다. 이성적 판단이 아닌 감정에 몰입하는 것을 두려워하는 당신이 온전히 느끼기엔 벅찼을지도 모르죠. 아마 의연하게 대처하려고 했을 겁니다."

원장님은 마치 나를 지켜보고 있었던 듯했다. 그리고 정체를 알 수 없었던 가슴 속 의문이 조금은 풀리는 듯했다. 내가 이곳을 찾는 이유, 찾아와야 하는 이유 말이다.

상담이 끝나고 정원으로 나왔을 땐 금방이라도 빗방울이 떨어질 것처럼 하늘이 흐려져 있었다. 나는 빠른 걸음으로 걷기 시작했다. 정원의 반쯤 지났을 때였을까? 나는 갑자기 걸음을 멈추었다.

'잠깐, 지금 겨울이잖아, 어떻게 꽃들이 그대로지?'

심지어 처음 이곳을 찾았던 봄, 그때보다 정원의 꽃들은 더욱 아름답게 풍성함을 드러내고 있었다. 꽤 쌀쌀해진 바람에 옷깃을 여미는 건 나뿐인 듯 정원의 꽃들은 유유히 겨울바람을 타고 흔들리고 있었다.

빵-빵.

경적 소리에 나는 서둘러 택시로 향했다. 집으로 돌아오는 택시 안, 원장님의 말씀이 다시 떠올랐다.

'당신은 감정을 마주하는 것이 익숙지 않아 보였습니다.'

*

집에 도착할 즈음이었다.

지이잉. 지이잉.

현주의 전화였다. 나는 바로 전화를 받았다.

"신지수."

유쾌한 목소리였다.

"뭐하고 있었어? 보나 마나 맹숭맹숭하게 있었지?"

"어떻게 알았어?"

"내가 다 알지."

현주는 능청스럽게 말했다.

"웬일이야, 너 주말에 바쁘잖아?"

"바쁘지, 무지하게 바쁘지. 그럼에도 불구하고 친히 너한테 전화를
한 거야."

"고맙다, 고마워."

나는 웃었다.

"다른 건 아니고, 남자 친구 너한테 소개해주려고."

"남자 친구 또 생겼어?"

"한 달 안 됐어. 이쯤에서 너한테 한번 보여주려고."

"이쯤에서 내가 보면 뭐가 달라져?"

"검증, 검증. 내가 사람 보는 눈은 확실하지만 그래도 네 생각이 궁
금하단 말이야."

"언제부터 사람 보는 눈이 확실해졌어?"

"항상 확실했지."

"그런데 왜 그렇게 자주 바뀔까?"

나는 놀리듯 말꼬리를 올렸다.

"그건 이 사람도 확실하고, 저 사람도 확실하니까 그런 거 아니야."

현주는 당당하게 대답했다.

"바꿔 말하면 한 사람도 확실하지 않다는 거랑 같은 거 아니야?"

나는 어이없다는 듯 웃으며 말했다.

"됐고."

"그래, 알았어. 어려운 일 아니지 뭐."

"그럼 너 내일 시간 있어?"

"응, 괜찮아."

"그럼 내일 점심 먹자. 어때?"

"그러자. 장소는 네가 정해서 얘기해줘. 그리로 갈게."

"알았어."

현주는 연애를 시작할 때마다 한 달을 넘기기 전에 꼭 나에게 보여주었다. 마치 의식처럼 말이다. 나는 그 이유가 궁금해서 물어본 적이 있었다.

"너는 썸이든, 남자 친구든 나한테 검증이랍시고 늘 보여주잖아, 그 것도 꼭 한 달을 넘기기 전에 말이야. 그 이유가 뭐야?"

"앞으로 계속 만날지 말지 판단하려는 거야."

"내가 그 판단에 도움이 되니?"

"당연하지."

"나는 너한테 아무 말도 안 하잖아?"

"어쨌든."

현주의 대답은 '어쨌든'이었고 지금도 난 그 이유를 모른다. 하지만 이번에도 현주는 의식을 준비했다. 만난 지 한 달을 넘기기 전에 검증받는 것 말이다. 현주의 연애사를 속속들이 알고 있는 나는 이번에 만나는 사람은 어떤 사람일까 궁금해졌다. 현주는 본능적으로 끌리는 무엇인가가 있는 듯 금방 사랑에 빠졌고 금방 사랑에서 벗어났다. 나는 이러한 만남과 이별이 즉흥적인 감정에 따른 것이라고 했고 현주는 만난 기간으로 감정의 무게를 따질 수는 없다며 진실한 사랑이었다고 주장했다. 하지만 자신의 주장과 달리 스스로도 의구심이 드는 듯 이렇게 묻곤 했다.

"분명 사랑이었는데, 왜 이렇게 금방 시시해지지?"

현주는 외모도 성격도 충분히 매력적이었다. 깍쟁이 같은 도도한 외모와 외모와 다른 시원시원한 성격은 누구나 좋아할 만했다. 현주가 가진 매력과 오픈 마인드적인 태도는 잦은 만남과 잦은 이별을 불러왔다. 현주는 사랑을 원하면서도 누군가에게 머물고 싶진 않은 듯했다. 언젠가 현주는 이별을 받아들이지 못하는 동기에게 이렇게 말했었다.

"정민아, '3년이나 만났는데'라며 미련을 두는 건 어리석은 생각이야. '3년이 허락된 사이였구나'라고 생각해야지. 냉정히 말하면 너희 사이는 이미 끝났어. 단지 관계를 정리한다는 말을 하지 않았을 뿐이지."

"야, 너무 단정하는 거 아니야?"

정민이의 눈치를 살피던 내가 말했다.

"3년이나 만났는데 왜 이제 와서 그렇게 싸울 일이 많은 줄 알아?"

내 말은 아랑곳하지 않고 현주는 말을 이었다.

"인연이 끝나면 모든 게 어긋나기 시작하거든. 왜냐하면 멀어져야 하니까. 그런데 억지로 붙어 있으려고 하니까 고통스러운 거야. 함께 있는 게 스트레스가 됐는데 왜 그 관계에 미련을 두는 거야?"

"현주 너라서 할 수 있는 말 아닐까?"

정민이는 발끈하듯 말했다.

"무슨 뜻이야?"

"네가 누군가를 사랑해서 만난 적이 있기나 하니?"

"그게 무슨 뜻이야?"

"넌 필이 꽂히면 일단 만나보는 거잖아, 안 그래?"

정민이는 회심의 일격을 날리듯 말했지만 현주는 아무렇지도 않다는 듯 여유롭게 대답했다.

"난 한 사람을 영원히 사랑한다는 생각이 없으니까. 즐거운 사랑을 영원히 하고 싶은 거지. 함께해서 좋을 때까지, 딱 그때까지 만나는 거야. 일주일이 될지, 몇 개월이 될지, 몇 년이 될지 알 수 없지. 내가 연애의 시작도 끝도 두려워하지 않는 이유지."

다음 날 아침, 일요일 아침부터 울리는 전화의 발신자는 뻔했다. 그리고 엄마가 할 얘기도 뻔했다.

"엄마."

"그래, 지수야."

엄마의 목소리는 다정했다. 문자에 답장 한 번이 없냐는 타박을 들을 거라 예상했는데 의외의 목소리였다.

"일어났니?"

유독 다정한 엄마의 목소리였다.

"응."

"오늘 주말인데 약속 있니?"

"현주랑 점심 약속 있어."

"그럼 오늘 저녁에는 시간 있니?"

"응. 왜?"

"그럼 저녁에 시간 좀 비워둬."

"왜?"

"밖에서 맛있는 거 먹게."

"나랑 둘이?"

"응."

"아빠는?"

"아빠는 두지 뭐. 너 시간 괜찮은 거지?"

"응. 엄마 뭐 먹고 싶은 거 있어?"

"그… 잠깐만."

엄마는 무언가를 찾는 듯했다. 잠시 뒤,

"삼청동에 새로 생긴 그 무슨 호텔이라더라… 거기 맛있는 일식집
이 있다던데."

나는 깜짝 놀랐다. 엄마가 그런 고급 식당을 안다는 것도 의외였고
거기에 가자는 건 더 놀라웠다.

"엄마가 거기 어떻게 알아? 나도 듣기만 했지 아직 가보진 못했는
데…"

"영숙이 아줌마가 그러데. 너네들 말로 요즘 와플 뭐라던데."

"핫플레이스?"

"그래그래. 하플레스."

"엄마 귀에까지 들린 거 보니 정말 핫플레이스가 맞네."

"6시까지 거기서 보자."

"응."

"6시야. 알았지? 늦으면 안 돼."

"알겠어. 알겠어."

'엄마는 무슨 신신당부까지 하고 그래?'

의아한 신신당부였다. 그러고 보니 엄마가 외식을 먼저 제안한 것도 처음이었다. 평소 외식 한번 하려면 삼고초려를 마다하지 않아야 하는데 말이다. "집에 밥 두고 왜 밖에서 사 먹냐?"부터 시작해서 "사 먹어봐야 별맛도 없다"까지 외식을 안 해도 되는 이유가 끝도 없이 나오기 때문이다.

'아빠도 저녁 같이하면 좋을 텐데…'

좋겠지만, 분명 보는 사람이 불편해지는 그림이 될 게 뻔했다. 나는 자식 된 도리보다 마음의 평화를 택했다.

*

현주는 약속 장소에 먼저 도착해 있었다. 내가 들어서자 현주 옆자리에 앉아 있던 사람이 자리에서 일어나 깍듯이 고개를 숙이며 인사했다.

"안녕하세요. 최민호라고 합니다."

"안녕하세요. 한지수예요."

"야, 한지수. 우리 얼마 만이지?"

현주는 한껏 상기된 목소리로 말했다.

"민호 씨, 내 친구 지수. 지수야, 내 남자 친구 민호 씨."

"현주 씨한테 말씀 많이 들었습니다."

"저도 얘기 많이 들었어요."

인사가 끝나자 현주가 메뉴판을 보며 말했다.

"우리 뭐 먹을까? 맛있는 거 먹자. 지수야, 너 뭐 먹고 싶어?"

"나는 아무거나 좋아."

현주는 여전하다는 듯 말했다.

"민호 씨, 지수 대답은 항상 '아무거나 좋아'야. 우리가 잘 선택하
는 수밖에 없어."

민호 씨도 웃으며 현주와 같이 머리를 맞댔다. 메뉴를 고르는 짧은
순간에도 두 사람 사이에는 웃음이 터져 나왔다. 분명 이전의 남
자 친구들과는 사뭇 달라 보였다. 음식을 주문하고 기다리는 사이
현주는 이런저런 근황을 물었다.

"아직 만나는 사람 없어?"

"없어."

"그럴 줄 알았어."

"민호 씨."

"응?"

"지수는 지금 어디 있는 줄 알아?"

"어디 있다니?"

"무슨 성에 갇혀 있어. 그 성의 황금 열쇠를 가지고 있는 왕자님만 들어올 수 있는 성 말이야. 문제는 열쇠를 가진 왕자님이 있는지조차 모르겠다는 거야."

민호 씨는 무슨 말인지 이해했다는 듯 웃었다.

"참, 태현 씨는 여자 친구 있어?"

"아니, 없을 거야. 헤어졌다고 들은 뒤로 다시 만난다는 얘기는 못 들었거든."

"우리 지수랑 태현 씨 소개해줄까? 지수야, 너 소개팅할래?"

현주는 좋은 아이디어라도 떠오른 듯 눈을 반짝였다.

"좋은 생각 같은데, 태현이 참 괜찮은 친구지."

"말은 고마운데 됐어. 안 그래도 엄마한테 선 보라고 볶이고 있단 말이야. 엄마만으로 충분해. 너라도 참아줘."

현주는 웃음을 터뜨렸다.

"어머니가 선 자리 주선하기 시작하셨나 봐?"

"웃을 일이 아니라니까. 나 진짜 스트레스받고 있단 말이야."

"그래도 어머니가 많이 참으셨네. 너 대학생 때부터 그러셨잖아. 너 취직만 하면 좋은 선 자리 알아봐서 좋은 곳에 시집보내실 거라고."

"너도 그 말을 들었었니? 내가 못 살아, 정말."

나는 고개를 내저었다. 그때 민호 씨가 말했다.

"선은 결혼 상대를 찾는 소개팅 아니에요?"

"요즘은 꼭 그런 건 아니라지만 전혀 아니라고 할 수도 없죠."

민호 씨는 정말 이해할 수 없다는 듯 말했다.

"결혼을 해야 한다는 전제가 있고 그 다음으로 상대를 찾는 게 너무 재밌는 것 같아요. 안 그래요?"

"뭐가?"

현주가 말했다.

"결혼을 적당한 나이가 되면 거쳐야 하는 통과의례처럼 생각하는 게 재미있지 않아?"

"민호 씨는 어떻게 생각하는데?"

현주가 궁금한 듯 물었다.

"나는 선택이라고 생각하지. 꼭 해야 한다는 생각은 없어. 오히려 지금은 비혼주의에 가까워."

"정말?"

"왜?"

"결혼 이퀄 책임이잖아. 나는 그걸 즐겁게 감당할 자신이 없거든."

현주는 그럴 수도 있겠다는 듯 고개를 끄덕였다.

"현주 씨는 어떤데?"

"생각해본 적은 없지만 비혼주의자는 아니야. 그런데 중요한 건 뭔지 알아, 내 성격 알지? 자신이 없어."

현주가 호탕하게 웃으며 말했다.

"그래서 선 보기로 했어?"

현주는 잊고 있었던 대화 주제가 생각난 듯 말했다.

"아니, 안 한다고 했어. 너무 불편할 것 같아서."

"그럼 태현 씨 한번 만나보는 건 어때? 민호 씨랑 동업하는 친군데 정말 괜찮은 사람이야. 너랑 나랑 친구고 민호 씨랑 태현 씨랑 친구니까 같이 볼 수 있으면 좋잖아."

"알겠어. 다음에."

나는 얼른 대화 주제를 옮겼다.

"요즘 회사 일은 어때?"

"어떻다고 할 게 뭐 있니. 나는 기계다 생각하고 하는 거지. 특히나 요즘은 올해 진행한 프로젝트 마무리해야지 내년 진행할 프로젝트 계획서 내야지… 정신이 하나도 없어."

"나한테 투지를 불태우라더니 너는 기계 모드로 바뀌었어?"

"됐고, 그냥 '나는 일하는 기계다' 생각하고 아무 생각 없이 일하는 게 최고야."

"직장인들 대화가 참 삭막하네요."

민호 씨가 웃으며 말했다.

"참, 지수야. 내가 민호 씨 무슨 일 하는지 말 안 해줬지? 서평 가게

운영해."

"서평? 정말? 멋지다."

"밥을 굶게 돼도 멋질까요, 다행히 지금 굶지는 않아요."

민호 씨가 서글서글하게 웃으며 말했다.

"민호 씨는 낭만주의자야. 현실에서 꿈을 충분히 펼칠 수 있다고 생각하거든."

마치 공감되는 타인의 얘기를 듣는 듯 민호씨는 고개를 끄덕이고 있었다.

"우리는 보통 현실적 현실적 하잖아? 현실과 이상을 구분하고 현실에 맞춰 살아가려고 하지. 꽤 괜찮은 대학 경영학과 나오면 취직이 순서 아니야? 아무리 서평을 진심으로 사랑한다고 해도 누가 서평을 진짜 직업으로 선택하겠어? 취미로 하겠지. 그런데 민호 씨는 세상이 말하는 현실은 가짜 현실이래. 적어도 자신의 삶에선 말이야. 자신이 선택하는 것이 곧 리얼 현실이래."

"멋지다."

나는 감탄하듯 말했다.

"그지, 우리 같은 소심이들은 비록 미생일지언정 회사에 붙어 있어야 한다고 생각하잖아."

"현주 씨가 너무 거창하게 말한 것 같아요. 그냥 해보고 싶던 일이라서 씨름해보는 거예요."

민호 씨가 겸손하게 말했다.

"그런데 어떻게 서핑 관련 일을 하게 됐어요?"

"어렸을 때부터 바다에서 노는 걸 엄청 좋아했거든요. 스무 살 때 바다에 놀러 갔다가 우연히 서핑을 접하고 나서 완전히 빠져버렸죠. 그때부터 서핑과 관련된 건 모조리 배우기 시작한 것 같아요. 덕분에 학교 성적은 엉망이었지만요. 하하."

"실제 직업이 되니 어때요?"

나는 정말 궁금했다.

"지금까지는 매우 만족해요. 제가 가장 중요하게 생각하는 게 현재의 만족감이거든요. 만족감이란 감정을 꿈속에서 찾고 싶지 않아요. 지금 누리고 싶죠."

나는 고개를 끄덕였다.

"여기에 대박까지 나면 정말 최고인데, 그죠?"

민호 씨가 유쾌하게 말했다.

"저희 가게에 한번 놀러 오세요."

민호 씨가 상냥하게 말했다.

"그럴게요."

식사가 끝나고 식당을 나설 때였다.

"민호 씨, 먼저 차에 가 있어. 나, 지수 앞에까지 데려다주고 올게."

현주는 나를 배웅하겠다며 나섰다.

"지수야, 어때? 사람 괜찮아 보이지?"

현주는 내 의중을 살피려는 듯 말했다.

"처음인 것 같아."

"뭐가?"

"의문이 들지 않은 적이."

"어떤 의문?"

"왜 만났을까라는 의문?"

현주는 웃음을 터뜨리며 말했다.

"뭐, 그럼 지금까지 만났던 사람들은 다 의문이 들었단 말이야?"

"다는 아니지만 대부분 그랬지."

"그래도 배우자감은 아니지?"

"응?"

"아니, 하는 일이 안정적이지 않잖아. 그렇다고 딱히 비전이 있는 것도 아니고. 뭐랄까, 젊음의 패기. 그 이상의 뭐가 있을 수 있을 까?"

"그건 지금 알 수 없지…."

"지금은 민호 씨 자체만으로도 충분히 좋은데. 만약이라는 가정 하에 결혼을 생각해보면 현실적인 문제에 부딪치지 않을까?"

"그럴 수도 있겠지?"

"아휴 모르겠다. 일단 지금 좋으니까 뭐."

"너 되게 모순적인 거 같아."

"뭐가?"

"굉장히 즉흥적인데 굉장히 계산적이고, 굉장히 계산적인데 굉장히 즉흥적이야."

현주는 웃음을 터뜨리며 말했다.

"음…. 내가 좀 어려운 사람이야."

"너는 어려운 게 아니라 정체성이 모호한 사람 같아. 너도 너를 모를걸?"

현주는 이젠 폭소를 터뜨렸다.

"야, 정답이다, 정답. 너 어떻게 알았어? 그래서 맨날 내가 너한테 물어보잖아. 나도 나를 모르겠으니까."

나도 웃음을 터뜨렸다.

"어쨌든 오늘 즐거웠어. 어서 가봐. 민호 씨 기다릴 텐데."

"그래, 너도 조심히 들어가. 또 연락하자. 아, 그리고 정말 태현 씨 한번 만나보지 않을래?"

"너 아직 안 잊어버렸니?"

"내가 잊어먹겠니?"

"너라도 참아줘라. 잘 가. 또 연락하자."

엄마와 약속한 시간보다 삼청동에 꽤 일찍 도착했다. 듣던 소문대로 테이블은 만석이었고 종업원이 입구에서 대기 번호를 접수하고 있었다. 일찍 도착해서 다행이라고 생각하며 대기 번호를 접수하고 식당 앞에 마련되어 있는 테이블에 앉을 때였다.

"지수야, 지수 맞지?"

누군가 내 이름을 부르는 소리에 고개를 들어보니 영숙이 아줌마가 서 계셨다. 엄마와 가까운 친구인 영숙이 아줌마는 고등학교 때 뵌 게 마지막이었다. 몇 년 만이었지만 바로 알아볼 수 있었다. 깜짝 놀란 나는 자리에서 일어났다.

"안녕하세요. 잘 지내셨어요?"

"아이고, 지수가 아가씨가 다 되었네. 너 마지막으로 본 게 고등학교 땐데. 그래도 어릴 때 얼굴이 남아 있어서 바로 알아보겠다, 얘."

"아주머니도 그대로세요. 건강하시죠?"

"아이, 그대로긴. 나이 든 티가 팍팍 나지 뭐. 친구 중에 자식이 빨리 결혼한 애는 벌써 할머니 된 친구도 있는데. 다행히 아직은 건강이 그럭저럭 괜찮네."

"여긴 식사하러 오셨어요? 조금 있으면 엄마 오실 건데. 아줌마 보시면 엄마도 깜짝 놀라시겠어요."

갑자기 영숙이 아줌마는 웃음을 터뜨렸다.

"아이고, 정숙이가 결국은 그렇게 얘기했나 보네."

"네?"

"지수야, 너 엄마한테 선 보라고 얘기 들었지?"

"제가 안 한다고 했어요. 참, 아줌마가 소개해주신 거죠, 죄송해요. 제가 아직 그런 생각도 없고…."

"오늘이 그 자리야."

"네?"

"아니, 남자 쪽에서는 빨리 시간 잡자고 하지, 정숙이는 기다려보라

고만 하지. 그래서 내가 자리 만들 테니까 너 나오게만 하라고 했
지."

외식하면 큰일 나는 줄 아는 엄마의 의아한 제안과 낯선 신신당부
까지. 모든 의문이 풀렸다.

"하…."

"지수야, 왜 한숨을 쉬어? 한숨 쉴 일이 뭐 있어. 어른이 소개해준
다고 그렇게 부담 가질 필요 없어. 어른들이 봤을 때 너무 선남선
녀니까 그러는 거 아니야. 그러니까 있다가 석민이 오면 밥이나 한
끼 먹고 얘기 나눠봐."

차마 아줌마 앞에서 엄마한테 당장 전화를 걸 수는 없었다. 이 어
이없는 상황을 일단 받아들여야만 했다. 하지만 굳어버린 내 얼굴
까진 어떻게 할 수가 없었다. 내 기분을 알 리 없는 아줌마는 신나
게 말을 이었다.

"지수야, 엄마가 석민이 얘기해줬지? 직업은 교사고 얘네 집이 농
사짓는데 대대로 유지야, 유지. 가진 땅이 어마어마해. 그런데 얘가
외동아들이거든. 그러니까 어서 좋은 사람 찾아서 장가보내려고
하더라고."

나는 아줌마의 신나는 홍보가 잠깐씩 끊길 때 "네"라고 대답하는
것으로 예의를 겨우 갖추고 있었다. 그때 저 멀리서 정장을 차려입
은, 누가 봐도 격식을 차리는 자리에 온 것이 분명한 사람이 걸어
왔다.

"지수야, 왔다. 석민아, 여기야."

그리고 그를 알아본 영숙이 아줌마는 자리에서 일어나 그에게 반갑게 손을 흔들었다. 그는 내가 앉아 있는 테이블 가까이 걸어왔고 나도 자리에서 일어났다. 나는 초면에 실례하지 않으려 최대한 굳은 얼굴을 감추었다.

"석민아, 얘가 지수, 아줌마 친구 딸. 얘기했지? 지수야, 얘는 석민이, 아줌마 친구 아들."

"안녕하세요."

"처음 뵙겠습니다."

석민 씨라는 사람이 정중히 말했다.

"석민아, 네가 예약해놨지? 들어가서 맛있는 거 먹으면서 얘기 좀 나누고 그래."

영숙이 아줌마는 우리 두 사람을 끌다시피 문 입구 쪽으로 세우며 말했다.

"어차피 저녁 시간인데 같이 드세요."

나는 영숙이 아줌마를 붙잡으며 말했다.

"나는 다음에 너희 엄마랑, 석민이 엄마랑 와야지. 너희 둘이랑 내가 무슨 재미로 밥을 먹니?"

유쾌하게 웃으신 아줌마는 즐거운 시간 보내라는 신신당부를 끝으로 손을 흔들며 멀어져갔다. 석민 씨는 카운터로 가서 자리 안내를 부탁했고 우리는 직원을 따라 테이블로 갔다. 자리에 앉자 석민 씨는 미리 주문해놓은 듯 직원을 불러 주문을 확인했다.

"제가 미리 주문했습니다. 미리 주문해야만 먹을 수 있는 메뉴가 있거든요. 괜찮으시죠?"

"네."

우리 사이엔 정적이 흘렀다. 나도 그도 물만 마셨다.

"저 이름이…"

그가 말했다.

"한지수예요."

"저는 황석민이라고 합니다."

다시 정적이 흘렀다.

"혹시 나이가…"

"저는 스물일곱 살이에요."

"저는 서른두 살입니다."

또다시 정적이 흘렀다. 잠시 후 그가 정적을 깨고 말했다.

"저 화장실 좀 다녀오겠습니다."

그의 키는 엄마가 말한 것보다 작아 보였다. 평균 정도쯤 되어 보였고 그에 비해 체격은 좀 커 보였다. 그는 어딘가 모르게 고지식해 보였는데 각 잡힌 정장이 그의 인상을 더 도드라져 보이게 했다. 그가 돌아오고 얼마 후 음식이 서빙되었다. 그는 테이블 중앙에 놓인 음식을 가리키며 말했다.

"드셔보세요. 정말 맛있어요."

"네, 맛있게 드세요."

우리 두 사람 사이엔 격식을 차리기 위한 대화가 이어졌다.

"성산회사 다니신다고 들었어요."

"아, 네."

"저는 중학교에서 학생들 가르치고 있어요."

"네…."

"그런데 생각보다 키가 크시네요?"

"네?"

"어머니한테 전해들은 이미지로는 아담하실 거라고 생각했어요."

그 역시 팩트와 상관없는 많은 말들을 들었을 것이다. 다시없을 선
남선녀의 선녀 역할에 꼭 맞게 말이다. 내가 엄마한테 최고의 선남
을 소개받은 것처럼 말이다.

"저, 오늘 선 보는 거 알고 나오신 거죠?"

나는 아까부터 망설이고 있던 말을 꺼냈다.

"네? 그럼요."

그는 황당한 질문이라는 듯 말했다. 잠시 후,

"아, 지수 씨는 모르고 나오셨나요?"

그는 내 질문을 이제 이해한 듯했다.

"사실은 엄마가 저녁 먹자고 해서서 그런 줄 알고 나왔거든요. 제
가 선 볼 생각이 없다고 하니까 어떻게든 자리를 만드신 것 같아
요."

내가 이토록 솔직하게 털어놓을 것이라고는 엄마도 영숙이 아줌마도 생각하지 못했을 것이다.

"네? 아, 네…."

그는 잠시 혼란스러운 듯 보였다.

"그럼 지금 선 볼 생각이 없으신가요?"

"죄송해요."

잠시 난감한 표정을 짓던 그가 말했다.

"뭐, 자의든 타의든 어쨌든 만나게 됐잖아요? 이왕 이렇게 된 거 식사는 같이하죠. 사실 맛있는 음식 먹으며 새로운 사람도 알게 되고 나쁠 건 없잖아요?"

"그렇게 생각해주신다면 감사해요."

석민 씨는 지금까지 입고 있었던 정장 재킷을 벗어 옷걸이에 걸어두었다.

"혹시 취미 있으세요? 쉬는 날엔 뭐 하세요?"

"특별히 취미라고 할 건 없고, 그냥 영화도 보고 산책도 하고 그러는 것 같아요."

"그럼 시간이 아깝지 않아요?"

"네?"

"저는 목표를 세우고 타임라인대로 움직이는 스타일이거든요. 시간을 쓰든, 돈을 쓰든 투자를 했으면 결과물이 있어야죠."

"아, 네…."

한참을 얘기하던 그가 말했다.

"지수 씨는 저한테 궁금한 거 없으세요?"

"네?"

사실 그에 대해 아무런 궁금함도 들지 않았다. 그저 첫인상과 달리 재킷을 벗은 그는 말이 많은 사람이라는 느낌이 들 뿐이었다.

"학교에서 학생들 보면 귀엽죠?"

겨우 생각해낸 말이었다.

"애들 같아야 귀엽죠. 요즘 중학생이 어디 애들 같은가요? 개중에는 아직 어리숙하고 순진한 애들도 있지만요."

달리 할 말이 없어지는 냉소적인 대답이었다.

"학생들 지도하는 일도 정말 쉽지 않을 것 같아요."

"요즘은 학생 지도보다 학생부장 때문에 힘들어요."

"네?"

"어떤 조직이든 꼭 그 조직을 뜯어고쳐야 한다는 사람 있지 않아요? 관례로 받아들이면 될 텐데 그걸 개혁이랍시고 덤벼드니까요."

"아, 네…"

"아무튼 어느 조직이든 리더가 꿈이라는 단어에 빠져 있으면 피곤해지는 거예요. 현실은 네모인데 그 안에 별을 넣으려고 해봐요. 그게 가능해요? 그런데 그걸 꿈이랍시고 어떻게든 넣으려고 하니까 옆 사람까지 피곤해지는 거죠."

'하… 내가 지금 여기 왜 앉아 있는 거지?'

그는 대화가 아닌, 본인 머릿속 의식의 흐름을 쏟아내고 있었다.

"아, 제가 너무 말이 많았죠?"

내 입이 너무 조용하다는 걸 깨달은 듯 그가 머쓱하게 말했다.

"괜찮아요."

나는 예의를 선택했다.

"사실 제가 요즘 학생부장님 때문에 너무 스트레스를 받고 있거든요. 악몽을 꿀 정도라니까요."

몸서리난다는 듯 말을 마친 그는 입을 닦으며 말했다.

"식사 다 하셨죠? 차는 어떻게 할까요? 여기서 마실까요, 다른 곳으로 가서 마실까요?"

저녁 식사만 하고 헤어지려던 나는 선뜻 대답하지 못했다. 그 사이 그는 결정 장애라고 생각한 듯 결론을 내리며 말했다.

"바로 앞에 맛있는 커피집이 있는데 그리로 갈까요?"

'여기서 그만 헤어질까요?'라는 말은 타이밍을 놓쳐버렸다. 카페로 걸어가는 길에도, 카페에서도 그의 독백과 같은 수다는 이어졌고, 나는 끝없이 듣고 있어야 하는 수렁에 빠진 듯했다. 어느 정도 찻잔이 비워지자 나는 얼른 시계를 확인하며 말했다.

"시간이… 이제 일어나 봐야겠어요."

"벌써 시간이 그렇게 됐어요?"

그가 시계를 확인하며 말했다.

"혹시 뭐 타고 오셨어요?"

"저는 버스 타고 왔어요."

"그럼 제가 태워다 드릴게요."

"아니요. 버스 타고 가는 게 편해요."

"아무리 그래도 버스보다는 차가 편하죠."

"아니에요. 굳이 태워주실 필요가 없으니까요."

그는 할 수 없다는 듯 말했다.

"그럼 여기서 헤어질까요?"

"네. 오늘 반가웠어요. 조심히 들어가세요."

나는 마지막 인사를 건넸다.

"저도 반가웠어요. 그럼 조심히 들어가세요."

나는 뒤돌아서자마자 엄마한테 바로 전화를 걸었다.

"지수야, 어땠어?"

엄마는 나를 그 자리에 어떻게 보냈는지는 잊은 듯 기대에 찬 목소리로 말했다.

"엄마!"

내 목소리는 굳어 있었다.

"그래그래, 어땠어?"

엄마는 내 목소리의 뉘앙스를 눈치채지 못한 듯했다.

"엄마!"

나는 소리를 꽥 질러버렸다.

"아유, 깜짝이야."

"얘는 왜 소리를 지르고 그래?"

"엄마, 내가 선 본다고 했어, 안 본다고 했어?"

엄마는 이제야 기억이 난 듯 곤란한 목소리로 말했다.

"지수야, 그게… 네가 워낙 고집을 부리니까. 엄마가 그렇게라도 한 거 아니야. 일단 한 번은 만나봐야지. 얼마나 아까운 자린데."

"엄마가 아까운 거겠지. 나는 하나도 안 아깝다고. 이건 내가 사람을 만나는 문제잖아. 엄마가 아깝다 안 아깝다 판단할 문제가 아니라고."

"너는 무슨 말을 그렇게 서운하게 하니, 네가 사람 만나는 문제니까 엄마가 이러지. 그런 문제 아니면 엄마가 왜 이러겠니? 사람 잘 만나는 게 얼마나 중요한데."

엄마의 목소리에는 서운함과 역정이 뒤섞이기 시작했다.

"남편 잘못 만나면 인생이 얼마나 힘들어지는지 아니? 옛말에 여자 팔자는 뒤웅박 팔자란 말이 있어, 이것아."

"남편 잘못 만나면 물론 힘들겠지. 그런데 나는 남편 만날 생각이 없다니까? 결혼에 대한 생각이 아예 없어."

"그게 무슨 말이야? 뭐 요즘 애들이 말하는 비혼이니 뭐 그런 거 말하는 거야?

"엄마, 됐고!"

나는 엄마의 말을 끊어버렸다.

"분명히 얘기하는데 다시는 이런 일 만들지 마."

전화를 끊으려는데 다급히 부르는 엄마 목소리가 들려왔다.

"애, 지수야, 지수야."

나는 하는 수 없이 다시 대답했다.

"왜?"

"아니 대답을 해야지. 어땠냐니까."

"끊어요."

나는 전화를 끊어버렸다.

*

이튿날 아침, 다시 한 주가 시작되었다. 점심 식사를 마치고 나올 때였다. 발신자를 알 수 없는 전화가 울렸다.

"여보세요."

"지수 씨, 저 황석민입니다."

"네? 아, 네. 안녕하세요…."

나는 깜짝 놀랐다. 생각지도 못한 전화였다.

"어제는 잘 들어가셨나요?"

"아, 네. 잘 들어가셨죠?"

"저도 잘 들어갔습니다. 집에 도착해서 생각해보니 연락처를 안 여쭤봤더라고요."

"네…."

"어머니께 말씀드렸더니 알려주셔서 연락드렸습니다."

"네…."

"혹시 실례가 된 건가요?"

"네? 아니요…."

"그렇다면 다행입니다."

나는 말끝을 흐렸지만 그는 느껴지는 게 없는 듯했다.

"점심 드셨나요?"

"방금 먹었어요."

"그럼 오늘 하루 잘 보내시고 다시 연락드리겠습니다."

전화를 끊자 옆에 있던 수민 씨가 뭔가 눈치챘다는 듯 쿡쿡 찔러대며 말했다.

"지수 씨, 누구예요? 누군데 잘 들어갔는지 묻는 거예요?"

"아무것도 아니에요."

"아, 지수 씨 소개팅했구나."

눈치 빠른 지호 씨가 말했다.

"그게, 어쩌다 그렇게 됐어요."

시큰둥한 내 대답과는 반대로 수민 씨의 목소리가 하이 톤으로 바뀌었다.

"지수 씨 너무 재미있었겠다."

"설마요."

"어머, 상대편이 너무 별로였나 보다. 그죠?"

"그런 자리 자체가 별로예요. 난…."

"왜요? 나는 소개팅 재미있던데? 새로운 사람과 만나는 것도 재미있고, 또 아무나 소개해주진 않잖아요? 괜찮은 사람이니 소개하는 것일 테고, 어떤 사람일지 기대되지 않아요?"

"그럴 수도 있고 부담스러울 수도 있겠죠?"

지호 씨가 말했다.

"저도 자만추거든요. 자만추 알죠? 자연스러운 만남을 추구하는 사람. 그런데 그 남자분은 지수 씨가 괜찮았나 봐요? 지금 연락처 알아보고 전화한 거 아니에요?"

"어머, 그럼 지수 씨가 마음에 들었다는 건데?"

수민 씨가 맞장구치며 말했다.

"지수 씨는 어땠어요?"

"낯선 자리도 불편하고 아무튼 피곤했어요."

"지수 씨는 전혀 호감을 못 느꼈나 보다. 그죠?"

"피곤했다고 하면 말 다했죠, 뭐."

내 대답을 지호 씨가 대신하고 있었다. 사실 난 동기들의 수다는 뒷전이었다. 생각할수록 엄마한테 화가 치밀어 올랐다.

'아니, 나한테 물어보지도 않고 내 번호를 알려준 거야?'

사무실로 바로 들어가려던 나는 발걸음을 돌려 비상구 계단으로 향했다. 그리고 '엄마♡'로 저장된 번호를 거칠게 터치했다.

"엄마, 영숙이 아줌마한테 내 번호 알려줬어? 아니, 내 의사는 물어보지도 않고 알려주면 어떡해?"

나의 격앙된 목소리에도 엄마는 눈 하나 깜짝 안 한다는 듯 부드러운 목소리로 말했다.

"안 그래도 지수야. 영숙이 아줌마한테서 연락이 왔는데 그 청년은 네가 마음에 든 모양이더라. 미처 연락처를 못 물어봤다고 하더래. 그래서 내가 알려줬지 뭐."

"아니, 그러니까 왜 나한테 안 물어보고 알려주냐고?"

"전화번호 알려주는데 물어보고 말고 할 게 뭐 있어? 물어보니까 알려줬지."

"내 의사를 먼저 물어봤어야지. 나는 다시 만날 생각이 없다고. 그런데 연락처를 알려주면 어떡해?"

"어떡하긴 뭘 어떡해. 이왕 만났으니 몇 번 더 만나보면 되지."

내가 다시 입을 떼려고 할 때였다.

"지수야, 나중에 다시 얘기하자. 엄마 손님 왔어."

정말 손님이 온 건지 내가 쏘아붙이자 피하려고 한 건지 알 수 없지만 전화는 그렇게 끊겨버렸다. 분노의 터치가 무색할 정도로 KO패를 당한 패자가 되어 사무실로 돌아와 자리에 앉을 때였다. 메신저가 울렸다. 소영 씨였다.

✉ 지수 씨, 충격 속보.

✉ 뭔데요?

✉ 태현 씨, 퇴사한대요.

✉ 네?

✉ 오늘 사표 제출했대요.

✉ 정말이에요?

태현 씨는 칠전팔기 끝에 입사에 성공한 케이스였고 그런 만큼 회사에 뼈를 묻겠다는 각오가 대단한 사람이었다.

✉ 나도 믿기지가 않더라고요. 다른 사람도 아니고.

✉ 지금껏 한마디 말도 없었잖아요.

✉ 안 그래도 지민 씨가 어떻게 한마디 말도 없을 수 있냐고 했더니 너희같이 어린애들이랑 무슨 얘기를 하겠냐며 웃더래요. 속에 말이 아닐 텐데 말이에요.

✉ 태현 씨랑 한번 만나야 하는 거 아니에요?

✉ 그래서 메시지 보낸 거예요. 지수 씨는 언제 시간 있어요?

✉ 나는 언제든 괜찮아요. 정해지는 대로 얘기해줘요.

✉ 알겠어요.

이렇게 해서 금요일 퇴근 후, 우리 네 사람은 오랜만에 한자리에 모였다. 네 사람 중 유일하게 웃으며 인사를 건네는 사람은 태현 씨뿐이었다. 심각한 표정을 짓고 앉아 있는 우리 세 사람을 보며 태현 씨는 웃음을 터뜨렸다.

"누가 이 세상 하직했니? 왜 이렇게 엄숙해?"

"아니, 오빠 지금 웃음이 나와? 진짜 괜찮은 거야? 우리 다 깜짝 놀랐어."

지민 씨가 말했다.

"그랬어? 그래, 너희한테 한 번도 얘기한 적이 없으니 그랬을 수도 있겠다."

태현 씨는 여전히 웃고 있었지만 씁쓸함을 숨길 순 없었다.

"일단 얘기를 해봐. 이유가 뭐야?"

"지민아, 일단 우리 주문 좀 하고 얘기하자. 왜 이렇게 급해? 너희 뭐 먹고 싶어?"

태현 씨는 음식부터 주문했다. 맥주가 먼저 나오자 태현 씨는 단숨에 한 잔을 들이켰다.

"우리 동기 중에 퇴사한 애가 있나?"

"아마도 없는 것 같아요. 내가 모르는 건가?"

소영 씨가 대답했다.

"그래… 그럼 내가 인내심이 제일 부족한 건가?"

태현 씨가 웃으며 말했다.

"아니지. 도저히 인내할 수 없을 정도의 일이 있었던 거겠지. 무슨 일인진 모르겠지만."

"이야, 지민이가 그렇게 얘기해주니 고맙다."

지민 씨는 쑥스러운 듯 새침하게 대답했다.

"오빠 듣기 좋으라고 한 소리 아니거든? 사실 그대로 얘기한 것뿐이야."

"어쨌든."

태현 씨가 미소로 대답했다.

"아니 그런데… 정말 퇴사하는 거예요?"

소영 씨가 말했다.

"오늘 아침에 사직서 제출했으니 곧 처리되겠지."

"사직서 제출했어도 아직은 반려할 수 있지 않나?"

"내가 그럴 마음이 없어."

"혹시… 이직하시는 거예요? 예정된 곳이 있어요?"

나는 조심스럽게 질문했다.

"그런 거 아니야. 이직 자리 알아보고 할 여유도 없었어. 일단 퇴사
하고 나면 한동안 쉬면서 앞으로의 일을 생각해보려고."

"이제 속 시원히 얘기 좀 해봐. 무슨 일인데 퇴사까지 하고 그래?"

지민 씨가 도저히 답답해서 못 참겠다는 듯 말했다. 태현 씨는 다
시 맥주 한 잔을 들이키며 말했다.

"뉴스에서만 보던 은밀한 직장 따돌림의 주인공, 그게 내가 됐거
든."

"뭐? 그게 무슨 말이야?"

우리 세 사람의 눈이 커졌다.

"우리 팀 인원 많은 거 알지?"

"응. 오빠네 부서 크잖아."

"그런데 이 많은 사람이 한 사람 뜻에 따라 움직이거든."

179

"팀장님?"

"아니, 팀장님도 이 사람이 좌지우지해. 팀장님 밑에 있는 사람들이야 말할 것도 없지."

"그럼 누구?"

"배 과장이라고 있어. 임원진이랑 줄이 좀 있는데 그 줄이 핏줄이라는 소문이 있어. 확인된 건 아닌데 말이야."

"오빠 팀에 그런 사람이 있었어?"

"있어. 완전 인간쓰레기야."

"어쨌든. 그래서 계속 얘기해봐."

"배 과장하고 틀어지고 나니까 내가 겉돌고 있더라고."

"왜 틀어졌는데?"

"내가 입사하고 나서부터 딱 보니까 배 과장 하는 짓이 어이가 없는 거야."

태현 씨는 맥주 한 잔을 다시 비운 후 말을 이었다.

"팀원들을 다 자기 수행 비서로 아는 것 같더라니까. 커피는 우리 동기 알지? 민희 씨. 민희 씨한테 시키고, 복사나 출력할 일이 있으면 굳이 다른 사람한테 메일을 보내서 출력하라고 시킨다니까? 더 어이없는 건 뭔지 알아? 과장이니까 차장님이나 팀장님보다 나이가 어릴 것 아니야. 더구나 승진이 빨랐더라고. 그런데 말만 존댓말이지 가만 보면 완전 자기가 제일 어른이야, 어른. 사소한 일로 말하자면 점심 메뉴를 정할 때도 다수가 한식을 얘기하고 있었는데

배 과장이 중식 메뉴를 말하잖아? 그러면 언제 한식으로 정하려 했냐는 듯이 '비 오는 날엔 짬뽕이 얼큰해서 좋지' 하면서 다들 태도를 바꾼다니까."

"완전 재수 없다. 누구지? 얼굴이 궁금해지네. 보면 알 것 같은데."

지민 씨가 흥분하며 말했다.

"그래도 나한테 직접적으로 어이없는 짓 안 하면 뭐가 더러워서 피한다는 말처럼 눈 감고 있으려고 했는데 나한테도 그 짓을 하더라. 업무랑 관련된 게 아니라 배 과장 개인적인 심부름을 나한테 시키더라고. 내 성격 알지? 내가 과장님 개인적인 심부름은 못 한다고 분명하게 얘기했지. 그랬더니 그럼 하지 말라고 하더라고. 그런 후부터였어. 뭔가 미묘하게 내가 겉도는 느낌이 드는 게."

"사무실에서요?"

"응. 이게 한 7월쯤이었을 거야. 나만 몰랐던 회식이 종종 생기기 시작하더라고."

"너무한다. 동기들도 얘기 안 해줬어요?"

소영 씨가 말했다.

"동기 중에 동훈 씨라고 알아? 우리 팀이거든. 주로 과장님 출력 일을 담당하고 있지. 여하튼 동훈 씨가 지나가는 말로 그러더라고."

"뭐라고?"

"'태현 씨, 사회생활은 사회생활답게 해야 사회생활을 할 수 있는 거예요'라고 말이야."

"그래서 열심히 복사기 돌리고 있구나?"

지민 씨가 빈정대듯 말했다.

"너희도 무슨 말인지 이해하지? 그런데 난 도저히 그렇게 할 수는 없는 거야. 내가 배 과장이든 누구든 업무적 지시야 당연히 따르지. 그런데 그게 아니라 무슨 팀원들을 개인 비서처럼 부려먹으려는데 나까지 이용당할 순 없잖아. 그때부터 나는 마이 웨이를 선택했지."

"어떤 식으로?"

"예전에 내가 지수 커피 심부름 때문에 스트레스받을 때 말하지 않았어? 그렇게 했지. 그렇다고 내가 업무에 소홀한 것도 아니니 아무도 나한테 대놓고 뭐라고 하진 못했지. 그런데…."

"그런데?"

"솔직히 무리 속에 홀로 있는 기분이 결코 좋지는 않았지. 솔직히 말하면 힘들었어. 그래, 힘들었어."

태현 씨는 스스로에게 인정하듯 말했다.

"우리는 그런 일이 있는지 정말 상상도 못 했어."

지민 씨가 속상한 듯 말했다.

"그러게요. 미리 알았으면…."

안타까운 마음에 입 밖에까지 나온 말을 나는 끝맺지 못했다.

'미리 알았으면? 미리 알았다고 해서 무엇을 도와줄 수 있었을까? 오늘처럼 이런 위로? 아니면 사회생활을 사회생활답게 하라는 조

언?'

미리 알았다고 해도 태현 씨가 처한 현실은 바꿀 수 없었을 것이다.

"어차피 평생직장은 없다고 하잖아. 여기서 미래를 기대할 수 없다면 빨리 다른 길을 찾는 게 답이다 싶으면서도…."

태현 씨는 다시 맥주 한 잔을 비웠다.

"너희도 알다시피 내가 나이가 좀 있잖아. 이제 겨우 취직해서 부모님도 한시름 놓으셨고 얼른 장가가기만을 기다리시는데, 다시 취준생으로 돌아간다는 게 두렵더라고… 그래서 연말 면담 시간 있잖아? 그때 부서 전환할 수 있는지 면담하려고 했었어."

"그랬는데?"

"너희 지방 파견 근무 희망자 모집하는 공고 봤어?"

"네, 봤어요."

내가 대답했다.

"팀장님이 그걸 나한테 제안하시더라고. 우리 부서에서 담당자를 파견해야 하거든."

"하필 오빠가 담당자였구나?"

"아니."

"그럼?"

"내가 의아한 게 그 점이야. 나는 그 일의 직접적인 담당자가 아니거든? 지금 이전되는 업무는 처음부터 동훈 씨가 맡았던 일이거든."

"뭐?"

잠시 상황 파악을 하던 지민 씨는 기가 차다는 듯 말했다.

"어이가 없네. 정말."

"첫 번째 면담할 땐 담백하게, 말씀하신 그대로, 제안이라고 생각하고 거절했는데 두 번째 면담을 또 하시더라고. 그러면서 다시 말씀하시길래 이건 내가 거절할 수 있는 게 아니구나. 확실히 깨달았지."

"말은 제안이었지만 결국은 내려가라는 얘기였네요."

소영 씨가 말했다.

"그래서 퇴사하기로 한 거구나?"

지민 씨는 이제야 모든 걸 이해했다는 듯 말했다.

"나는 지방으로 내려갈 생각은 없거든. 그리고 지금 상황에서는 다른 부서로 이동하기도 어려울 것 같아. 현실적으로 봤을 때. 결과적으로 이대로 남을 수도 없고 지방으로 내려갈 수도 없으니 회사를 나오는 수밖에 없지."

"아니, 그런데 팀장님 너무하시다. 배 과장님이란 사람이 그렇게 멋대로 만행을 부리는데도 팀에서 제일 어른이란 분이 가만히 계신단 말이야?"

지민 씨가 분노를 터뜨리며 말했다.

"내가 또 궁금한 게 팀장님이야. 어떻게 팀장까지 됐는지 모르겠다니까? 업무적으로도 나이스한 것 같지 않고 인간적인 매력도 모르겠고."

태현 씨의 말에 지민 씨가 답답하다는 듯 말했다.

"그러니까 식물 팀장이지. 들어보니까 직급만 팀장이지 팀은 배 과장이란 사람이 쥐고 흔드는구먼. 딱 봐도 답 없는 사람이 어떻게 팀장까지 달게 됐겠어? 줄이지 줄, 윗줄을 놓치면 안 되니까 한식이 먹고 싶다가도 갑자기 짜장면이 먹고 싶어지는 거 아니야."

"태현 씨 정말 힘들게 입사하지 않았어요?"

"칠전팔기였지."

태현 씨는 쓴웃음을 지으며 말했다.

"이렇게 빨리 퇴사하게 될 줄은 생각도 못했는데…."

소영 씨가 말했다. 나도 지민 씨도 고개를 끄덕였다.

"물론 그렇지, 사실 아깝지 않다면 거짓말이야. 그런데 입사해봤으니까 미련은 없어. 입사해보지도 못했으면 미련을 버리지 못했을 거야."

"네…."

"내 입장에선 그런데 부모님 생각은 다르시겠지. 벌써 퇴사 얘기 들었을 때 엄마가 하실 말이 떠오른다. '너 나이가 몇인데 지금 다른 일을 어떻게 찾겠다는 거야?'"

태현 씨는 웃으며 엄마 흉내를 냈지만 이내 힘없이 고개를 떨구었다.

"사실… 나도 퇴사원의 기로에 서 있어."

내가 조용히 던진 말은 폭탄 발언이 되어 모두를 놀라게 했다.

"너, 팀장님 때문에 엄청 스트레스받지 않았어? 아직도 그래?"

태현 씨가 말했다.

"그 이유도 없다고 할 순 없지만 꼭 그것 때문만은 아니고… 그보다 의구심이 들더라고요."

"어떤 의구심요?"

지민 씨가 말했다.

"회사 생활을 계속하는 게 맞을까… 하는 의구심이요."

"지수야, 그런 배부른 걱정은 안 해도 돼. 너 몇 년 안에 결혼해봐. 계속하고 싶어도 자연스럽게 퇴사하게 될지도 몰라."

태현 씨가 농담 반 진담 반인 듯 말했다.

"그런데 왜 그런 생각을 하게 됐어요?"

소영 씨가 궁금하다는 듯 말했다.

"내가 적성 검사를 대체 어떻게 통과했을까요?"

내가 웃으며 말했다.

"한마디로 영 적성에 안 맞는다는 거죠?"

지민 씨가 말했다. 나는 대답 대신 고개를 끄덕였다.

"지수 씨, 자신의 적성과 능력이 회사에서 요구하는 적성과 능력에 완벽히 일치하는 사람이 있다고 생각해요?"

"창의적인 사고 능력에 판단력도 신속 정확하고 게다가 손도 재빨라서 업무도 척척 처리해내고 여기에 사회생활까지 잘해서 팀원들하고는 물론이고 윗사람한테까지 이쁨 받는 경우? 물론 있겠죠."

"하지만 대부분은 그렇지 않죠? 그다지 창의적이진 않지만 창의적인 아이디어를 내야 하니까 머리를 쥐어짜보는 거죠. 판단력? 정확하지 않으니까 상사한테 맨날 꾸중 듣고, 신속? 느리니까 채근당하고, 업무 처리 척척? 그건 상상에서나 가능한 일 아닌가요? 사회생활? 밉상 소리는 안 들어야 하니까 여기서도 허허 저기서도 허허하는 거죠."

지민 씨의 일갈은 계속됐다.

"하지만 이러한 이유로 회사를 그만둔다? 안 둔다? 안 그만두죠. 약속된 임금은 실제 적성과 상관없이 지급되니까요."

소영 씨는 고개를 끄덕이고 있었다.

"예를 들면 이런 거죠. 붕어빵 장사를 한다고 생각해봐요. 무조건 붕어빵을 잘 구워야 하잖아요? 모양과 맛을 내는 데 직접적인 소질이 있어야 하죠. 나 같은 사람이 차렸다간 포차 대출금 갚기도 전에 문 닫게 될걸요?"

"경영학과 졸업장만 있으면 회사라는 조직에 대한 기본적인 배경 지식과 자질이 갖춰져 있다고 가정하고 직원으로 채용해주잖아요? 가정으로 임금이 약속되는 곳. 회사."

"지수 씨, 뭐 직접적으로 가진 소질 있어요? 없죠? 원래 우리 같은 사람이 회사원이 되는 거예요. 안 그래요?"

지민 씨의 말에 나 대신 태현 씨가 말했다.

"그러니까 특출나게 타고난 능력이 없는 대부분의 평범한 사람이

상대적으로 안정적인 수익을 보장받는 방법이 대기업에 취직하는 거잖아. 그러니까 대기업 취직에 사활을 거는 거지."

"그래서 회사원들이 일을 그만두지 못하는 이유는 임금 때문이라고 하고 배고픈 예술가들이 계속 그 길을 가는 이유는 그 일을 사랑하기 때문이라고 하잖아요. 일을 선택하게 되는 동기 자체가 다른 거죠. 물론 회사를 사랑하고 업무에 만족을 느끼는 사람도 많겠지만요."

소영 씨가 말했다. 나는 고개를 끄덕였다. 모두 고개를 끄덕일 수밖에 없는 엄연한 사실이었다.

"요즘 사무실에 앉아 있으면… 얽힌 테이프가 같은 구간을 무한 반복하는 것 같은 기분이에요."

내가 말했다.

"그건 직장 생활 10년 차는 돼야 느끼는 권태감 아니야?"

태현 씨가 말했다.

"뭐, 반복 재생되는 게 사실 아니에요?"

지민 씨는 반문하듯 말했다. 그리고 맥주를 시원하게 들이키며 말했다.

"내일이 된다고 해서 오늘과 달라지는 게 뭐가 있겠어요? 날짜만 달라지는 거죠."

"그건 그렇지만…"

"일상이란 건 원래 쳇바퀴처럼 돌아간다는 사실, 그래서 오늘도 내

일도 변하지 않는다는 사실, 그리고 이 사실이 어쩔 수 없는 삶의 모습이라는 걸 인정하고 받아들이면 권태감에서 조금 벗어날 수 있을 거예요."

"지수 씨 말은 공감이 되고 지민 씨 말은 이해가 되네요."

소영 씨가 말했다.

"그래서 나는 어떡할까?"

태현 씨가 장난스럽게 머리를 쥐어뜯으며 말했다.

"글쎄, 어떡하는 게 좋을까?"

줄곧 명쾌하게 말하던 지민 씨도 이 질문에선 선뜻 답을 내지 못했다.

"다시 취업 준비하실 거예요?"

"모르겠어. 공무원 시험 준비할까 싶기도 하고. 현실적으로 봤을 때 대기업 취업은 이제 좀 어렵겠지? 나이도 그렇고 경력으로 지원하기도 애매하고…."

"퇴사는 확실히 마음 굳힌 거예요?"

내가 말했다.

"아마도."

"더 좋은 회사에 취직하게 될 거야."

지민 씨가 마지막 안주를 포크로 찍어 태현 씨에게 건네며 말했다.

"김지민, 확실한 거야? 잠깐만 백수 생활하면… 아니 잠깐이 될지 길어질지 알 수 없잖아. 어쨌든 결론은 완벽한 직장이 나를 기다리고 있는 거야?"

태현 씨는 지민 씨의 위로가 쑥스러운 듯 장난을 쳤다.

"당연하지. 공기업. 그래, 공기업 좋네. 공기업, 그것도 가장 튼튼한 철밥통에 성과급 잔치 벌이는 곳에 취직하게 될 거야."

지민 씨는 한 술 더 뜨며 말했다.

"너희 만날 때 나도 빼먹지 말고 불러줘. 퇴사해도 동기는 동기잖아?"

"불러주면 감사하게 생각하고 바로 나오기나 해."

*

집으로 돌아오는 길, 지민 씨가 했던 말이 머릿속을 맴돌고 있었다.

'그래… 어쩌면 지민 씨 말이 맞아….'

'나는 그저 감정 컨트롤에 실패한 나약한 인간이었던 건가… 자아실현이라는 위대한 여정을 고민하는 항해자가 아니라?'

그때 문자 메시지가 울렸다. 민준 씨였다.

✉ 지수 씨, 잘 지내죠? 저녁 식사 이후로 연락을 못 했네요. 그동안 너무 바빴거든요.

나도 모르게 미소가 번졌다.

✉ 오랜만이에요. 잘 지냈어요?

✉ 덕분에요. 혹시 내일 시간 있으세요?

✉ 특별한 약속은 없는데 왜 그러세요?

✉ 그럼 영화 보러 갈까요? 영화 좋아하세요?

✉ 그럼요.

✉ 잘됐네요. 그럼 내일 1시쯤 하나극장 앞에서 봐요.

✉ 알겠어요.

이튿날 아침, 나는 택시를 타고 초능력 정신과의원으로 향했다.

"안녕하세요."

"네, 어서 오세요. 오늘 기분 좋은 일이라도 있나요?"

"왜요?"

"목소리도 얼굴도 환해 보이네요."

나는 웃어 보였다.

"참, 원장님 궁금한 게 있는데요."

"뭔가요?"

"정원 말이에요. 직접 가꾸시나요?"

원장님은 대답 대신 알 수 없는 미소를 지어 보였다.

"어떻게 지금이 마치 봄인 것처럼 피어 있을 수 있어요? 정원의 꽃
들 말이에요."

"정원에 있는 꽃들은 계절에 따라 피고 지는 꽃이 아니기 때문입
니다. 그렇기 때문에 계절에 관계없이 항상 아름답게 피어 있을 수

있죠."

"네? 그런 꽃이 있어요?"

나는 눈이 휘둥그레졌지만 원장님은 전혀 놀라울 것 없다는 듯 무심히 차트를 넘기며 말했다.

"지난 일주일간 별일 없으셨나요?"

나는 정원의 꽃에 관해 더 물어보고 싶었지만 그만두었다. 지난 일주일을 떠올리자 낯선 사람이 나와 있던 엄마와의 저녁 약속이 떠올랐다.

"별일… 있었죠. 저한테는 별 1이 아니고 별 10개쯤은 되는 일이었지만요."

원장님은 내 농담을 이해한 듯 웃음을 지었다.

"그리 유쾌하진 않은 일이었나 보군요."

"엄마가 저를 속이셨거든요. 그것도 제가 분명히 거절한 일에 대해서 말이죠."

"어떤 일이었을까요?"

"엄마가 선을 보라고 하셨어요. 저는 분명히 싫다고 했는데 그때부터 설득하기 시작하시더니… 제가 끝까지 거절하니까 거짓말을 하신 거 있죠. 저한테는 엄마랑 같이 저녁 먹자고 하셨는데 가보니까 주선자 아주머니가 계시는 거예요. 얼마 안 있다가 상대편 남자분이 오시더라고요. 엄마가 저를 감쪽같이 속이신 거죠."

"당황하셨겠네요."

"너무 당황했죠. 주선자가 엄마 친구분이신데 실례를 끼칠 수도 없어 결국 선을 보게 됐죠."

"그랬군요. 그런데 어머니께서 그렇게까지 선을 보게 하려는 이유가 있을까요?"

"아마 먹고살 걱정은 없는 집안이라 아쉬우셨던 것 같아요. 어렸을 때부터 그러셨거든요. 살다가 고꾸라져도 뒷받침해줄 수 있는 집에 시집가야 한다고요."

"그렇군요. 당신은 그렇게까지 선을 안 보고 싶었던 이유가 있을까요?"

"선을 볼 이유가 없으니까요."

"어머니한텐 절대적인 이유가 당신한텐 아무런 이유가 되지 못했군요."

"정답이에요."

"생각해보면 엄마는 제가 어렸을 때부터 늘 그랬던 것 같아요."

"늘 그랬다는 게 무엇인가요?"

"항상 엄마의 입장을 내가 이해해야 했거든요. 내 입장은 중요하지 않았죠."

"그랬군요."

"엄마 눈에는 내 마음이 보이지 않는 것 같았어요. 그래서 난 때때로 의문을 가졌던 것 같아요. 나는 지금 안 괜찮은데 엄마는 왜 괜찮지? 반대로 나는 괜찮은데 엄마는 왜 안 괜찮지? 하고 말이죠."

"구체적으로 기억나는 일이 있나요?"

"초등학교 저학년 때였어요. 집이 골목 끝에 있었거든요. 저는 그 골목길이 너무 무섭더라고요. 어느 날 엄마한테 데리러 나올 수 있냐고 물었죠. 그랬더니 이유도 물어보지 않고 단호히 말씀하셨어요. '지수야, 엄마 집에서 일하는 거 알지?'라고요. 그때 집에서 부업을 하셨거든요."

"네."

"그래서 '엄마, 골목 앞까지만 나오면 안 돼? 너무 무섭단 말이야'라고 말했죠. 그랬더니 엄마가 이렇게 말씀하셨어요. '앞만 보고 뛰어오면 돼, 그럼 괜찮아'라고요."

"그때 당신의 마음은 어땠나요?"

"막막했던 것 같아요. 그 골목길을 계속 혼자 걸어야 한다는 사실이 정말 무서웠거든요. 왠지 나쁜 사람이 숨어 있다가 튀어나올 것만 같고…"

"그리고 또 어떤 마음이 들었나요?"

"그리고…"

나는 잠시 말을 멈추었다가 떨어지지 않는 입을 겨우 열었다.

"어린 마음에 '엄마는 날 정말 사랑하는 걸까?'라는 의문이 들더라고요. 일을 선택할 수밖에 없는 현실을 그땐 이해하지 못했으니까요."

"엄마의 사랑에 대한 의심을 느꼈군요. 그때 당신의 마음은 어땠나

요?"

"슬펐던 것 같아요. 그런데 결국엔 화가 나더라고요. 어떻게 내 마음을 이렇게 몰라주나 싶어 화가 났죠."

원장님은 아무 말 없이 고개를 끄덕였다.

"이번엔 정말 내 마음에 귀 기울여주길 원했어요. 그래서 저도 끝까지 굽히지 않았죠."

"그랬군요. 처음엔 선을 보느냐 마느냐의 문제였지만 시간이 지날수록 당신의 포인트는 엄마의 태도가 되었겠군요. 이번엔 엄마가 나의 마음에, 나의 말에 귀를 기울여줄까? 다시 한 번 시험해보는 마음으로요."

"맞아요. 하지만 결과는 이전과 같았죠. 이유는 나를 위해서였지만 결국 행동은 엄마 마음대로 말이죠."

"당신의 마음이 또다시 무시당했다고 느꼈을 때 기분이 어땠나요?"

"정말 화가 났어요. 가슴속에서 무언가 치밀어 오르는 걸 느꼈죠."

"분노라고 표현할 수 있을까요?"

나는 고개를 끄덕였다.

"어머니께 그 감정을 표현했나요?"

"소리를 지르긴 했죠. 나름대로 단호하게 말했다고 생각해요. 아마 엄마는 단순히 내가 보기 싫은 선을 억지로 보게 돼서 화가 났다고 생각하실 거예요. 물론 그것 때문에 화가 난 것도 사실이지만요."

"어머니에게서 느끼는 분노를 솔직히 표현한 적은 없었나요? 지금까지?"

나는 잠시 고민하다 말을 이었다.

"그럴 수 없었어요."

"이유가 있나요?"

"엄마가 불쌍하게 느껴졌거든요."

"어머니에게 강한 연민을 느끼는 것 같군요. 이유를 말해볼 수 있을까요?"

"엄마의 삶은… 한마디로 참 고단해 보였거든요."

"그랬군요."

"엄마는 이 직업 저 직업 전전하는 아빠를 대신해 생활 전선에 뛰어드셨거든요. 더 안타까운 점은 뭔지 아세요?"

"뭔가요?"

"그런 엄마를 아빠는 못 잡아먹어서 안달이었다는 거예요. 결론적으로 엄마는 여자로도, 아내로도 여유, 행복 같은 걸 느낄 수 없었죠. 오로지 저를 키우기 위해 견디며 살아가는 모습이었달까요. 어린 눈에도 마음이 아팠죠."

"그랬군요."

"그때부터였던 것 같아요. 엄마에게 힘든 일은 숨기는 습관이 생긴 게 말이에요."

"당신까지 짐이 되고 싶지 않은 마음이었나요?"

나는 고개를 끄덕였다.

"한없이 좋은 딸이 되고 싶었나요? 당신의 솔직한 감정은 숨긴 채 말이에요."

"… 그런데 결과적으로 한없이 좋은 딸이 되지도 못했어요."

"무슨 의미인가요?"

나는 잠시 망설이다 대답했다.

"속으로는 엄마를 미워하는 딸이 겉으로 착한 딸 역할을 한다고 해서 좋은 딸이라고 할 순 없잖아요?"

"엄마를 미워하나요?"

나는 인정하고 싶지 않은 사실 앞에 대답 대신 고개를 숙였다.

"미움이란 감정이 어떻게 느껴지는지 조금 더 설명해볼 수 있을까 요?"

다시 머뭇거리던 나는 힘들게 입을 열었다.

"어린 시절, 아빠의 분노와 그런 아빠를 두려워하던 나약한 엄마 사이에 제가 있었어요. 아빠가 소리를 지를 때마다 너무 무서웠죠. 엄마는 그런 아빠를 감당하지 못해 절절맸어요. 그런 엄마를 보며 나의 안전처는 없다는 것을 깨달았어요. 오히려 엄마는 보호가 필 요한 사람이었죠. 엄습하는 두려움 앞에서 나를 보호해줄 수 있는 사람은 아무도 없었어요."

이불 속에 웅크리고 있던 어린 시절 내 모습이 눈앞에 보이는 듯했다. 나는 떨려오는 목소리를 애써 가다듬으며 말을 이었다.

"내가 할 수 있는 것은 얇은 이불 속으로 들어가는 것뿐이었어요. 이런 생각이 들더라고요. '이불이 동굴로 변하면 정말 좋겠다' 하고요. 아무 소리도 들리지 않는 곳으로 숨고 싶었거든요. 이불 한 장으로 모든 두려움을 막아내려고 했죠. 얇고 작은 이불 한 장. 그 속에 나를 파묻었어요. 이불 한 장에 의지하고 있는 내 자신이 외로웠죠."

"어린 당신이 느꼈을 두려움과 외로움이 가슴 아프게 느껴집니다."

떨리던 목소리는 이제 떨어지는 눈물로 변해 있었다.

"… 사실 저는 엄마 아빠가 저를 사랑하는지 항상 의문을 가지고 있었던 것 같아요. 왜냐하면 느끼지 못했던 것 같거든요."

"그랬군요. 참 마음이 아프군요."

"제가 불쌍해 보이나요?"

"그래서 마음이 아픈 것이 아닙니다. 분명히 존재하는 부모님의 사랑을 느낄 수 없었던 점이 안타까워서 마음이 아프다고 한 것입니다."

"분명히 존재했다고 어떻게 단언하실 수 있나요?"

"단언이라기보다… 정말 존재하지 않았다면 지금의 지수 씨가 있기는 어려웠을 겁니다. 다만 현실에 찌들고 허우적대다 보니 당신이 사랑을 느끼게끔 전달하기 어려웠을 뿐이죠. 부모님이 잠든 당신을 쓰다듬으며 뜨거운 눈물을 흘려도 당신은 그 마음을 피부로 느끼지 못하죠. 당신이 피부로 느끼는 것은 아버지의 분노, 그로 인한 엄마의 두려움, 무서움에 떨고 있는 자기 자신이었을 테니까요."

나의 눈물은 이제 걷잡을 수 없이 쏟아지고 있었다. 원장님은 휴지를 내 손이 닿는 곳으로 밀어주었다. 그리고 아무 말 없이 기다려주었다. 어느 정도 울음이 잦아들자 그가 말문을 열었다.

"괜찮으신가요?"

"네, 괜찮아요."

"지금 흘린 눈물은 어떤 의미일까요?"

"글쎄요. 저도 모르게 걷잡을 수 없이 터져 나왔어요."

"그렇군요. 우리 안에는 아주 많은 이야기가 있죠. 그중에는 언어로 표현할 수 있는 것도 있고 언어로 표현할 수 없는 것들도 있습니다. 의식적으로 기억해낼 수는 없지만 가슴 깊이 묻혀 있는 이야기들은 감정이라는 형태로 남아 있고요."

나는 고개를 끄덕였다.

"이때의 감정은 기분이 좋다, 나쁘다와 같은 일시적인 감정을 얘기하는 것이 아닙니다. 마음 깊은 곳에 똬리를 틀고 있는 감정을 말합니다. 그리고 이 감정은 지배력이 있죠."

"지배력이요?"

"네, 세상을 인식하는 프레임이 되거든요. 프레임이라는 건 틀을 의미하죠? 한마디로 마음 깊은 곳에 똬리를 틀고 있는 감정이 세상을 인식하고 해석하고 받아들이는 모든 과정에 기본 프레임이 된다는 말이죠. 그게 바로 지배력이죠."

"네…"

"하얀 안경을 쓰면 세상이 하얗게 보이고 검은 안경을 쓰면 세상이 검게 보인다는 말 들어보셨죠?"

"네."

"그 말과 같은 뜻이죠. 제가 질문을 드려볼까요?"

나는 그를 바라보았다.

"하얀 안경을 쓰고 있는 사람이 있다고 가정합시다."

"네."

"첫 번째, 하얀 안경을 쓴 사람은 자신이 하얀 안경을 쓰고 있다는 사실을 알까요? 모를까요?"

"두 번째, 하얀 안경을 쓰고 있다는 사실을 안다고 가정했을 때, 어떻게 하얀 안경을 쓰게 되었는지 설명할 수 있을까요? 없을까요?"

"세 번째, 하얀 안경을 쓰고 있다는 사실과 어떻게 쓰게 되었는지도 알게 된다면 모를 때와 어떤 차이가 있을까요?"

"마지막으로 하얀 안경은 벗어버릴 수 있을까요?"

나는 적당한 답이 떠오르지 않았다.

"이 질문의 의미를 이해하는 것, 그것이 상담을 하는 본질적 이유입니다."

"네?"

"네 가지 질문의 의미를 가슴으로 알아차리게 될 때, 당신은 여전히 한지수라는 사람이겠지만 당신의 삶은 달라져 있을 것입니다."

나는 상담실 문을 닫고 나왔다. 마치 무장 해제된 듯 털어놓은 얘기와 쏟아지던 눈물이 나조차도 낯설게 느껴졌다. 생각지 못한 꽤 괜찮은 기분까지, 전혀 예상하지 못했던 것이었다. 누구에게도 털어놓을 수 없다고 생각했던, 나조차도 가까이 가지 않던 위험한 기억이었는데 말이다. 진료실 문을 닫고 나오자 맞은편 문, 왼쪽 벽면 문이 보였다.

'카펫 그림 속 남자… 꿈속에서 다가오던 그 사람… 그리고 민준 씨….'

세 사람이 오버랩되는 느낌을 지울 수 없었다. 바로 택시로 향하려던 발길을 돌려 왼쪽 벽면의 문을 열었다. 마치 신비한 예언을 확인하듯, 다시 한 번 확인해보고 싶었던 것이다.

'어? 지난번 그림이 아니잖아?'

그 사이 그림은 달라져 있었다.

'이 사람은 뭐 하는 거야…?'

정신없이 무언가를 하는 듯한 사람들 사이에서 그저 바닥에 엎드려 있는 한 사람이 보였다. 왠지 궁금해지는 그림이었다. 나는 그 그림을 다시 한 번 응시한 후 밖으로 나왔다. 약속 시간에 늦지 않으려면 서둘러야 했다.

*

"민준 씨, 제가 조금 늦었죠?"

약속 장소에는 민준 씨가 먼저 도착해 있었다. 민준 씨는 브라운색 롱코트와 그보다 조금 옅은 베이지색 목도리를 하고 있었다. 그와 아주 잘 어울려 보였다.

"아니에요. 저도 방금 왔어요."

그가 웃으며 말했다.

"우리 무슨 영화 볼까요?"

"요즘 예매율 1위가 뭐예요?"

"어디 보자… 아, 이거네요. 코미디 액션 좋아하세요?"

그가 포스터를 훑어보며 말했다.

"좋아해요."

"그럼 이 영화 볼까요?"

영화 상영 시간까지는 한 시간 정도가 남아 있었다. 표를 예매한 후 카페에 앉아 기다리기로 했다. 차를 주문한 후 기다릴 때였다.

"그런데 지수 씨는요."

"왜요?"

"지금도 대학생 같아요. 몇 년 전 뵈었을 때나 지금이나 그대로인 것 같아요."

"설마, 그럴 리가요."

나는 웃으며 대답했다. 그 모습을 물끄러미 보던 민준 씨가 말했다.

"지수 씨 웃을 때 두 가지 모습이 있는 거 알아요?"

"두 가지요?"

"음… 밝게 웃을 때는 해맑은 어린아이 같은데 또 조용히 미소 지을 때는 성숙한 여인처럼 보인다고 할까요?"

그는 정확한 표현을 찾기 위해 애쓰며 말했다.

"그래요? 처음 듣는 얘기네요."

나는 괜한 쑥스러움에 멋쩍은 듯 웃었다.

"그동안 별일 없으셨어요?"

"다행히요. 그런데 동기 중 한 명이 퇴사를 했어요. 저와 가까운 동기거든요. 충격적인 소식이었죠."

"퇴사요? 쉽지 않은 결정일 텐데…."

나는 고개를 끄덕이며 말했다.

"누구나 쉽지 않은 결정을 내려야 하는 순간이 있는 것 같아요… 삶의 기로라고 할까요?"

"지수 씨도 그러한 순간이 있었나요?"

"미생으로서의 매 순간?"

"하하, 그렇죠?"

"민준 씨는요?"

"저는…."

그는 잠시 생각하듯 말을 멈추었다.

"결정되어져 있는 순간이 있었던 것 같아요. 내가 결정을 내려야 하는 순간이 아니라요."

"결정되어져 있는 순간이요?"

"우연을 가장한 필연, 그걸 운명이라고 하죠?"

나는 이어질 그의 이야기가 궁금해졌다.

"지수 씨, 취업 스터디에서 제 모습 기억나요?"

"그럼요."

"그때 아마 우울함의 인간화 아니었나요?"

"솔직히 말하면 그랬던 것 같아요."

나는 웃으며 대답했다.

"그땐 정말 그랬어요. 어떤 의미도 결국은 무의미 같았거든요. 무엇을 떠올려봐도 허무함으로 귀결되지 않는 게 없었죠."

"네…."

"한마디로 가라앉아 있었어요. 아주 깊게 말이죠."

나는 303호 강의실에서 보았던 그의 첫 인상이 떠올랐다.

"이러한 시간들이 길어지면서 우울해졌어요. 그리고 그럴수록 점점 스스로를 고립시켰죠."

"네…."

"사실 책 속에 들어 있던 회신은… 저한텐 위로였어요. 혼자가 아닐 수 있는 유일한 순간이었죠."

"그런데 왜 갑자기 회신을 보내지 않으신 거예요?"

"어느 순간 그마저도 의미 없게 느껴졌거든요. 일방적으로 회신을 끊어버리는 게 미안했지만 그럴 수밖에 없었죠."

"네…."

"미안하다는 말을 꼭 하고 싶었어요. 기다릴 거란 걸 알고 있었거든요. 분명 우리는 연결되어 있었으니까요."

나는 옅은 미소로 대답을 대신했다.

"그렇게 모든 것을 멈추고 숨어버린 시간이 한동안 지속됐어요. 본래부터 답이 없는, 그렇기 때문에 해결이랄 것도 없는 질문에 매달려 미쳐가고 있었죠."

"본래부터 답이 없는 질문이요?"

"인생의 의미, 다른 말로 하면 인생의 허무에 대한 것이었죠."

"인생의 의미를 다른 말로 하면 인생의 허무가 되나요?"

"진실한 삶의 의미는 삶의 허무와 맞닿아 있거든요. 재미있지 않아요? 삶의 허무가 진실한 삶의 의미를 찾을 수 있게 한다는 사실이요."

얼핏 들으면 양립 불가능할 것 같은 말이었다. 나는 의아한 표정으로 고개를 끄덕이고 있었다.

"이상하게 들리죠?"

민준 씨가 웃으며 말했다.

"선뜻 내 말이 와 닿지 않는 이유는 아마 지수 씨가 허무를 허무함이라는 감정, 즉 느낌으로 떠올렸기 때문일 거예요."

"그럼 그런 허무함이 아니에요?"

"우리는 허무함을 감정으로 느껴요. 사실을 사실 그대로 받아들이지 못하죠. 그 이유가 뭔지 알아요?"

"뭔데요?"

"바로 기대하기 때문이에요. 기대. 영화에서 보면, 극적인 반전을 잔뜩 기대하고 있었는데 바람 빠진 풍선처럼 마무리될 때 말할 수 없이 허무하잖아요. 삶의 허무도 마찬가지인 거 같아요."

"네⋯."

"우리는 삶에서 많은 것을 기대해요. 그중 가장 강력한 기대가 뭔지 알아요?"

"뭔데요?"

"내 삶이 영원할 것처럼 기대한다는 거예요. 그런데 이건 불가능한 일이잖아요? 그러니까 삶의 끝이 있다는 사실, 이 자체만으로 인생의 허무함을 느끼게 돼요. 삶의 유한함, 모든 삶에 존재하는 본질적인 허무죠."

나는 고개를 끄덕였다.

"그리고 이건 절대 변할 수 없는 사실이죠."

"지수 씨, 만약에 빈 상자 하나가 놓여 있어요. 이 상자를 보고 A는 분명 무엇인가가 들어 있을 것이라고 기대했어요. 그리고 B는 상자니까 무엇을 담을 수 있을까 고민했어요. 이 두 사람 사이엔 어떤 차이가 생길까요?"

"글쎄요."

"A는 상자가 열리는 순간 허무함에 휩싸일 거예요. 잔뜩 기대한 만큼요. 하지만 B는 상자가 열렸다는 사실 때문에 달라지는 건 없을 거예요. 여전히 상자를 어떻게 잘 활용할까 고민하겠죠."

"삶의 유한함 앞에서도 마찬가지죠. 사실을 사실대로 분명히 아는 것, 허무하지 않는 삶을 살기 위한 전제 조건이죠."

"네…."

"무한한 삶에 대한 기대. 삶이 영원히 지속될 것만 같은 환상. 이 환상으로 인해 뭐가 생기는지 알아요?"

"뭔데요?"

"인생의 고통이죠."

"고통이요?"

"여행갈 때 말이에요. 단거리 여행은 옷 몇 벌만 있으면 충분하다고 생각하지만 장거리 여행을 앞두고는 큰 트렁크부터 꺼내게 되죠?"

나는 고개를 끄덕였다.

"왜 큰 트렁크부터 꺼낼까요? 장거리 여행을 하려니 챙겨 가야 할 것이 너무 많을 것 같거든요. 그래서 큰 트렁크를 준비하는 거죠. 여기서 또 재미있는 게 뭔지 알아요?"

"뭔데요?"

207

"우리는 여행을 즐겁게 하고 싶은 거잖아요? 그런데 어느 순간 목적이었던 즐거운 여행은 잊어버리고 트렁크 채우느라 급급해진다는 거예요."

나는 고개를 끄덕였다.

"목적은 그 자체로서 완전하지만 수단은 그렇지 않죠? 수단에 아무리 매달려도 수단인 이상 그 자체로 충만함을 느끼지 못하죠. 이것이 바로 삶의 고통이죠. 본질적으로 충만해질 수 없는 것에 매달리면 매달릴수록 공허함만 커지니까요."

"네…"

"삶의 허무는 헛된 기대 때문에, 삶의 고통은 삶의 목적을 간과하는 데서 시작된다는 것이 침잠했던 시간 동안 제가 내린 결론이었어요."

나는 고개를 끄덕였다.

"그러던 어느 날이었어요. 공원 산책길에서 우연히 공연을 보게 됐어요. 한 여자분이 버스킹을 하고 있었거든요. 나는 잠시 벤치에 앉았어요. 그렇게 우연히 듣게 된 연주가 완전히 내 마음을 사로잡았어요. 뭐랄까요? 마음이 쉬어지는 기분이었죠."

"네…"

"그분의 연주가 다시 듣고 싶었어요. 그래서 이튿날 다시 그 자리로 가보았지만 볼 수 없었죠. 그런데 일주일 후쯤, 외출했다 돌아오는 길에 다시 그녀를 보게 됐어요. 말할 수 없이 반가웠죠."

"정말 그랬겠어요."

"많은 사람이 오갔지만 공연이 끝날 때까지 남아 있는 사람은 저뿐이었어요. 다음 공연 일정이 궁금해서 그분께 다가갔어요."

"그랬더니요?"

나는 호기심에 눈을 반짝였다.

"친절하게 알려주었어요. 그분의 목소리는 매우 깊고 부드러웠죠. 목소리에서 고요함이 느껴졌죠."

"네…"

"여기서부터는 '그녀'라고 할게요. 왜냐하면 그 순간 노을을 뒤로 하고 서 있는 그녀의 모습이 너무 아름다웠거든요. 처음이었어요. 누군가를 아름답다고 느낀 순간이요."

"네…"

"그녀는 곱슬머리를 길게 늘어뜨리고 있었고 화장은 하지 않은 듯했어요. 작은 주근깨가 그대로 보이는 얼굴이었거든요. 반짝임이나 화사함은 없었지만 정말 아름답게 느껴졌어요. 어디에도 물들지 않은… 그런 모습이었죠."

그의 표정은 다시 그 순간으로 빠져든 듯 보였다.

"처음 느껴보는 감정이었어요. 실바람조차 통할 수 없도록 굳게 닫혀 있던 문틈 사이로 따뜻한 봄바람이 새어 들어온 것 같다고 할까요?"

"네…"

"그 뒤로 나는 그녀의 유일한 고정 관객이 되었죠. 끝까지 자리를 지키는 가장 성실한 관객이기도 했고요."

그는 웃으며 말했다.

"우리는 자연스럽게 인사를 나누게 되었고 공연이 끝난 뒤 벤치에 앉아 커피를 마시기도 했죠. 나는 그녀가 웃을 때 반달눈이 된다는 걸 알게 됐어요. 그녀의 얼굴은 밤을 닮아 있었죠."

"어떻게요?"

"눈썹은 초승달 같았고 눈은 반달눈이었고 얼굴은 보름달처럼 환했거든요."

그녀의 모습을 떠올린 듯 그의 눈이 빛났다.

"그녀 덕분에 혼자 침잠하던 시간이 점점 줄어들었어요. 그녀와 함께하는 시간이 조금씩 많아지면서 나를 지배했던 관념적 문제들은 더 이상 문제가 되지 않더군요. 왜냐하면 그녀와 함께하는 그 순간, 그 순간만이 전부가 되었거든요."

"첫사랑 얘기를 듣는 기분이에요."

그는 빙긋 미소 지으며 말했다.

"그녀는 저에게 끝없는 영감이 되었어요."

그의 입에서 나온 의외의 단어, 영감이었다.

"영감이요?"

"네."

그가 웃었다.

"그녀는… 너머를 보는 듯했거든요. 보이는 너머, 들리는 너머, 느껴지는 너머… 그 너머를요."

말을 이으려던 그가 시계를 확인하며 말했다.

"지수 씨, 시간이 벌써 이렇게 됐네요."

"몇 시예요?"

"영화 시작 10분 전이에요."

"벌써요?"

"어서 나갈까요?"

영화는 기대 이상으로 재미있었고 두 시간이 순식간에 지나갔다.

영화관을 나설 때였다.

"지수 씨, 근처에서 같이 저녁 먹고 헤어질까요?"

"좋아요."

우리는 해질녘 거리를 함께 걷기 시작했다.

"아까부터 궁금했는데요."

내가 입을 열었다.

"뭔데요?"

"그 밤을 닮았다던 그분과 그럼 연인 관계이셨던 거예요?"

"아, 아니요."

그는 씁쓸한 미소를 지으며 말했다.

"저는 그러길 원했어요. 하지만 그녀가 거절하더군요."

"왜요?"

"그녀는 저에게 이렇게 말하더군요. '첫눈은 내리는 순간, 그 순간
이 가장 아름다운 법이죠. 내리는 첫눈처럼 기억할 수 있는 사람이
있다면 정말 멋진 일이 될 거예요'라고요."

"궁금해지네요. 밤을 닮은 그녀가요."

그는 그녀를 떠올리듯 잠시 말을 멈춘 뒤 말했다.

"그녀는 저를 바꿔놓은 운명이었죠."

*

이날 밤, 나는 꿈을 꾸었다. 꿈속에서 나는 걷고 있었다. 어디로 향
했는지는 모르겠지만 계속해서 걷고 있었다. 그때 저 앞에 웅크려
있는 듯한 뭔가가 보였다. 가까이 다가가 보니 길 위에 한 여인이
엎드려 있었다.

"왜 길 위에 엎드려 계세요?"

내 목소리에 고개를 돌린 그녀의 얼굴을 본 나는 깜짝 놀라고 말
았다. 오늘 민준 씨에게 들었던 밤을 닮은 그녀의 얼굴이 떠올랐기
때문이었다. 밤을 닮은 그녀의 얼굴은 은은한 달빛처럼 빛나고 있
었다.

"지금 일어나려고요."

부드러운 목소리였다.

"그럼 이제 어디로 가세요?"

"이 자리에 다시 엎드릴 겁니다."

"네?"

내가 의아한 표정을 짓자 그녀는 미소를 지으며 말했다.

"저는 이 자리에서 엎드리고 일어나는 행위를 반복합니다."

"길 위에서요? 왜요?"

"길을 찾아야 하니까요."

그녀는 다시 부드러운 미소를 지었다.

"혹시… 길이 보이지 않으세요?"

"길에는 눈에 보이는 길도 있고 보이지 않는 길도 있습니다. 눈에 보이는 길은 누구나 볼 수 있는 길입니다. 하지만 눈에 보이지 않는 길은 그 길을 간절히 찾는 자에게만 그 길을 보여주죠."

"눈에 보이지 않는 길을 굳이 찾을 필요가 있나요?"

"그 길이 바로 나의 길이기 때문이죠. 다른 누구도 아닌 내가 걸어야 할 길 말이죠."

"네… 그런데 이렇게 해서 어떻게 그 길을 찾을 수 있다는 것인지… 이해가…."

"간절한 마음으로 엎드린다면 지금까지 생각조차 하지 못했던 새로운 차원의 길이 열릴 것입니다."

"아!!"

나는 꿈에서 깨어났다. 꿈에서 깨어나자 그곳에서 보았던 그림, 민준 씨가 말한 밤을 닮은 여인, 그리고 꿈속에서 만난 그녀가 차례차례 떠올랐다. 마치 연결된 듯, 하나의 이미지로 오버랩되었다.

'꿈이었구나….'

나는 이마에 맺힌 식은땀을 옷소매로 닦아냈다.

*

출근도 약속도 없는 일요일 아침을 만끽하는 방법, 그저 널브러져 있는 것이다. 빵으로 아침을 대충 때운 뒤 다시 침대 위로 널브러지려 할 때였다. 전화벨이 울렸다. 석민 씨였다.

"지수 씨, 오늘 일요일인데 뭐하세요?"

마치 친구한테 전화한 듯, 친밀한 목소리가 들려왔다.

"안녕하세요. 오늘은 집에서 쉬려고요."

나는 정중한 인사부터 했다.

"다른 약속 없으시다니 잘됐네요."

"무슨 일이세요?"

"지수 씨랑 저녁 같이 먹을까 해서요. 오후까진 저도 스케줄이 있고 그 후엔 시간이 있거든요."

"아, 네…."

내키지 않은 제안이었다. 흐려지는 내 말 끝에 맞춰 석민 씨의 목소리는 조금 더 적극적인 목소리로 변하고 있었다.

"저녁 같이 먹어요. 제가 맛있는 곳 소개해드릴게요."

거절할 핑계를 찾아 대답을 얼버무리는 사이 약속은 정해진 것이 돼버렸다. 석민 씨는 식사 장소를 알려주며 6시에 보자며 전화를 끊었다.

'아, 못살아. 내가 왜 집에서 쉰다고 얘기했지? 다른 약속 있다고 할 걸. 또 만나서 무슨 얘기를 해….'

약속 시간, 나는 다시 석민 씨와 마주 앉았다. 격의 없던 전화 목소리와 달리 그는 잠시 어색함을 느끼는 듯 두 손을 비비며 말을 건넸다.

"제가 어머니 통해서 지수 씨 연락처 여쭤봤어요. 그때 미처 못 여쭤봐서요. 실례가 된 건 아니죠?"

"아, 네…."

"다행이네요. 저는 실례한 게 아닌가 싶어 걱정했거든요."

"네…."

"저희 어머니께서 지수 씨 궁금해하세요."

그의 입에서 나온 뜻밖의 말에 나는 깜짝 놀랐다.

"그렇게 놀라실 것 없어요. 저는 선을 많이 봤거든요. 어머니 성화에 못 이겨서요. 그런데 제가 상대방 연락처를 어머니께 여쭤본 건 처음이라 어머니가 놀라시더라고요. 어떤 아가씨길래 연락처를 묻냐고요."

그가 웃으며 말했다.

"네…."

"아마 오늘 다시 만난 거 아시면 저희 어머니는 상상의 나래를 어디까지 펼치실지 몰라요."

그가 재미있다는 듯 말했다. 나에겐 그리 유쾌한 농담이 아니었지만 말이다.

"제가 먼저 주문해놨어요. 완벽한 저녁을 위해서요. 괜찮으시죠?"

"네, 괜찮아요."

"제가 자타공인 미식가랍니다. 특별히 맛있다고 하는 곳은 다 가봤을 거예요. 사람이라면 미식을 추구해야죠. 단순히 식욕의 문제가 아니거든요."

"네…."

나는 한 번도 생각해본 적 없는, 그래서 할 말이 없는 음식이란 주제에 대해 그는 철학을 펼치고 있었다.

"사실 저는 다른 것보다 음식 즐기는 수준을 매우 중요하게 생각하거든요. 즐기는 음식의 수준이 그 사람의 사회적 지위를 직접적으로 보여준다는 거 아세요?"

"아, 네…."

"많은 사치 중에서도 음식은 꼭 누려야 하는 사치 중 하나죠."

마침 음식이 나왔다. 음식이 나오자 그는 주 재료가 뭔지 어떤 방식으로 요리했는지까지 세세하게 알려주었다. 그리고 맛있게 먹으

라는 인사로 음식 소개를 끝마쳤다. 먹기도 전에 배가 불러진 나와
달리 식사를 즐기던 그가 불쑥 말했다.

"지수 씨는 왠지 흥미로운 사람인 것 같아요. 뭐랄까요? 평범한 캐
릭터는 아닌 것 같아요."

"아, 그래요?"

"한마디로 표현하긴 어려운데 느낌이 그래요. 그래서 저는 지수 씨
가 점점 더 궁금해지는 것 같아요."

"네?"

"그렇게 놀라실 것 없어요. 말 그대로예요. 지수 씨가 어떤 사람인
지 궁금하다는 거예요."

그가 여유 있게 말했다.

"사실 영숙이 아주머니께서 처음 말씀하셨을 때 저희 어머니께서
거절하셨대요. 결혼은 비슷한 집안끼리 하는 게 맞다고 생각하시
거든요. 그런데 영숙이 아주머니께서 집안은 가진 거 없어도 아가
씨가 정말 괜찮으니 한번 만나보게나 하라고 그러셨대요."

가진 것 없는 남의 집안 사정을 아무렇지도 않게 이야기하는 그가
나는 당황스러웠다.

"그래서 나가게 된 자리였는데 예상외로 지수 씨는 선 볼 마음도
없으셨고… 심지어 속아서 나오신 거였잖아요. 다시 생각해도 재
미있어요."

그가 웃으며 고개를 저었다. 나는 '예상외로'라는 말이 거슬렸다.

217

"예상외였나요?"

"네?"

"당연히 거절할 리 없다고 생각하셨나 봐요."

"아, 일반적으로 그랬으니까요. 사실 여자 입장에서 보면 충분히 호감 가는 조건이지 않나요?"

내 표정이 어땠는지 모르겠지만 그는 손사래를 치며 말했다.

"절대로 제가 거만한 게 아닙니다. 있는 그대로의 사실을 말하는 거죠."

난 더 이상 할 말이 없을 것 같았다.

"전 속물이 아니라 현실을 아는 사람입니다. 그리고 현실을 중요하게 생각하는 사람이죠. 쥐뿔도 없으면서 꿈속에 사는 사람들이 제일 한심하다니까요."

그와의 대화에 완전히 흥미를 잃은 나는 이제 기계적으로 고개만 끄덕이기 시작했다. 하지만 그는 내가 대화에 참여하고 있지 않다는 것을 눈치 채지 못하는 듯했다. 자신의 장황한 이야기 끝에 돌아오는 대답이라곤 공허할 지경인데도 그 공간마저 스스로 채우며 이야기를 이어갔다. 그는 할 얘기가 아주 많은 듯했다. 그리고 할 얘기가 아주 많은 이유는 자랑할 게 아주 많기 때문으로 보였다. 그의 얘기는 8할이 자기도취였다. 요약하면 자신이 금수저라는 것, 금수저임에도 흙수저 못지 않게 치열하게 사는 자신이 얼마나 개념 있는 사람인지, 이런 자신과 함께하는 사람은 얼마나 행운인지 등이었다. 그는 말이 끝날 때마다 "그렇지 않아요?"라는 말을 덧붙였는데 그의 말에 내가 동조해주길 바라는 눈치였다. 하지만 나는 그의 말이 들리지 않았다. 그의 말은 마치 건너편에서 들려 오는 의미 없는 소음처럼 내 귓가를 스쳐 지나가고 있을 뿐이었다. 식사가 끝나자 그는 티타임을 제안했다. 하지만 나는 식사 시간도 겨우 견딘 터라 이미 지친 상태였다.

"사실은 머리가 조금 아파서요. 여기서 헤어지는 게 좋을 것 같아 요."

그는 아쉬움을 숨기지 못했다.

"앞에 나가면 약국이 있을 텐데 들를까요?"

"아니요. 집에 가서 좀 쉬면 될 것 같아요."

"그럼 제가 바로 태워다 드릴게요."

"아니에요. 택시 타고 갈게요."

"지난번엔 지수 씨 말대로 편하게 버스 타고 갔으니 이번엔 제가 태워드릴게요. 여기 계세요. 차 가지고 올게요."

그는 내가 대답을 하기도 전에 뛰어갔다. 조금 뒤 차 한 대가 내 앞 에 멈췄고 그가 내렸다. 그의 차는 성공의 상징이 아니라 금수저의 상징인 듯했다. 그는 차에서 내려 문까지 열어주었다. 더는 거절할 수 없게 된 나는 어쩔 수 없이 차에 탔다. 차 안은 마치 향수를 통 째로 부어놓은 듯했고 먼지 한 톨 허락되지 않은 듯 깨끗했다. 나 는 그 향수 냄새 때문에 멀미가 날 지경이었다.

"창문 좀 내려도 괜찮을까요?"

내가 물었다.

"춥지 않으세요?"

"차가운 바람을 쐬면 두통이 좀 나아질 것 같아서요."

그는 창문을 내린 뒤 실내 온도를 조금 더 높였다. 잠깐의 침묵이 휴식처럼 느껴질 때였다. 그는 다시 대화 주제가 생각난 듯 말을 꺼냈다.

"참, 지수 씨 혹시 아침 뉴스 봤어요?"

이번 주제는 정치적 이슈였다. 하루의 모든 뉴스를 섭렵하려고 노력한다는 그는 분명 정치 분야에도 해박해 보였다. 정치적 이슈의 표면적 이유와 그 이면의 이유까지, 마치 강의 한 편을 듣고 있는 듯했다. 문제는 내가 전혀 관심이 없었다는 것이었다. 나는 다시 고개 끄덕이는 기계가 되어버렸다.

*

이튿날 아침, 회사에 출근했을 때 평소와 다른 분위기가 느껴졌다. 사무실 안은 삼삼오오 모여 수군거리는 소리로 가득했다. 내가 들어서자 수민 씨가 종종걸음으로 달려와 나를 한쪽으로 끌어당겼다.

"지수 씨, 아직 소식 못 들었죠?"

"무슨 소식이요?"

"김미영 팀장님이 감사에서 걸렸대요."

"감사요?"

"팀장급 이상 임원 감사가 있었나 봐요. 어디라더라? 여하튼 어떤 부서 팀장님이랑 하청 기업 사이에 거래가 좀 있었나 봐요. 그런데 그게 팀 내부 고발로 접수됐대요. 관련 실무자가 양심선언을 한 모양이더라고요. 그래서 전수 감사에 들어갔는데 우리 팀장님도 감사 과정에서 드러난 게 있는 모양이에요."

"정말요?"

"감사 과정에서 적발된 사람은 소명을 해야 된대요. 만약 소명이 받아들여지지 않으면 짐 싸야 된다던데요?"

"그렇게까지요?"

"정말 사람은 겉으로 봐서는 모르는 것 같아요. 우리 팀장님 말이에요. 왠지 모르게 속정 가는 스타일은 아니지만 그래도 깔끔하고 나이스해 보이잖아요. 왠지 검은 거래와는 거리가 먼 사람 같은데… 그렇지 않아요?"

나는 팀장님의 혐의가 궁금했다. 소문에 대한 호기심 때문이 아니었다. 팀장님은 절대 뒤탈이 생길 수 있는 일을 만들 분이 아니라는 생각 때문이었다. 며칠간 모두가 쉬쉬거리는 소문이 떠돌았다. 그리고 일주일 후 이 사건의 결론은 엉뚱하게도 차장님이 징계를 받는 것으로 결론이 났다.

사건의 요지는 이러했다. 팀장님이 거래처 사장님과 식사 자리가 있었고 그 자리에 차장님이 동석했던 것이었다. 거래처 사장님이 팀장님에게 먼저 건넨 봉투를 팀장님이 반려했고 팀장님이 자리에서 일어난 후 차장님에게 다시 전해졌다는 것이었다. 그리고 차장님이 그 대가로 팀장님에게 하청 기업을 비교할 때 유리한 보고를 해주기로 했다는 것이었다. 이 내용을 차장님이 직접 소명했으므로 진술은 받아들여졌고 청탁 금액과 청탁으로 인해 발생한 결과의 경중을 따져 짐 싸는 것은 겨우 면할 수 있었다. 하지만 감봉 조치 등 징계는 피할 수 없었다. 이 사건 이후 팀장님은 평소와 다름없어 보였지만 차장님의 안색은 완전히 달라졌다. 징계를 받게 됐으니 당연히 그렇겠지 생각하면서도 급격히 침울해진 안색과 아무런 의욕이 없어 보이는 듯한 차장님의 모습은 모두의 걱정을 샀다. 무겁게 가라앉은 팀 분위기에 너나 할 것 없이 싱숭생숭함을 느낄 때 평상심을 유지하는 사람은 팀장님뿐이었다.

퇴근을 앞둔 시간이었다.

"곧 연말인데 회식 한번 해야죠?"

팀장님이 사무실을 나서며 말했다. 팀장님의 제안이라면 무엇이든 "그래야죠, 팀장님. 다들 괜찮지?"라며 선동하던 차장님은 입을 다물고 계셨다. 눈치를 보며 앉아 있던 박 과장님이 자리에서 일어나며 말했다.

"연말 회식 좋죠. 팀장님, 언제가 좋을까요?"

"이번 주 금요일 어때요?"

팀장님이 말했다.

"자, 이번 주 금요일에 다른 약속 있는 사람 있나요?"

과장님은 팀원들을 휙 둘러보며 말했다.

"없죠? 그럼 이번 주 금요일에 회식하는 걸로 하겠습니다."

"자, 그럼 그렇게 하기로 하고 메뉴는 여러분이 원하는 걸로 정하면 됩니다. 그럼 먼저 퇴근할게요."

팀장님이 문 밖으로 나가자 박 과장님은 볼멘소리를 늘어놓았다.

"아니, 이런 분위기에 회식이 웬 말이야. 안 그래요? 지금 차장님 속이 말이 아닐 텐데 어떻게 같이 회식을 하자는 건지… 참 해도 해도 너무하네, 정말."

듣고 있던 차장님은 말없이 일어나 사무실을 나갔다. 차장님이 나가자 박 과장님은 울분을 토하듯 땅이 꺼지게 한숨을 쉬고는 자리에 앉았다.

금요일 퇴근 후 회식 자리는 한마디로 살얼음판을 걷는 듯했다. 팀장님은 밝은 미소로 연신 팀원들에게 술을 권했고 차장님은 구석 자리에 앉아 연거푸 혼자 술을 들이켜고 계셨다. 박 과장님과 이 대리는 어색한 분위기를 바꿔보려고 혼신의 노력을 기울이고 있었고 팀원들은 영혼 없는 리액션을 연발하고 있었다. 그때 혼자 연거푸 술을 들이켜던 차장님이 별안간 팀장님을 불렀다.

"팀장님…"

순간 팀장님의 표정이 굳어졌다.

"말씀하세요."

차장님이 입을 떼려고 하자 황급히 자리에서 일어난 박 과장님은 차장님을 억지로 일으키며 말했다.

"아이고, 차장님. 많이 취하신 것 같아요. 아무래도 일어나시는 게 좋을 것 같아요. 제가 택시 태워드릴게요."

차장님은 정말 많이 취하신 듯 자꾸만 떨어지는 고개를 겨우 붙잡으며 알아들을 수 없는 말을 중얼거렸다.

"차장님, 많이 취하셨어요. 먼저 일어나세요. 제가 부축해드릴게요."

하지만 차장님은 계속해서 손을 뿌리쳤고 결국 지호 씨가 반대편을 부축하고 나서야 차장님을 귀가시킬 수 있었다.

"박 차장 많이 취했나 보네."

팀장님은 겉옷을 제대로 입지도 못한 채 끌려 나가듯 걸음을 옮기는 차장님을 돌아보지도 않고 말했다. 차장님이 귀가하신 후 어느 정도 시간이 흘렀을까? 모두가 슬슬 일어나기를 원하는 눈치였다. 하지만 팀장님은 모르는 건지, 알면서도 모르는 척하는 건지 도무지 일어날 생각이 없는 듯 자리를 지켰고 결국 회식은 2차까지 이어진 후에야 끝이 났다. 팀장님의 귀가 선언 후 모두가 기다렸다는 듯 흩어졌고 박 과장님은 신입 사원들한테 한잔 더 사고 싶다며 3차를 제안하셨다. 그렇게 우리는 박 과장님을 따라 가까운 맥줏집으로 향했다.

"회사 생활 해보니 어때?"

회사 생활로 시작한 이야기는 자연스럽게 차장님 이슈로 넘어갔
다. 지호 씨가 말했다.

"요즘 차장님 얼굴이 정말 안쓰러워 보여요. 징계가 과하게 내려졌
나요?"

박 과장님은 한숨을 몰아쉬었다. 뭔가 할 말이 있지만 입이 떨어지
지 않는 듯했다.

"우리 신입 사원들은 아직 회사 생활을 몰라. 회사 다닌다고 회사
생활을 아는 거 아니다! 회사 업무를 알게 되는 거지. 회사 생활은
직급이 올라가야 알게 되는 거야. 한마디로 때가 타게 되면서 알게
되는 거지."

과장님은 맥주를 한 잔 들이켠 후 말을 이었다.

"우리 순수한 신입 사원들은 이번 감사 결과가 사실 그대로라고 믿
지?"

"그럼 사실과 다를 수도 있다는 말인가요?"

지호 씨가 말했다.

"다를 수 있지. 다를 수 있고말고."

"그럼… 이번 차장님 이슈의 진실은 뭐예요?"

지호 씨가 자못 심각한 표정으로 말했다.

"자세한 내막까지 알 필요는 없고, 어쨌든 치사하고 더러워도 내

역할로 받아들여야 하는 순간이 오는 거야. 그런데 그게 참 사람을 비참하게 만들지. 안 그렇겠어?"

"치사하고 더러운 것도 내 역할로 받아들여야 한다는 게 무슨 뜻이에요?"

수민 씨가 말했다.

"너희는 아직 상상도 안 되지?"

"저희는 아직 그런 일에 엮일 깜냥도 못 되잖아요."

과장님의 의도를 캐치한 듯 고개를 끄덕이던 지호 씨가 말했다.

"그런데 기막힌 사실이 뭔지 알아? 누구도 원망할 수가 없다는 거야. 왜냐? 팀장님도 겪은 그대로 하는 것뿐이니까."

과장님은 맥주 한 잔을 단숨에 비웠다.

"신입 때는 혈기로 일하고, 대리 때는 간 보면서 일하고, 과장쯤 되면 더는 갈 곳이 없으니까 자리 지키려고 일하고, 차장 때는 진급하느냐 뒷방 늙은이가 되느냐의 기로에 서게 되지. 직장인의 생로병사 같지 않니?"

과장님은 씁쓸한 웃음을 지으며 말했다.

"차장님의 모습이 남 일 같지가 않아. 머지않아 내 모습이 될 테니까 말이야. 그래도 어쩌겠어? 가장의 책임이 있으니 일단 열심히 구르고 봐야지. 이 한 몸 열심히 굴려야 집이 굴러갈 것 아니야, 안 그래?"

"가장의 책임, 멋지십니다."

지호 씨가 말했다.

"아직 다들 미혼이지? 부럽다, 부러워. 너희가 누리는 자유가 부럽다."

"에이, 저희한테 자유가 어디 있어요? 과장님도 아시잖아요. 회사에 꼼짝없이 매여 있는 거."

수민 씨가 투정 부리듯 말했다.

"나는 선택의 자유를 말하는 거야, 선택의 자유."

"어떤 선택이요?"

"인생의 길, 그 선택 말이야."

과장님은 두루마리 휴지를 풀어 머리에 띠를 만들며 말했다.

"이 길이 나의 길인가, 저 길이 나의 길인가, 그것이 문제로다."

웃음이 터진 것도 잠시, 지호 씨가 반론했다.

"에이, 과장님. 저희도 이 길, 저 길 그럴 여지가 없어요. 학자금 대출 갚아야죠, 생활비 필요하죠, 결혼 자금도 모아야 하죠, 내 집 마련 저축도 해야 하죠…. 고정적으로 월급이 나오는 길 말고 다른 길은 선택할 수 없다고요."

과장님은 머리에 둘렀던 휴지 띠를 풀며 자못 진지한 목소리로 말했다.

"물론 그렇겠지. 내 말은 이 길이 아니다 싶으면 다른 길을 선택할 수 있는 시간적 여유가 아직은 있다는 거야. 왜냐하면 아직 누구를 책임져야 하진 않잖아? 결과를 감내하겠다는 각오만 있으면 얼마든지 새로운 길도 시작해볼 수 있지. 하지만 가족을 책임져야 하는 상황이 되면 얘기가 완전히 달라지거든. 가족들의 삶까지 도박을 걸기 쉽지 않거든."

나는 고개를 끄덕였다.

"역시 신입 사원들하고 있으니까 이런 얘기를 다 하게 되네. 내 나이쯤 되면 우량주, 금싸라기 땅, 이런 얘기만 하거든. 하긴 요즘은 젊은 사람들이 더하지? 하루빨리 건물주가 되는 게 꿈인 시대니까 말이야."

"그런 경향이 있죠."

지호 씨가 대답했다. 잠시 생각에 잠겨 있던 과장님이 말했다.

"만약에 10년 전으로 돌아갈 수 있다면 말이야."

"우리 회사 주식을 하루라도 빨리, 한 주라도 더 사고 싶으시죠?"

"그건 말해 뭐하니? 당연한 거 아니야?"

웃으며 맞장구친 과장님은 다시 진지한 얼굴로 말했다.

"하루라도 빨리 나, 박상우의 삶을 시작하고 싶어. 그땐 몰랐어. 인간 박상우가 아닌 회사원 박상우로서만 살고 있다는 것을 말이야."

"어떤 차이점이 있어요? 어쨌든 과장님이 회사원이니까 회사원으로서의 삶이 과장님 삶인 거잖아요."

지호 씨가 의아하다는 듯 말했다.

"큰 차이가 있지. 왜냐하면 인간 박상우의 삶을 사느냐 기능적 인간으로서만 사느냐의 차이거든."

"기능적 인간이요?"

"응, 입사하고 나서 회사원으로서 열심히 살았지. 일어나면 출근하고 퇴근 시간 되면 퇴근하고 퇴근 후엔 회식이다 친목이다 술자리를 반복하며 말이야. 그런데 직장 생활 10년 차가 넘어가니까 현타가 오더라고. 나는 월급 받기 위해 사는 사람인가 싶더라고. 지금까지 이렇게 잘 살아왔는데 어느 순간 삶이 너무 공허하게 느껴지는 거야."

과장님은 내가 막연하게 느끼던 두려움의 정체에 대해 이야기하고 있었다. 내가 두려운 이유, 그것은 공허함이었다.

"그래서 생각해봤는데 결론은 내가 그동안 기능적 인간으로만 살아왔단 거야. 역할과 책임에만 몰두하는 인간⋯. 그러니 공허할 수밖에 없었던 거야."

우리는 모두 고개를 끄덕였다.

"그럼 나는 어떤 인간이어야 했던 걸까?"

"글쎄요."

"내 영혼을 외면하지 않는 기능적 인간이어야 했던 거야."

"영혼을 외면하지 않는다는 게 무슨 말이에요?"

"수지타산, 이해타산으로 보면 완전 밑지는 장산데 해보고 싶은 무언가, 다들 있지 않아?"

"음⋯ 저는 그런 거 없는데요? 밑지는 장산데 할 이유가 없잖아

요?"

우리 셋 중 가장 심각하게 고민하던 지호 씨가 말했다.

"야, 신지호. 너는 그냥 너 자체가 기능적 인간이다. 요즘 현실에 아주 이상적인 인간상이다 야."

"과장님, 이거 애매하게 기분 나빠지는데요?"

"에이, 무슨 소리야. 칭찬. 칭찬."

과장님이 지호 씨의 빈 잔에 맥주를 채워주며 말했다.

"그런데 과연 그런 게 있을까요? 그 자체가 순수한 목적이 될 수 있는 게 말이에요."

곰곰이 생각하던 수민 씨가 말했다.

"없을 것 같지? 그래, 막상 생각해보면 잘 안 떠올라."

모두가 고개를 끄덕일 때였다.

"정말 곰곰이, 내가 곰인가 싶을 정도로 곰곰이 생각해봤지. 그저 한다는 그 자체로 좋은 게 뭘까 하고 말이야."

"과장님. 아재개그 금지입니다. 휴지 띠까지 봐드린 거예요."

피식 웃음이 터진 지호 씨와 달리 수민 씨는 정말 궁금하다는 듯 말했다.

"그래서 찾으셨어요?"

"문득 잊고 있었던 나의 로망이 생각났어."

"그게 뭔데요?"

"피아노."

과장님은 쑥스럽다는 듯 말했다.

"피아노요?"

"응. 웃기지? 내가 피아노에 대한 로망이 있거든. 어릴 때 배워보고 싶었는데 못 배웠어. 우리 때만 해도 피아노 학원에 다니는 남자애들이 많지 않았어. 우리 부모님도 그러셨지. 남자애가 피아니스트 될 것도 아니고 도레미파솔라시도만 알면 된다고 말이야. 그 돈 있으면 수학 학원을 하나 더 보내겠다고 덧붙이셨지. 아직도 생생히 기억나네."

"저는 피아노 학원 못 그만두게 해서 울고불고했었는데…."

수민 씨가 웃으며 말했다.

"그땐 정말 궁금하더라고. 왜 피아노 학원비는 아깝고 수학 학원비는 안 아깝지 하고 말이야."

"그러고 보면 공부시키는 학원은 빚을 내서 보내도 손해라고 느끼지 않으셨던 것 같아요. 저희 부모님도 그러셨거든요."

"여하튼 내 로망이 피아니스트였다고 해도 지금 회사를 때려치우고 예술가가 될 수 있니? 될 수 없지, 그럴 필요까지도 없고."

"그러면요?"

"간단해. 기능적 역할에 충실하듯이 순수 목적에도 충실하면 되는 거야."

"그게 가능할까요? 회사 생활만으로도 벅차게 느껴지는데요?"

"그지? 불가능할 것 같지? 그런데 아니다! 단, 조건이 있어."

"조건이 뭔데요?"

"사고 습관을 바꿔야 한다는 거야."

"사고 습관이요?"

"거의 체화되어 있는 습관 있잖아. 예를 들면 이런 거. '이거 해서 어디다 써먹을래?', '이제 와서 뭐가 달라져?'"

"응. 써먹을 데 있어."

"응. 달라져."

과장님의 시니컬한 자문자답에 우리는 웃음이 터졌다.

"사고방식의 방향만 바꿔도 말이야, 불가능해 보였던 것도 할 수 있는 무한한 방법들이 보이기 시작할 거야."

"과장님, 갑자기 너무 달라 보이시는데요?"

지호 씨가 능청스럽게 말했다.

"내 말 믿어봐. 정말 인생이 달라질 거야. 하루가 풍요로워지거든."

취기가 오른 과장님의 모습은 평소와 많이 달라 보였다. 분위기 메이커를 자처하는 박 과장님은 웃음기를 빼자 누구보다 깊어 보였다.

"그래서 요즘 피아노 학원 다니고 있어."

"네???"

지호 씨는 맥주를 뿜을 뻔했다.

"일주일에 두 번 정도 가는데 한 번밖에 못 갈 때도 있고."

"그럼 지금 뭐 배우시는 거예요?"

지호 씨가 정말 궁금하다는 듯 물었다.

"나? 바이엘 3권."

과장님의 귀여운 대답에 웃음이 터졌다.

"과장님 대박이세요. 정말로 퇴근 후에 피아노 학원 가서 바이엘 3권 치고 집에 가신다고요?"

"응. 너희가 양손이 같이 움직이는 기쁨을 아니?"

"와! 정말 대박이세요."

"아니, 뭐 대박일 것까진 없고 죽기 전에 '사랑의 꿈'을 꼭 연주해 보고 싶거든."

"리스트의 사랑의 꿈이요?"

"응."

"와…."

지호 씨는 박 과장님을 추켜세우듯 박수를 치며 말했다.

"대단하세요. 퇴근하고 나면 무엇인가에 집중한다는 자체가 부담스러운데… 늘어지고 싶잖아요. 아무 생각 없이 티브이 보거나 시원하게 한 잔 마시거나."

"물론 그것도 좋지, 단지 생각이 바뀌었을 뿐이야."

"어떻게요?"

"좋은 기분은 순간 속에서도 찾을 수 있지만, 우러나는 기쁨은 쌓이는 시간 속에 있다는 걸 알았거든…."

과장님은 괜히 멋쩍어진 듯 웃음을 지으며 말했다.

"어쩌다가 이런 얘기까지 하게 됐지? 아무튼 오늘의 결론은 이거야. 혼자 깨끗할 수만은 없다는 거. 그렇다고 너무 비참하게 느낄 필요도 없다는 거지. 살아남으려면 생태계의 법칙을 따르는 게 당연한 거 아니야? 물론 인간적인 비참함을 완전히 떨쳐낼 수는 없겠지. 하지만 술 한잔하면서 털어버리는 정도에서 그쳐야 해. 더는 깊게 파고들어선 안 돼. 지금 차장님이 위태해 보이는 이유가 거기에 있거든. 너무 안타까운 일이지."

"참… 일개 직장인의 비애네요."

지호 씨는 자신의 앞날이 훤히 보인다는 듯 한숨을 내쉬며 말했다.

"그렇다고 또 너무 그렇게까지 생각하지 말자고. 혹시 우주 외계 행성에서 일하는 사람 알고 있어? 없지? 모두 다 지구별 사람들과 일하지?"

"적어도 우리는 지구별 사람들과 일합니다."

과장님의 능청에 다시 웃음이 터졌다.

"그럼 어느 곳이든 형태만 다를 뿐 본질은 크게 다르지 않아. 이기심과 이타심, 경쟁과 협력, 열등감과 우월감과 같은 인간의 욕망과 감정들이 모든 일을 만들어낸다는 거. 결론은 지구별 어느 곳이든 비슷비슷한 정도의 스트레스와 감동이 공존한다는 거야. 우리는 모두 그 속을 부대끼며 살아가는 거지."

우리는 고개를 끄덕였다.

"오늘 내가 너무 말이 많았지? 아무튼 늙은이는 이쯤에서 일어날 테니까 젊은 우리 신입 사원들은 한 잔씩 더 하고 가. 불금이잖아."

과장님은 한 잔씩 더 마시고 가라며 흔쾌히 선불 계산을 하고 자리에서 일어났다. 과장님이 자리를 뜨자 수민 씨가 아까부터 궁금했다는 듯 냉큼 말했다.

"결론은 차장님이 방탄조끼 역할을 했다는 거죠?"

"그런 것 같아요."

지호 씨가 대답했다.

"오늘 차장님이 왜 그러셨는지 이해가 가네요."

수민 씨가 안타깝다는 듯 말했다.

"그러고 보면 팀장님, 보기와 다르게 철의 여인 같지 않아요? 눈 하나 깜짝 안 하시잖아요. 누가 봐도 차장님이 너무 안타까워 보이는데 말이죠. 역시 사람은 겉으로 봐서는 알 수 없나 봐요."

마지막 남은 맥주 한 잔을 끝으로 우리는 헤어졌다.

*

혼자 걷기 시작한 지 얼마쯤 되었을까? 가로등 불빛에 흩날리는 눈발이 선명하게 보였다. 올해 첫눈이었다. 이유 없이 그저 반가운 첫눈 말이다.

'민준 씨도 알고 있을까?'

나는 코트 자락을 단단히 여민 후 걷기 시작했다. 불과 조금 전까지 흩날리던 눈은 얼마 지나지 않아 함박눈으로 바뀌었다. 펑펑 쏟아지는 함박눈을 맞으며 집 앞에 도착했을 때였다. 메시지가 울렸다.

✉ 지수 씨, 놀라지 마세요.

민준 씨의 메시지였다.

빵빵.

자동차 경적 소리에 깜짝 놀라 돌아보니 민준 씨가 차에서 내리고 있었다. 나는 너무 놀란 나머지 말까지 더듬었다.

"민준 씨, 여기는… 아니, 이 시간에… 어쩐 일이세요?"

하지만 반가움을 숨길 순 없었다. 첫눈과 함께 그가 서 있었다.

"올해 첫눈이 내리네요. 그것도 함박눈으로요."

중요한 건 그게 아니라는 듯 그가 웃으며 말했다.

"미팅이 늦게 끝나서 이제 퇴근하던 길이었거든요. 그런데 눈이 내리기 시작하더라고요. 올해 첫눈이잖아요. 문득 지수 씨가 생각나서 와봤죠. 그런데 눈앞에 걸어오고 있는 지수 씨가 보이더라고요."

그러는 사이 눈발은 점점 더 굵어지고 있었다.

"잠깐만요."

민준 씨는 트렁크를 열어 우산을 꺼내왔다.

"눈발이 꽤 굵어졌어요. 이제 그냥 맞을 수는 없겠어요. 내일 눈이 꽤 쌓이겠는데요?"

이렇게 말하며 그는 우산을 씌워주었다. 하지만 그는 우산 밖에 서 있었다.

"우산 안 쓰세요?"

"아, 지수 씨가 불편해할까 봐요."

그가 웃으며 말했다.

"아니에요. 같이 써요."

"그럼 그럴까요?"

우리는 우산 아래 나란히 집 앞 편의점으로 향했다. 창밖으로 펑펑 내리는 함박눈을 바라보던 그가 말했다.

"내일 눈이 꽤 쌓일 것 같죠? 출근길에 고생 좀 할 수도 있겠는데요?"

"그러게요. 눈은 언제 만나도 참 반갑긴 한데…. 특히 첫눈은요."

"그래도 지금 이 순간만큼은 완벽히 아름다운 눈이네요."

따뜻한 캔 커피 한 잔을 마신 뒤 그는 집까지 다시 우산을 씌워 바래다주었다. 그리고 "다시 연락할게요"라는 인사를 하고 차로 뛰어갔다. 우산은 접은 채 말이다.

쏴아.

샤워기를 틀자 따뜻한 물이 머리로 쏟아져 내렸다. 머리로 쏟아져 내리는 따뜻한 물이 우산 위로 쏟아지던 함박눈을 다시 떠올리게 했다. 차에서 내리던 그의 모습과 함께 말이다.

잠자리에 누워 박 과장님의 말씀을 곱씹어보던 나는 차장님의 축

늘어진 뒷모습이 떠올랐다.

'팀장님은 차장님에게 어떤 방식으로 책임을 떠넘기셨을까? 차장님은 네라고 대답할 수밖에 없는 상황에서 얼마나 무기력함을 느끼셨을까? 내가 그랬던 것처럼…'

*

이튿날 아침, 택시를 타고 초능력 정신과의원으로 향했다.

"지난 일주일간 잘 지냈나요?"

"네, 잘 지냈어요."

"오늘은 어떤 이야기를 나눠볼까요?"

"지난주에 네 가지 질문의 의미를 가슴으로 알아차리게 될 때, 삶이 완전히 달라질 것이라고 하셨잖아요. 가슴으로 알아차릴 수 있는 방법이 있나요?"

"있습니다."

"그 방법이 무엇인가요?"

"제가 생각하는 가장 확실한 방법을 알려드릴까요?"

"그 말은 여러 가지 방법이 있다는 말씀인가요?"

"셀 수 없이 많은 방법이 있을 수 있죠."

"원장님이 생각하시는 가장 확실한 방법은 뭔가요?"

"대답을 하기 전에 먼저 관점을 조금 확장해보겠습니다."

"네."

"지난주에 말씀드린 하얀 안경, 까만 안경을 기억하실 겁니다. 자, 하얀 안경을 쓰고 있는 사람이 있고 까만 안경을 쓰고 있는 사람이 있다고 합시다. 그럼 하얀 안경이든 까만 안경이든 안경을 쓰고 있는 누군가가 있는 것이죠?"

"네."

"안경 색깔은 달라도 안경을 쓰고 있는 존재, 그 존재 자체는 다르지 않습니다. 그리고 그 존재는 각자 색이 다른 안경을 쓰기 전에는 같은 색의 안경을 쓰고 있죠."

"먼저 쓰고 있는 안경이 있다고요? 그것도 동일한 색으로요?"

"네."

"그럼 두 가지 안경을 쓰고 있는 거네요?"

"그렇죠. 저는 두 가지 안경 중 색깔이 다른 안경을 쓰기 전, 이미 쓰고 있는 동일한 색의 안경에 대해 이야기 해볼까 합니다."

"동일한 색의 안경을 먼저 알아야 할 이유가 있나요?"

"본질을 이해하기 위해서죠."

"본질이요?"

"설명을 드리죠. 두 안경은 쓰게 되는 경위가 다릅니다. 색이 다른 안경은 개인적인 경험에 따라 만들어진 프레임입니다. 그래서 개개인이 다른 색을 지니죠. 하지만 색이 동일한 안경은 경험에 따라 만들어진 프레임이 아닙니다. 사람이라는 존재, 그 존재이기 때문에 보편적으로 지니게 되는 프레임입니다. 인간이란 보편적 존재를 이해하는 것, 개인을 이해하는 핵심 키가 되죠."

"네⋯."

"그럼 이 세상의 다른 존재는 가지지 않는, 인간만이 가지는 보편적인 프레임이 뭘까요?"

"글쎄요⋯."

나는 곰곰이 생각해보았지만 아무것도 떠오르지 않았다.

"이 질문에 대한 답을 제시하는 개념이 있습니다."

"그게 뭔가요?"

"그 전에⋯ 프레임이란 용어를 다른 말로 바꿔보죠. 혹시 프레임을 다르게 표현한다면 어떻게 말할 수 있을지 생각나는 게 있나요?"

"글쎄요."

"프레임을 다른 말로 하면 착각입니다. 프레임이라는 건 인식의 틀을 의미하고, 인식의 틀이라는 건 세상을 보는 관점을 의미합니다. 이 말은 세상을 있는 그대로 보지 않는다는 말과 같은 뜻이죠. 즉, 틀을 통해서 세상을 보죠. 그럼 세상은 어떻게 보일까요? 틀의 모양대로 보이겠죠? 틀을 통해 세상을 인식하고 있으면서 있는 그대로 인식하고 있다고 생각하는 것이 바로 착각입니다."

나는 고개를 끄덕였다.

"자, 그럼 위의 질문을 이렇게 바꿔볼 수 있습니다. 인간만이 사로

잡히는 착각은 무엇일까요? 이 말은 인간 이외의 존재는 사로잡히지 않는다는 뜻이죠? 인간 이외의 존재를 통틀어서 자연이라고 하겠습니다."

나는 다시 고개를 끄덕였다.

"인간이라는 존재가 사로잡히는 착각, 이 착각에 대한 고전(古典)이 있습니다. 『심리학의 클래식』이라는 책인데요, 이 책에서는 인간이 착각을 일으키게 되는 이유를 네 가지 집착으로 설명합니다. '나'라는 관념에 대한 집착, '인간'이라는 존재에 대한 집착, '열등함'이라는 가치에 대한 집착, '영생(永生)'이라는 기대에 대한 집착이 그것이죠."

"처음 들어보는 것 같아요."

"그럴 겁니다. 조금 풀어서 설명해볼까요? 먼저 공통적으로 들어 있는 개념이 있습니다. 바로 집착이죠."

"네."

"집착은 어떻게 생기게 될까요?"

"글쎄요."

"집착은 어느 쪽으로든 치우치게 되면 일어납니다. 치우친다는 말의 의미는 그 반대말을 통해 쉽게 알 수 있죠. 치우침의 반대는 중도입니다."

"네…"

"어느 한쪽으로 치우치게 되면 치우친 쪽으로 고집하게 됩니다. 그리고 그 고집이 극대화되면 집착이 되죠."

"네."

"그런데 이 세상에 그 어떤 것도 한쪽으로 치우쳐져 있는 것은 없습니다. 선과 악, 삶과 죽음처럼 관념적으론 상극에 있는 것도 사실은 동전의 양면처럼 함께 있죠. 동전을 본다는 것은 앞만 봐서도, 뒤만 봐서도 안 되죠. 앞뒤 모두를 봐야 동전을 보는 것이죠. 이것이 바로 중도입니다."

"네."

"하지만 인간이란 존재는 양면성을 관념 이상으로 잘 받아들이지 못합니다. '자아'는 '타아'를 생각하지 못합니다. '인간'은 '자연'을 고려하지 못하죠. '난 열등한 존재'이기 때문에 '초월적 존재'가 되는 것은 성인들만 가능하다고 생각합니다. 그리고 '영생'을 꿈꾸면서 사실은 지금 이 순간도 죽음과 1초씩 가까워지고 있음을 외면합니다."

"네…"

나는 고개를 끄덕였다.

"조금 더 풀어서 설명해볼까요?"

"어떻게요?"

"인간은 '나'라는 프레임 속에 갇혀 있어서 나 아닌 다른 것은 보지 못한 채 살아갑니다. '나'라는 프레임 속에 갇힌 인간은 자신이 대자연마저 초월하는 우월한 존재인 듯 착각에 빠져 교만심을 지니며 거만하지요. 그러면서도 스스로를 진실로 긍정하지는 못해 열등감을 가지며 살아갑니다. 게다가 죽음을 너무나 두려워한 나머지 죽지 않을 거라는 착각 속에 살아가는 겁니다."

나는 깊게 고개를 끄덕였다.

"'나'라는 관념에 대한 집착, 반드시 얘기 나눠봐야 할 포인트죠. 그럼 다음 시간에 이어서 얘기를 나눠보겠습니다."

집으로 돌아와 현관문을 열었을 때 익숙한 목소리가 들려왔다.

"지수야, 영어학원 갔다 오는 길이니?"

엄마였다.

"어? 어…"

"지수 오랜만이다."

아빠였다.

"아빠도 왔어? 연락도 없이 웬일이야?"

"엄마가 아빠한테 좀 태워달라 했지. 그리고 아빠 너 본 지 꽤 됐잖아."

"안 그래도 조만간 집에 한번 들리려고 했었는데…"

나는 거짓말을 했다.

"바쁜데 뭐 하러 와."

아빠는 아무렇지도 않다는 듯 말했다.

"어쨌든 미안해, 아빠. 연락도 자주 못 하고…"

"그런 건 신경 안 써도 된다. 엄마 통해서 소식 듣는데 뭘."

그사이 아빠는 유독 나이 든 티가 더 많이 나는 듯했다. 중년미를 보여주던 흰색 블리치는 이제 속절없는 세월을 말해주고 있었다.

"아빠, 요즘 신경쓰는 일 있어? 머리가 많이 센 것 같아."

"나이 탓이지 뭐."

"그게 아닌 거 같은데? 갑자기 이렇게 하얗게 세는 게 어디 있어?"

아빠는 더는 대답하지 않고 티브이로 시선을 돌렸다. 그러고 보면 아빠는 항상 그랬다. 내가 걱정할 만한 얘기는 단 한 번도 끼낸 적이 없었다. 그래서 어릴 때 난 종종 헷갈리곤 했다. 누가 나쁜 사람인지 말이다. 내 마음에 짐을 얹혀주는 사람은 엄마, 엄마의 마음을 지옥으로 만드는 건 아빠였으니 말이다. 좋은 딸도 나쁜 딸도 될 수 없었던 나의 결론은 바쁜 딸이 되는 것이었다. 스무 살이 되면서 공부로부터 해방보다 기뻤던 건 집으로부터의 해방이었다. 나는 대학 입학과 동시에 기숙사에 들어갔고 그때부터 지금까지 타지에서 열심히 살아가느라 매우매우 바쁜 딸이 되어 있었다.

"지수야, 엄마가 갈비찜 해 왔어. 지금 먹을래? 아니면 이따가 먹을래?"

"엄마 아빠는?"

"우리 집에서 먹고 나왔어. 너만 먹으면 돼. 지금 차려줄까?"

"아니, 그럼 나중에 먹을게."

"그래, 그럼 과일이나 좀 깎지 뭐."

엄마는 테이블 위에 쌓아놓았던 각종 반찬통과 갈비찜을 냉장고에 넣으며 말했다.

"사과가 엄청 달아, 먹어봐."

엄마는 깎자마자 첫 조각을 나에게 건네며 말했다. 사과를 한입 베어 물 때였다. 엄마는 내 눈치를 슬쩍 보며 말을 꺼냈다.

"지수야, 전에 영숙이 아줌마가 소개해준 사람이랑은 어떻게 됐니?"

"어떻게 될 게 뭐가 있어요?"

"아니, 네 연락처 물어봐서 내가 알려줬는데 연락 없었어?"

"있었어요."

"그런데? 다시 안 만났어?"

"만났어요."

"그래?"

내가 다시 만났다고 대답하자 엄마는 기대를 숨기지 못했다.

"그래서? 어떻게 됐어?"

"뭐가 어떻게 돼. 그게 다야."

"무슨 대답이 그래? 그게 다라는 게 뭐야? 어떻게 됐냐고 묻는데…"

"정말 그게 다야. 연락 와서 한 번 더 만났어. 그리고 같이 밥 먹었어. 그게 다야."

엄마는 답답해 죽겠다는 듯 말했다.

"얘기도 나눠봤을 거고 너랑 잘 맞을 것 같다든지… 뭐 그런 게 있을 것 아니야."

"그런 거 없어."

나는 티브이로 시선을 돌렸다.

"영숙이 아줌마 말로는 그 집 엄마가 나를 좀 만나보고 싶어 한다
던데…."

"뭐????"

나는 사과를 바닥에 떨어뜨릴 뻔했다.

"엄마, 절대 만나지 마. 알았지?"

선 자리 전력 때문인지 엄마는 내 눈치를 보며 말했다.

"아니, 얘 지수야…. 너는 왜 싫은 건데? 그러니까 이유가… 이유가
있을 것 아니야."

"이유조차도 없어. 관심 자체가 없단 말이야."

"참 별스럽네 별스러워. 사람 성실하고 집안 번듯하면 됐지 뭘."

엄마 목소리에는 역정이 섞이기 시작했다.

"사람 성실하고 집안 번듯한 게 왜 된 거야? 성실한데 자기도취에
빠진 사람일 수도 있잖아? 자기 집안 번듯하다고 가진 거 없는 사
람 무시할 수도 있잖아?"

"아니, 엄마 말은 천천히 알아보라는 거지. 네가 무조건 싫다고 하
니까 엄마가 그러는 거잖아."

"내가 무조건 싫다고 하는 게 아니라 엄마가 무조건 좋다고 하는
거야."

순간 말문이 막힌 듯 엄마는 말을 잇지 못했다. 그때 티브이만 보고 있던 아빠가 입을 열었다.

"거 좀 적당히 해."

"내가 뭘요."

"애가 싫다는데 그렇게까지 나서냔 이 말이야. 지수 나이가 많은 것도 아니고…."

"내 말이 그 말이에요. 나이로 봐도 지금이 딱 좋죠."

"잔말 말고 지수 알아서 하게 내버려둬."

아빠의 역정 앞에 엄마는 꿀 먹은 벙어리가 되어버렸다. 어쩔 수 없이 닫혀버린 엄마의 입이 안타까웠다. 나는 굳이 들고 싶지 않은 엄마 편을 들며 말했다.

"아빠, 버력할 건 또 뭐 있어? 엄마 보기에는 좋은 사람 같으니까 그러는 건데."

아빠는 아무 대답도 하지 않았다.

"엄마, 어쨌든 나는 석민 씨랑 다시 만날 생각 없어. 그러니까 혹시라도 석민 씨 어머니 만날 생각하지 마."

아빠 눈치 때문인지 엄마는 무슨 말을 더 하려다 그만두었다.

"나중에 다시 얘기하자."

"나중에 더 얘기할 거 없어. 그 얘기는 오늘로 끝이야."

엄마는 마음 상한 기색이 역력했다.

"그만 일어나야지?"

247

아빠가 자리에서 일어나며 말했다.

"왜 벌써 가? 조금 더 있다가 가지."

"얼굴 봤으니 됐다. 너도 쉬어야지."

"그래, 너 반찬 넣어주러 왔다가 잠깐 앉은 거야. 우리도 가봐야 돼. 가게 일도 있고…"

"응, 알겠어."

엄마 아빠가 돌아가고 난 뒤 한 시간쯤 지났을까? 문자 메시지가 울렸다. 석민 씨였다.

✉ 지수 씨, 내일 시간 괜찮으시면 같이 공연 보러 갈까요?

✉ 미안하지만 내일은 시간이 안 될 것 같아요.

✉ 아, 그래요? 그럼 다음 주는요?

✉ 혹시 오늘 시간 있으시면 잠깐 뵐까요?

✉ 오늘요? 좋죠. 제가 지수 씨 집 앞에 가서 연락드릴게요.

✉ 아니요, 여기까지 오실 것 없어요. 저번에 차 마셨던 거기서 3시에 봬요.

엄마가 가져온 반찬을 꺼내 늦은 점심을 먹은 뒤 시간에 맞춰 약속 장소로 나갔다. 석민 씨는 먼저 도착해 있었다.

"지수 씨가 오늘 만나자고 할 줄은 생각지도 못했어요."

그가 웃으며 말했다.

"저 석민 씨…"

"말씀하세요."

"다른 게 아니라 오해 없이 들어주셨으면 해요."

"그럴게요."

석민 씨는 커피 잔을 내려놓은 뒤 몸을 앞으로 조금 기울였다.

"저는 지금 연애할 생각도, 결혼할 생각도 없어요. 처음에 말씀드린 것처럼요."

"저도 알고 있어요. 저번에 말씀하셨잖아요."

"그런데 어른들은 아무래도 우리 관계에 기대감이 있으신 것 같아요. 그래서 분명하게 정리하는 게 맞을 것 같아서 뵙자고 했어요."

내 말이 끝나자 커피를 한 모금 마신 그가 말했다.

"아… 어머니께서 영숙이 아주머니께 무슨 말을 하신 것 같네요."

그는 뭔가 생각나는 게 있는 듯 말했다.

"어머니도 알고 계시거든요. 제가 지수 씨를 좋게 생각한다는 것을요. 본의 아니게 부담 드리게 됐네요. 죄송해요."

"아니에요. 어른들은 충분히 기대하실 수 있다고 생각해요. 다만 제 입장은 분명히 해야 할 것 같아서요. 먼저 좋게 봐주셔서 감사해요. 하지만 이 인연을 이어가는 게 어떤 의미가 있을지 모르겠어요. 우리가 굳이 지인이 되려고 계속 만남을…"

"지인이 되려고 만날 순 없죠. 그런 관계가 될 수도 없고요. 제가 지금 듣기론 지수 씨는 저에게 전혀 호감이 없는 것 같군요."

그가 씁쓸한 웃음을 지으며 말했다.

"미안해요."

나는 뭐라고 대답해야 할지 몰라 미안하다고 해버렸다.

"미안하긴요, 저한테 뭘 잘못하신 것도 아닌데요. 지수 씨 말씀 잘 알겠습니다. 아쉬운 마음이 드는 건 어쩔 수 없지만… 그것 또한 어쩔 수 없는 일이죠."

"석민 씨, 반가웠어요. 정말 좋은 사람 만나시길 바랄게요."

더는 나눌 얘기가 없었다. 하고 싶은 얘기가 끝없어 보이던 그도 더는 할 말을 찾지 못했다. 우리는 자리에서 일어났고 그렇게 헤어졌다. 이날 저녁, 전화가 울렸다. 엄마였다.

"영숙이 아줌마 전화 왔더라."

"들었어? 아무래도 확실하게 얘기해야 할 것 같아서…."

"이제 속이 시원하니?"

"내 속이 시원할 게 뭐 있어. 답답한 적도 없는데… 엄마가 이제 속 시원하지. 더는 석민 씨 때문에 동동거리지 않아도 되니까 말이야."

"너 지금 그걸 말이라고 하니?"

엄마의 목소리에서 서운함이 느껴졌다.

"말이 그렇다는 거지. 나도 알고 있어. 그러니까 너무 서운하게 생각하지 마, 알았지?"

"아휴, 그래. 그게 뭐 내 뜻대로 되는 일이겠니? 전화 끊자."

엄마는 전화를 끊었고 나는 냉장고에서 맥주 한 캔을 꺼냈다. 유달리 속이 뻥 뚫리는 시원한 맥주였다.

*

이튿날, 다시 한 주가 시작되었다. 올해의 마지막 한 주였다. 출근한 차장님은 더는 가라앉아 있지 않았다. 물론 결코 유쾌해 보이진 않았지만 말이다. 차장님의 비애는 체념으로 마무리된 듯 보였다. 나는 조용히 사무실을 둘러보았다. 올해 봄, 첫 출근 날이 떠올랐다. 그때와 지금, 많은 것이 다르게 느껴졌다. 아이러니한 건, 아무것도 달라진 것은 없다는 사실이었다. 올해의 마지막 회의 시간, 팀장님이 모두 발언을 했다.

"올해도 이제 끝났네요. 시간이 참 빨라요. 그죠? 모두들 고생했어요. 올해 여러분 덕분에 우리 팀이 한 단계 더 발전할 수 있었다고 생각합니다."

"수고하셨습니다."

박 과장님을 선두로 모두 박수를 치기 시작했다. 팀장님은 흡족한 얼굴로 말을 이었다.

"내년은 우리 사업부 위상이 걸린 매우 중요한 해가 될 겁니다. 여러분도 아시다시피 시장 환경이 달라지면 주력 사업부도 바뀌게 마련이죠. 이럴 때일수록 자신에게 주어진 일만 수동적으로 하지 말고 조금 더 능동적인 자세로 창의성을 발휘하여 일해주길 바랍니다."

이날 오후, 소영 씨의 메시지가 도착했다.

✉ 지수 씨, 연말인데 우리끼리 한잔해야죠?

✉ 언제 볼까요?

✉ 31일 어때요?

✉ 좋아요. 태현 씨는 요즘 뭐하고 지내는지 알아요?

✉ 연락해볼게요. 그럼 그때 봐요.

올해 들어 가장 추운 퇴근길이었다. 목도리를 귀까지 올리고 코트 주머니에 두 손을 찌른 채 발걸음을 재촉하고 있을 때였다. 자동차 경적 소리에 돌아보니 내려진 창문 틈으로 팀장님이 손짓하고 있었다.

"지수 씨!"

팀장님은 차창 밖으로 고개를 내밀며 나를 불렀다.

"집에 가는 길이야?"

"아, 네."

"그럼 타, 태워줄게."

"아니에요. 걸어가면 돼요."

"오늘 너무 춥잖아, 어서 타."

때마침 바뀐 신호에 뒤차는 1초도 기다릴 수 없다는 듯 경적을 울려댔고 나는 일단 차에 탈 수밖에 없었다.

"지수 씨, 이번 주 금요일에 시간 있어?"

"네? 그 날은 약속이… 무슨 일 있으세요?"

"지수 씨 시간 있으면 같이 저녁 먹으려고 했지."

'31일에? 나랑?'

"그럼 목요일은?"

"목요일은 별다른 약속이 없긴 한데…."

"그럼 목요일에 퇴근하고 저녁 먹자."

"아, 네… 그럼 다른 사람들은 제가 얘기…."

"다른 사람 누구?"

"네?"

당연히 다른 사람이 있을 거라 생각했던 나는 당황했다.

"아니, 우리 둘이 먹자. 굳이 다른 사람한테 얘기할 필요 없겠지?"

"네? 아, 네…."

'둘이서…? 왜…?'

나는 알 수 없는 팀장님의 이면이 두려웠다. 목요일 아침, 팀장님은
메신저로 약속 장소를 알려주었다. 이날 점심시간, 같이 식사를 하
던 수민 씨가 말했다.

"우리 오늘 마치고 맥주 한잔 마실까요? 내일은 다들 선약 있을 것
같고… 오늘 어때요?"

"전 좋아요, 시간 돼요."

지호 씨가 말했다.

"미안해서 어쩌죠? 저는 선약이 있어요."

"어머, 지수 씨 혹시 그때 그 소개팅남이랑 데이트?!"

수민 씨는 호들갑스런 목소리로 말했다. 나는 난처해졌다. 팀장님
과의 저녁 약속을 숨겨야 한다는 사실이 불편했다. 그렇다고 사실
대로 말할 수도 없는 나는 대충 얼버무렸다.

"지호 씨, 데이트는 어쩔 수 없네요. 우리가 백번 이해. 백번 양보해
야죠 뭐."

수민 씨는 자신의 틀린 예감을 믿어 의심치 않는다는 듯, 유쾌하게
말했다.

퇴근 후 나는 팀장님이 알려주신 장소로 갔다. 나보다 조금 일찍
퇴근한 팀장님은 먼저 도착해 있었다.

"지수 씨, 여기야."

내가 테이블에 앉자 팀장님은 맥주부터 따르며 말했다.

"지수 씨가 술을 좀 하는가? 회식 자리에서는 술 마시는 걸 잘 못
본 것 같아서…"

"많이는 못 하고 조금은 마실 줄 알아요."

"그래? 오늘 지수 씨 좀 많이 마셔야 하는데?"

팀장님은 내가 따라갈 수 없는 속도로 맥주를 마시기 시작했다. 하
지만 건넨 말과 달리 나에게 술을 재촉하진 않았다.

"지수 씨, 의외야?"

"네? 뭐가요?"

"연말인데 내가 고깃집에서 맥주 마시는 거 말이야. 이탈리안 레스
토랑에서 와인 마실 거라고 생각하지 않았어?"

사실 정말 그렇게 생각했었다. 하지만 매우 고급스러워 보이는 옷을 입은 팀장님은 연기를 손으로 휘휘 내저으며 고기를 굽고 있었다.

"제가 구울게요."

"됐어, 내가 할게. 나 맛있게 잘 구워."

팀장님은 연거푸 맥주잔을 비우고 계셨다.

"팀장님, 술 너무 많이 드시는 거 아니에요?"

"아니야, 지수 씨. 오늘은 실컷 마실 거야. 대리 불러서 집에 가면 되지 뭐."

팀장님은 세상에서 제일 쿨한 사람이 되어 있었다. 그동안 한결같이 보여줬던, 완벽한 인간의 모습을 깨트리고 싶은 사람처럼 말이다. 나에게 왜 저녁을 먹자고 했는지 모를 정도로 팀장님은 별말이 없으셨다. 간간이 음식과 술을 권할 뿐이었다. 나는 먹는 둥 마는 둥 먹는 시늉만 하며 자리를 지키고 앉아 있었다.

"지수 씨."

"네?"

"오늘 내가 왜 지수 씨한테 저녁 먹자고 한 줄 알아?"

팀장님의 목소리에서 취기가 느껴졌다.

"사실 잘 모르겠어요."

"31일에 혼자 저녁 먹고 앉아 있어봐. 맛있겠어?"

팀장님은 오늘을 31일로 착각하고 있는 듯했다.

"아니다. 맛은 있을 수도 있겠다. 그지?"

"네? 네…"

"그래도 한 해의 마지막 날 혼자 있고 싶진 않지…"

나는 뭐라고 대답해야 할지 몰라 고개만 끄덕였다.

"31일에 다들 약속 있지? 안 그래?"

"팀장님도 친구랑… 아니면 가족들과 같이 보내시면 되죠."

"내가 그때 얘기하지 않았었나? 난 친구라는 개념을 잘 몰라. 학생
때도 공부만 했고 대학교 때도 취업 준비만 한 것 같고… 그렇게
입사한 회사는 친구라는 개념이 가당치도 않은 곳이고."

"네…"

"이 나이쯤 돼서 결혼 안 하고 있어봐. 연말이랍시고 부모님 뵈러
가면 그게 더 서글프게 해드리는 거야. 쟤는 저 나이 되도록 만나
는 사람도 없나 하시지. 안 그래?"

"네…"

팀장님의 길어진 말과 화려해진 손짓이 취기를 말해주고 있었다.

"지수 씨."

"네?"

"난 지수 씨가 편한가 봐."

"네?"

"어리숙해 보이는 지수 씨를 보면 꼴 보기 싫으면서도 친밀감 같은
것이 느껴진단 말이지…"

팀장님은 혼잣말하듯 말했다. 나는 팀장님의 속마음을 엿들은 듯한 기분이었다. 취한 팀장님도, 엿듣게 된 속마음도 어떻게 해야 할지 난처해졌다.

"아니면 지수 씨가 나를 모른 척하지 않아서 그런가?"

팀장님은 혼잣말로 말하던 친밀감을 눈빛으로 드러내며 말했다.

"네?"

"그렇게 하면 대부분 손절하거든?"

나는 무슨 말인지 바로 이해하지 못했다.

"내가 지수 씨한테 한 말들을 잊어버리진 않았을 거고, 가슴속에 콕 박혔을 건데… 잊어먹었을 리가 없지, 그렇지 않아?"

부정할 수 없는 사실이었다.

'… 그렇게 하면… 그렇게 하면…'

나는 팀장님의 "그렇게 하면"이란 말에서, 그동안 나를 혼란스럽게 했던 팀장님의 행동들, 알 수 없던 그 정체를 드디어 알 수 있었다. 팀장님의 이중적인 행동, 그것은 의도적인 것이었다.

'의도적이었던 거구나. 그런데 왜 그랬을까?'

나는 너무나 궁금해졌다. 반쯤 남은 맥주잔을 비운 뒤 나는 처음으로 먼저 입을 열었다.

"저… 팀장님."

"응."

"왜 그렇게 하셨는지 여쭤봐도 되나요?"

"뭐를?"

"그렇게 하면 대부분 손절한다고 하셨잖아요. 손절할 만큼 그렇게까지 하시는 이유 말이에요."

"아… 속이 궁금하잖아."

"네?"

"겉으로는 구분이 안 되잖아? 내 앞에서는 누구나 좋은 사람이 되니까 말이야. 그런데 몇 번 그렇게 해보면 알 수 있지. 계산된 상냥함인지 인간적인 상냥함인지 말이야. 한마디로 말하면 그 사람의 본성이 보고 싶은 거야."

나는 의아해졌다.

"그렇게 해서 그 사람의 본성을 알 수 있을까요?"

"무슨 의미야?"

"'역시 모두 가식적이야'라는 결론밖에 없지 않나요? 팀장님이 아니라 그 누구가 그렇게 한다고 해도 좋은 감정을 유지하기 어려울 테니까요. 결과적으로 팀장님은 역시 모두 가식적이라는 결론을 지속해서 확인할 뿐이죠."

팀장님은 갑자기 말이 없어졌다.

"그렇게 믿으시죠? 진실한 사람은 한 사람도 없고 모두가 가식적이라고요."

"지수 씨, 내가 그렇게 믿는 게 아니라 그게 현실이야."

"팀장님, 팀장님이 일부러 그렇게 안 만드시면 돼요."

"무슨 뜻이야?"

"비수처럼 꽂히는 말과 이중적인 행동으로 팀장님에게 반감을 갖도록 만드시잖아요. 처음부터 그렇게 만들지 않으시면 되죠. 팀장님 앞에서 팀원들은 좋은 사람일 수밖에 없으니까 팀장님께서 전제하고 있는 '다 가식적이야'라는 가정에서만 벗어나면 되는 것 아닌가요?"

팀장님은 말없이 술잔만 기울였다.

"지수 씨가 처음이었던 것 같아."

말없이 술잔만 기울이던 팀장님이 입을 열었다.

"대외적 이미지와 실체의 이중성, 그 역겨움을 느꼈음에도 불구하고 손절하지 않은 거 말이야. 오늘도 봐. 지금까지의 선례로 보면 없던 약속을 만들어서라도 거절했을 거야. 그런데 지수 씨는 아니었잖아?"

"팀장님이 설계한 각본에서 벗어난 건 제가 처음인가요?"

팀장님은 쓸쓸한 웃음을 지으며 한 잔을 더 마셨다.

"지금 이해했어요. 왜 팀장님이 저한테 오늘 저녁을 먹자고 하셨는지 말이에요."

"그래?"

"팀장님을 손절할 것이란 기대에 제가 어긋났으니까요. 바꿔 말하면 유일하게 팀장님이 손절당하지 않았다고 느끼는 사람이 저였던 거죠."

팀장님은 고개를 끄덕였다.

"그런데 팀장님, 왜 제가 팀장님을 손절하지 않았다고 생각하세요?"

"어?"

팀장님은 당황한 듯 보였다.

"아니었나? 내가 착각한 거였나?"

팀장님의 표정이 일순간 굳어졌다.

"제가 손절했다는 게 아니라 팀장님이 무엇 때문에 손절하지 않았다고 느끼셨는지 궁금해서요."

"기차 안에서 내 얘기를 꺼냈을 때 지수 씨가 귀를 기울인다고 느꼈거든. 처음이었던 것 같아. 팀장이 아닌 인간 김미영으로 대한다는 느낌은 말이야."

나는 기차 안에서 학창 시절을 이야기하던 팀장님의 얼굴이 떠올랐다. 감출 수 없는 외로움이 묻어 있던 얼굴 말이다. 나는 팀장님에 대한 솔직한 내 마음을 얘기하지 않았다. 얘기할 필요가 없는 것이었다. 왜냐하면 내일이면 오늘의 대화는 사라져 있을 테니까 말이다. 팀장님의 기억 속에서 말이다.

"팀장님, 술 더 드실 거예요?"

"응? 더 마셔야지. 아직 시간이 얼마 되지도 않았는데…"

"벌써 12시 다 돼가요, 팀장님."

"아, 그래? 지수 씨 약속 있어?"

"아니요. 그게 아니라 너무 많이 취하신 것 같아서요."

팀장님은 다 비우지도 않은 술잔을 계속해서 채우고 있었다.

"아닌데? 그럼 딱 한 잔만 더 마시자."

나는 자리에서 일어나지 않으려는 팀장님을 겨우 부축해 나왔다. 택시를 탄 팀장님은 취중에도 집 주소를 정확히 말하고 잠이 들었다. 잠이 든 팀장님은 집에 도착한 후에도 일어나지 못했고 나는 하는 수 없이 현관문까지 부축해주었다. 간신히 집 비밀번호까지 누른 나는 얼른 소파에 눕혀드린 뒤 나가려 했다. 그때였다.

"지수 씨."

팀장님은 잠결인지 아닌지 손을 저으며 말했다.

"고마워."

나는 다시 택시를 탔다. 차창 밖으로 조용히 흘러가는 강물과 그 강물을 비추고 있는 가로등 불빛이 보였다. 마음이 이상했다. 팀장님에 대한 연민이 느껴졌다.

'팀장님한테 왜 이런 마음이 드는 거야. 나한테 어떻게 했는데!'

이튿날 아침, 출근한 팀장님은 어제 일은 다 잊은 듯 평소와 같은 모습이었다. 다만 탕비실에서 마주쳤을 때 팀장님은 처음 들어보는 조심스러운 목소리로 말했다.

"어제 나 실수한 거 없지?"

"없으셨어요."

"그렇지? 내 기억에도 없긴 한데 혹시나 해서 물어봤어."

"네."

"그런데 어제 나, 집에는 혼자 갔지?"

그렇다고 해야 할 것 같았다.

"네, 혼자 가실 수 있다고 하셔서 제가 주소만 택시 기사님께 알려
드렸어요."

"그럼 됐어. 혹시나 신세 진 일이 있나 했지, 알겠어."

팀장님은 가벼운 마음이 된 듯 탕비실을 나갔다.

✉ 지수 씨, 오늘 7시에 거기서 봐요. 우리 만나는 곳 알죠? 지민
씨, 태현 씨도 오기로 했어요.

점심시간에 온 소영 씨의 메시지였다.

올해 마지막 퇴근길, 한 해의 마지막 날이라는 생각은 도시의 강렬
한 네온사인마저도 파스텔색처럼 보이게 했다. 모든 것이 지나가고
난 뒤에 느껴지는 아련한 마음처럼 말이다. 약속 장소에는 태현 씨
가 제일 먼저 도착해 있었다.

"일찍 왔네요? 잘 지냈어요?"

"어, 왔어?"

태현 씨는 여전해 보였다.

"시간이 왜 이렇게 빠르냐? 언제 한 해가 갔나?"

"그러게 말이에요."

"지수야, 시간이 쉬지 않고 흘러가지? 이게 얼마나 다행인지 아
니?"

"왜요?"

"고통에서 발악하는 사람이든, 인생의 황홀함에 빠져 있는 사람이든, 시간은 모두를 원래의 자리로 데려다놓거든."

"네…."

"네가 인생 선배의 말을 이해하겠니?"

태현 씨는 자못 진지했던 게 쑥스러운 듯 농담을 했다. 그때 소영 씨와 지민 씨가 들어왔다.

"오빠 잘 지냈어? 아니 회사 그만두니 편한가 봐? 살찐 거 같아."

지민 씨가 태현 씨를 툭 치며 말했다.

"야, 이게 다 스트레스 살이야. 네가 백수의 심정을 아니?"

"아닌데? 얼굴이 완전히 폈는데?"

"너랑 말을 안 해야겠다."

말로는 이길 수 없다는 듯 태현 씨가 말했다.

"소영아, 잘 지냈어?"

"네, 잘 지냈어요. 오빠는요?"

"나야 뭐 방황하는 백수로 살고 있지."

태현 씨는 결코 아무렇지도 않다는 듯 웃으며 말하고 있었다. 주문한 음식이 나오고 술잔도 채워지자 태현 씨는 건배사를 외쳤다.

"올해 다들 고생했고 내년엔 뭘 하든 승승장구합시다. 파이팅!"

술잔을 비운 뒤 태현 씨가 말했다.

"어떻게 31일에 우리가 만나고 있냐? 너희는 만나는 사람도 없니?"

태현 씨가 말했다.

"그러는 오빠는?"

지민 씨가 되받았다.

"나는 지금 연애할 때가 아니잖아. 취직만 하면 뭐 나 정도면 괜찮지 않냐?"

"그렇다면 회사 다닐 때는 왜 여자 친구가 없었을까?"

"내가 눈이 높아서 그런 거야, 인마."

"아, 그러셨어요? 언제부터 눈이 높았을까?"

지민 씨는 재미있다는 듯 태현 씨를 놀렸다.

"그런데 나는 정말 눈이 높아서 남자 친구가 없는 것 같아."

지민 씨가 이건 정말 사실이라는 듯 말했다.

"눈이 얼마나 높은데요?"

듣고 있던 소영 씨가 웃으며 말했다.

"일단 삼박자를 다 갖춰야 하거든요. 삼박자가 뭐냐, 인물, 능력, 집안이죠."

"야, 그런 사람이 왜 너를 만나겠냐?"

태현 씨가 말했다.

"왜 나를 만나다니? 그런 사람이 당연히 나를 만나지, 그럼 누구를 만나겠어?"

지민 씨의 당당한 대답에 우리는 웃음이 터졌다.

"아니, 안 그래요? 내가 뭐 어때서? 지수 씨가 말 좀 해봐요."

"맞아요. 지민 씨 정도면 얼마든지 삼박자 고루 갖춘 사람 만날 수 있죠. 뭐 하나 빠지는 게 없잖아요."

내가 맞장구쳤다.

"그런데 다들 남자 친구 없어요?"

지민 씨가 말했다.

"저는 있습니다."

소영 씨가 조용히 손을 들며 말했다.

"소영 씨 정말? 언제요?"

나도 아직 듣지 못한 얘기였다.

"얼마 안 됐어요. 말할 기회가 없었어요."

"잘됐네요. 축하해요."

내가 말했다.

"소영 씨 좋겠다. 진짜 부럽다. 어떻게 만났어요?"

지민 씨는 온 신경을 집중한 듯 눈을 반짝이며 말했다.

"너는 누구든 선택해서 만날 수 있다면서 부럽긴 뭐가 부럽냐?"

이 타이밍을 놓치지 않고 태현 씨는 지민 씨를 놀려댔다.

"소영이는 너무 착해서 내가 확실히 한번 들어봐야겠는데 어떤 사람인지?"

마치 큰오빠라도 된 듯 태현 씨가 말했다.

"아, 주말에 봉사활동하면서 알게 됐어요. 계속 마주치다 보니 그렇게 됐어요."

소영 씨는 웃으며 말했다.

"그 봉사활동 아직도 가고 있어?"

태현 씨가 놀란 듯 물었다.

"네."

소영 씨가 웃으며 대답했다.

"그때 말한 유기견 봉사활동 말하는 거죠?"

내가 말했다. 소영 씨가 고개를 끄덕였다.

"진짜요? 서로 공감대가 있으니까 잘 맞겠다. 그런데 남자 친구는 뭐 하는 사람이에요?"

지민 씨가 말했다.

"제가 봉사 나가는 유기견 단체 직원이에요."

"아…."

지민 씨는 순간 말끝을 흐렸다.

"정말 최고의 만남이다. 그죠? 소영 씨는 유기견 봉사활동에 진심이고 남자 친구분은 그 활동을 지원하는 사람인 거잖아요."

하지만 지민 씨는 언제 눈을 반짝였냐는 듯 더는 소영 씨의 남자 친구에 대해 관심을 두지 않았다.

"지수 씨는? 지수 씨는 만나는 사람 없어요?"

"없어요."

내가 대답했다.

"소영이가 워낙 착하니까 남자 친구도 심성 착한 사람이겠지. 소영이는 누구를 만나든 내가 걱정을 안 하는데… 지수도 그렇고. 지민이 너는 좀 걱정된다."

"왜? 뭐 때문에 내가 걱정되는데?"

지민 씨가 궁금하다는 듯 말했다.

"너는 겉을 많이 보잖아, 겉. 겉이 속을 보여주냐? 너 저번에 만난 사람도 그렇게 좋다더니 막상 만나보니 날라리였다며?"

"그건 내가 그때 잠깐 사람을 잘못 본 거지."

"그게 아니라 네가 이성을 판단하는 기준 자체가 문젠 거지."

"내 기준엔 아무 문제가 없어. 명확하거든. 모호한 게 문제지 분명한 기준이 있는데 뭐가 문제야?"

"그러니까. 내 말은 그 기준이 뭐냐고."

"기준? 필?"

"뭐? 필? 차라리 삘이라고 해 인마."

"문제는 내가 필이 꽂히는 사람은 나쁜 남자가 많다는 거지."

지민 씨가 인정하듯 웃음을 터뜨리며 말했다.

"그런데 왜 지수는 남자 친구가 없어? 지민이가 없는 건 이해가 되는데…"

"오빠, 뭐라고?"

지민 씨가 발끈하듯 말했다.

"농담이야, 농담."

"뭐 아직 인연을 못 만났나 봐요."

내가 대답했다.

"내가 객관적으로 남자 입장에서 봤을 때 말이야, 지수한테 호감 가지는 사람 많을 것 같은데?"

"어떤 점에서?"

나보다 지민 씨가 더 궁금한 듯 말했다.

"지수는 딱 보면 뭐랄까? 아직 대학생처럼 수수한 느낌이 있잖아. 그리고 같이 있으면 편한 스타일이잖아."

"오빠, 나는?"

지민 씨가 기대에 찬 목소리로 말했다.

"너? 너는 완전 사회생활 오래한 직장인 느낌이지. 완전 사회인."

연애 이야기도 잠시, 우리의 대화는 역시나 내년 상반기 태현 씨의 재취업 성공을 응원하며 끝이 났다.

*

토요일 아침, 나는 다시 초능력 정신과를 찾았다.

"안녕하세요."

"한 주간 잘 지냈나요?"

"그럭저럭요."

"그래요, 이번 시간에 무슨 얘기를 하기로 했는지 기억하시나요?"

"네, '나'라는 관념… 그 프레임으로부터 생기는 집착에 대해 얘기 해보자고 하셨어요."

"정확히 기억하고 있군요."

원장님은 미소를 지으며 말을 이었다.

"제가 이야기 하나 들려드릴까요?"

"무슨 이야긴데요?"

"추운 겨울, 눈이 내려 쌓여 있었어요. 한 사람이 길을 지나가다가 콕 찍어 맛을 보았어요. 그런데 짠맛이 났죠. 이 사람은 그때부터 쌓여 있는 이것이 소금이라고 생각했어요. 그리고 이것을 시장에 내다 팔면 이익을 남길 수 있겠다는 생각이 들었죠. 그때부터 이 사람은 열심히 쓸어 담기 시작했어요. 시장에 내다 팔 생각에 힘 든 줄도 모르고 수레에 가득가득 실었죠. 정신없이 쓸어 담다가 어 느 정도 실었는지 확인하려고 수레를 돌아봤을 때 수레 안은 물만 흥건한 상태였죠."

"네…."

"이 이야기는 무엇을 얘기하고 있는 걸까요?"

"글쎄요."

"'나'라는 프레임에 빠진 우리의 모습을 비유한 것입니다."

"네…."

"눈이 소금인 줄 알고 열심히 쓸어 담던 사람은 물만 흥건한 수레 앞에서 어떤 마음이었을까요?"

269

"아마 허망하지 않았을까요? 열심히 헛수고한 거니까요."

"바로 우리가 삶이 허무하다고 느끼는 이유죠. 우리 삶의 모습이 이렇습니다. 눈을 보고도 '나'라는 프레임에 갇혀 소금이라고 생각하죠. 눈을 눈으로 보지 못하기 때문에, 이익이 되는 행동이 무엇인지도, 자신이 선택한 행동이 허망한 행동인지도 모른 채 허망한 행동을 선택합니다."

"네…."

"만약 눈을 있는 그대로 보았다면 그저 즐기려 하지 않았을까요? 밟아보기도 하고 만져보기도 하면서 말이죠. 적어도 퍼 담으려는 노력은 하지 않았을 겁니다. 하지만 짠맛이 났다는 생각에 갇혀 소금이라 여겼고 이득을 남기려 힘들게 퍼 담기 시작했던 것이죠. 결과적으로 허망한 노력이었고 그 사람에게 남은 건 눈을 퍼 담느라 힘들었던 고통의 시간과 흥건한 물뿐인 허무함이었죠."

"네…."

나는 고개를 끄덕였다.

"여기서 우리는 허무한 인생이 되지 않기 위한 대전제 조건을 알 수 있습니다."

"그 말씀은 그 조건을 충족하면 삶이 허무하지 않을 수 있다는 건가요?"

"그렇죠, 그렇기에 반드시 알아야 하죠."

"대전제 조건이 무엇인가요?"

"'나'라는 프레임, 이 굴레를 벗어나는 것. 다른 말로 하면 자신을, 타인을, 세상을 '있는 그대로' 인식할 수 있어야 한다는 것이죠."

"네…"

"그럼 이제 조금 더 구체적으로 생각해볼까요?"

나는 고개를 끄덕였다.

"우리의 인식은 무엇으로부터 시작될까요? 생각해본 적 있나요?"

"글쎄요."

"'나'로부터 시작합니다. 나, 나의 가족, 나의 친구, 나의 집, 나의 물건 등 모든 것이 '나'에서 출발하죠. 일상생활의 모든 것이 '나'라는 인식을 바탕으로 일어난다고 해도 과언이 아닙니다. 세상은 '나'와 '타인'으로 이루어져 있음에도 불구하고 '나'라는 존재가 모든 인식 작용의 바탕이 되는 것, 이것이 바로 '나'라는 관념에 대한 집착 프레임입니다."

"네…"

"우리는 세상을 살아간다고 생각하지만 사실은 세상을 살아가지 않습니다. 자신이 '인식하는 세상'을 살아가죠. 내가 인식하는 나의 세상을 다른 사람이 살 수 있을까요? 없죠. 나를 제외한 그 누구도 '나'라는 프레임 속의 내 세상을 살 수 없습니다. 모두가 내 마음 같지 않다며 한탄하지만 사실 본래 그런 것입니다. 우리 모두 각자의 '나'라는 세상을 살아가니까요."

"네…"

"그럼 반대로 한번 얘기해볼까요? '나'라는 프레임 속의 내 세상이 아닌 '있는 그대로'의 세상을 살아가려면 어떻게 해야 할까요? 간단합니다. 내가 '나'라는 프레임에서 벗어나면 되는 것입니다."

"네…"

"'나'라는 프레임에서 벗어나면 어떤 점이 좋을까요?"

"글쎄요."

"우리는 벗어나 본 경험이 없으니 알지 못하는 게 당연합니다."

그가 웃으며 말했다.

"하지만 간접적으로 경험할 때가 있습니다. 자신이 믿는 절대자 앞에서죠. 불상 앞에 선 사람도, 십자가 앞에 선 사람도 마음이 편안해진다고 하죠? 다른 어떤 만남과 비교해도 차원이 다른 편안함을 느끼게 됩니다. 그 이유가 뭘까요?"

"믿음이 있으니까 그런 것 아닐까요?"

"그보다 더 분명한 이유가 있습니다."

"그게 뭔가요?"

"절대자는 '나'라는 것을 드러내지 않기 때문입니다. 즉, 절대자는 '있는 그대로' 계실 뿐이죠. 절대자는 그저 '나'를 내세우지 않을 뿐인데 우리는 깊은 속마음을 이해받은 듯 느낍니다. 그렇기에 위로가 되죠."

나는 고개를 끄덕였다.

"아이러니하게도 절대자는 아무 작용도 하지 않습니다. 그렇기 때문에 모든 작용을 다 할 수 있는 것입니다. 아무런 말도 하지 않기에 모든 사람의 부름에 대답할 수 있습니다. 사람들은 '있는 그대로' 즉, 여여(如如)하게 존재하는 절대자 앞에서 '나'라는 프레임, 그 집착으로 인한 마음의 방어와 긴장을 풀게 되고 평안함을 느낍니다."

"네…."

"여기서 한 가지 질문을 해볼까요?"

"뭔가요?"

"여여함을, 절대자를 통한 간접 체험이 아니라 직접 체험해본다면 그때 느낄 수 있는 마음의 평안, 그 이익은 어떨까요?"

"글쎄요…."

"인간이 누릴 수 있는 완전한 평안이라고 해도 과언이 아닐 겁니다. 왜냐하면 세상을 인식하는 프레임 자체가 바뀌는 것이니까요. 그 무엇과도 조화를 이룰 수 있는 바탕으로 말이죠."

*

집으로 돌아오는 길, 전화벨이 울렸다. 민준 씨의 전화였다. 첫눈이 내리던 그날 이후, 나는 그가 김민준이라는 사람으로 느껴졌다. 어느 별에서 포스트잇을 보내오던 사람이 아니라 말이다.

"여보세요."

"지수 씨, 뭐 하고 있어요?"

"외출했다가 집으로 가는 길이에요."

"오후에 다른 약속 없어요?"

"네."

"그럼 같이 서점 갈래요? 서점 갈 일이 있는데 지수 씨 생각이 나서 연락했어요."

"네, 좋아요."

"그럼 지금 출발할게요. 빅 서점 앞에서 만나요."

잠시 후, 택시는 집 앞에 도착했고 나는 서둘러 계단을 뛰어오르기 시작했다.

'그 치마를 어디다 뒀지? 아, 머리. 아침에 감을 걸. 어떡해.'

현관에 도착한 나는 신발은 벗어던진 채 서랍장부터 확인했다. 다행히도 입으려는 옷은 서랍장 안에 단정하게 놓여 있었다. 나는 베이지색 코듀로이 롱 치마를 입고 그보다 조금 연한 색의 카디건을 입었다. 그리고 검은색 코트를 걸치고 거울 앞에 섰다. 다행히 감지 않은 머리치고 머릿결은 자연스러워 보였다. 빗으로 머리를 쓱쓱 빗은 나는 신발장에서 검정색 플랫슈즈를 꺼냈다. 가장 아끼는 플랫슈즈를 털어 신고 현관문을 바로 나서려던 그때였다.

'아, 귀걸이를 하고 갈까?'

화장대 서랍 한 켠에 놓여 있는 귀걸이가 떠올랐다. 언젠가 현주에게 생일 선물로 받은, 선물에 대한 예의로 한 번 착용한 것이 전부인 귀걸이를 하고 집을 나섰다.

서점 앞, 북적이는 사람들 사이에 민준 씨가 서 있었다.

"민준 씨."

내 목소리에 돌아본 민준 씨는 조금 놀란 눈치였다.

"지수 씨, 오늘 분위기가 달라 보이는데요?"

"아, 그래요?"

나는 잘 모르겠다는 듯 대답했다.

"어쨌든 너무 잘 어울리세요."

그가 웃으며 말했다.

"고마워요."

"들어갈까요?"

그가 회전문을 밀며 말했다.

"지수 씨, 보고 싶은 책 편하게 보고 있어요. 아마도 난 2층으로 가 봐야 할 것 같아요."

"알겠어요."

그는 2층으로 올라가는 에스컬레이터를 탔고 나는 1층에 남았다.

'문학 코너가 이쯤이었던 것 같은데…'

문학책 코너를 찾던 나는 누군가 읽고 아무데나 올려놓은 듯 뜬금 없는 곳에 툭 놓여 있는 책에서 시선이 멈췄다. 그리고 민준 씨가 다시 내려올 때까지 그 자리에 머물렀다.

"지수 씨, 여기 있었네요?"

"네, 책 고르셨어요?"

"다행히 찾았어요. 무슨 책 보고 있었어요?"

"아, 이 책이 눈에 띄어서요."

책 제목을 확인한 그는 조금 놀란 듯한 표정이었다.

"지수 씨, 이 책 재미있어요?"

"심심해 보이는 표지보다 훨씬요."

"그래요?"

곰곰이 생각하는 듯한 표정을 짓던 그는 알 수 없는 미소를 지었다.

"왜요? 민준 씨도 이 책 읽어본 적 있어요?"

"아니요, 읽어본 적은 없지만 들어본 적은 있어요."

"누구한테서요?"

"그녀한테서요."

"그녀요? 아, 밤을 닮은 그녀 맞죠?"

민준 씨가 고개를 끄덕이며 말했다.

"이 책은 정말 특별한 책이라고 하더라고요."

"특별한 책이요?"

"이 책을 읽는 사람은 분명 마음의 이익을 얻을 거라고 했어요. 그런데 그 얻는 바가 읽는 사람에 따라 천차만별일 것이라고 했죠."

"그래요?"

나는 이 책이 더 흥미로워졌다.

"지수 씨, 제가 이 책 선물해드릴게요."

그는 내 손에 있던 책을 받아 들었다. 그리고 계산을 마친 후 다시 건네주었다.

"민준 씨, 그분 말이에요. 민준 씨가 그녀라고 지칭하는 분…"

그는 나를 바라보았다.

"그녀는 너머를 보는 것 같았다고 했잖아요. 보이는 너머, 들리는 너머… 그건 어떤 의미예요?"

그는 잠시 생각에 잠긴 듯했다.

"지수 씨는 삶의 속성이 뭐라고 생각해요?"

"삶의 속성이라… 글쎄요."

"아마 양면성 아닐까요? 이를테면 반복되는 일상 속의 낯선 순간, 현실 속에서 꿈꾸는 이상, 정해진 운명과 극복해 나가려는 의지 같은 것들이죠."

나는 고개를 끄덕였다.

"너머를 본다는 건 현상에만 머무르지 않는다는 말이에요. 현상 너머에 있는 삶의 양면성, 그 양면성을 그녀는 알고 있었죠."

"네…"

"그녀는 이렇게 말했어요."

"어떻게요?"

"매일 반복되는 것처럼 보이는 일상도 루틴이 반복적일 뿐 그 속성은 매일 매일이 다른 것이라고 했죠."

다람쥐 쳇바퀴 도는 듯한 일상에 권태로움을 느끼던 나는 루틴이 반복적일 뿐 속성은 매일 다르다는 그의 말이 뇌리에 박혔다.

"무어라 정의내릴 수 없는 그녀만이 가진 특별한 그 무언가, 그 무언가가 뭘까, 항상 궁금했었어요. 그런데 이 얘기를 듣고 깨달았죠."

"그게 뭐였는데요?"

"결코 시들지 않는 꽃처럼 피어 있다는 것이었어요. 모든 순간 순간을… 말이죠."

나는 전율을 느꼈다. 결코 시들지 않는 꽃, 내가 눈으로 보았던 것이었다. 나무집 비밀의 정원, 그곳에서 말이다. 하지만 민준 씨는 본 적 없는, 아마도 눈으로 보지 못했을 그 꽃을 한 사람을 통해 본 듯했다. 나는 언젠가 원장님께 더 이상 하지 못했던 질문을 민준 씨에게 하고 싶어졌다.

"민준 씨, 결코 시들지 않는 꽃이 어떻게 가능한 걸까요?"

"시들어버리는 순간이 결코 피어나던 순간과 다르지 않다는 것을 알면 가능하지 않을까요?"

"네? 어떻게 다르지 않을 수 있어요? 아, 혹시 민준 씨 시들어버린 꽃 본 적 없어요?"

그는 웃음을 터뜨리며 말했다.

"지수 씨, 내 방에서 처참히 시들어버린 졸업식 꽃이 몇 다발이었는지 알아요? 하하."

"아, 하긴 그렇죠?"

내가 머쓱한 웃음을 지을 때였다.

"눈으로 보면 당연히 다를 수밖에 없어요. 점점 떨어져가는 꽃잎을 부정할 순 없으니까요."

나는 고개를 끄덕였다.

"그런데 만약에 말이에요. 꽃잎이 달랑 한 장 남은 여윈 꽃이 이렇게 말해요. '어제는 꽃잎이 두 장인 순간을 살았지만 오늘은 한 장인 순간을 살고 있어. 꽃잎이 한 장인 순간은 처음이야. 지금껏 그런 적이 없었거든. 그러니까 나는 지금 새로운 순간을 살고 있는 거야'라고 말이에요. 자, 이 꽃은 시들어버린 꽃일까요, 결코 시들지 않는 꽃일까요?"

"네…."

나는 차가운 겨울바람에 몸을 맡긴 채 아름답게 물결치던 비밀의 정원이 떠올랐다. 그리고 그 아름다움 너머, 내가 미처 보지 못한 무한한 생명력이 있음을 깨달았다.

"밤을 닮은 그녀 말이에요. 지금도 여전히 그러한 모습으로 살아가고 있을까요?"

"아마도 그럴 겁니다."

그가 확신하듯 말했다.

"네… 민준 씨는 삶의 기준이 있나요?"

나는 문득 궁금해졌다.

"있습니다."

한 치의 망설임도 없이 나온 즉답이었다.

"뭔가요?"

"죽을 때 누구보다 부자가 되자."

그가 웃으며 덧붙였다.

"공수래공수거 들어봤죠? 육체가 사라지는, 모든 것이 공수거가 되는 순간, 유일하게 남겨지는 것."

"그런 게 있어요?"

"아마도, 내 영혼에 심어놓은 것이 되겠죠?"

"아, 네…."

"죽을 때 부자가 되려는 사람은 배우자로는 불합격이죠?"

"네?"

"요즘 배우자의 기준이 30평대 이상의 자가를 가지고 있고, 웬만한 중형차를 소유하고, 아이들 교육에 아낌없이 투자할 수 있는 재력과 취미 활동을 하며 여가를 즐길 수 있는 여력이 있어야 된다던데요?"

웃으며 말한 그는 궁금하다는 듯 말을 이었다.

"지수 씨는 어떻게 생각해요? 가난한 이상주의자와 함께하는 미래 말이에요."

"솔직히 말하면… 쉽게 대답하긴 어렵네요."

"굉장히 쉬운 대답을 알려드릴까요?"

나는 궁금하다는 표정으로 그를 바라보았다.

기범이의 유일한 바람은 이것이었다. 영혼이 온전히 기대 쉴 수 있는 단 한 사람을 만나는 것. 그는 이것이 운명이라고 믿었다. 의미 없는 만남은 운명적 만남을 퇴색시킬 뿐이라고 생각한 그는 언제나, 누구에게나 거리를 두었고 필연적으로 외로움과 고독에 놓일 수밖에 없었다. 그럴수록 그는 더욱 운명적 만남을 갈구했고 매일 밤 꿈속에서 찾아 헤매었다. 하지만 나는 그의 간절함에서 비극을 느꼈다. 그가 그토록 간절하게 찾고 있는 운명의 실체는 실제 존재 여부와는 상관없는, 기범이의 환상에 지나지 않는 것이기 때문이다. 제멋대로 펼쳐지는 내면의 깊은 환상 말이다.

"기억나죠?"

"물론이죠."

3년 전, 그와 함께 읽었던 『운명』에 나오는 구절이었다.

"그런데 이 구절을 외우세요?"

"그럼요. 간절히 외우고 있죠. 왜냐하면… 제가 꿈꾸는 유일한 것이거든요."

"네…."

"그만 일어날까요?"

민준 씨와 함께하는 시간은 언제나 짧게 느껴졌다. 그의 이야기는 내 의식의 범위를 넓혀주었고 그것은 매번 신선한 기분이었다. 그는 우리 집까지 바래다주었고 그와 헤어지려던 그때 그가 다시 나를 불렀다.

"지수 씨."

"네?"

"오늘 정말 예뻤어요."

"그리고 아마… 지수 씨일 거예요."

"뭐가요?"

"제가 간절히 외우고 있는 그 구절이 현실에서 일어난다면요."

"…"

나는 서둘러 차로 뛰어가는 그를 멍하니 바라보았다. 나의 가슴은 조용하지만 터질 듯이 뛰고 있었다.

'제가 간절히 외우고 있는 그 구절이 현실에서 일어난다면요.'

그가 완전히 사라진 뒤에도 민준 씨의 마지막 말은 내 안에 울려 퍼지고 있었다. 마치 끝없이 듣고 싶은 노래처럼 말이다.

*

주말이 지나고 새로운 한 주가 시작되었다.

"지수 씨, 배드 모닝."

수민 씨였다.

"왜 월요일 아침부터 배드 모닝이에요?"

"월요일 아침이잖아요, 월요일. 참, 이달 말에 고과 점수 나오는 거 알죠? 그래서 이번 주에 팀장님 면담 있대요."

"그래요?"

"우리는 제일 마지막에 하게 되겠죠? 진급 케이스가 아니니까요. 이번에 정 대리님이랑 이 대리님 진급하셔야 할 텐데… 그죠? 두 분 다 지난해에 미끄러지셨잖아요. 진급 케이스에서 미끄러지면 일할 맛 뚝 떨어질 것 같지 않아요?"

이날 오전 전체 회의 시간, 팀장님은 면담 스케줄을 공유하셨고 첫 번째는 정 대리님이었다. 정 대리님은 지난해 우리 팀에서 업무 성과가 가장 좋았다. 그것은 모두가 알고 있는 사실이었다. 정 대리님은 맡은 업무만큼은 확실히 해내는 게 자신의 자존심이라고 생각하는 사람이었다. 며칠 전 점심시간, 차 대리님이 조용한 퇴사에 대해 얘기를 꺼냈을 때였다.

"요즘 조용한 퇴사라는 말이 유행이라더라. 임금 때문에 일을 그만 둘 순 없고 또 고작 쥐꼬리만 한 임금 때문에 정년이 보장되지도 않는 회사 일에 자신의 열정을 쏟아붓고 싶지 않다는 거지. 월급 때문에 어쩔 수 없이 볼모 잡히듯 보내는 시간에 대한 발악이라는 생각이 들어."

이 말은 들은 정 대리님이 말했다.

"조용한 퇴사가 뭐야? 열심히 일하기 싫은 걸 그럴듯한 개념으로 포장한 거 아니야? 출근해서는 딴짓하고, 하루 업무가 마무리도 안 된 상태에서 퇴근 시간이라고 퇴근해버리는 건 책임 있는 사람이라면 선택하면 안 되는 행동이야, 안 그래? 부당한 업무가 있으면 당당히 문제 제기를 해야지, 조용한 퇴사가 뭐야? 한마디로 월급은 포기 못 하겠지만 회사 일은 하기 싫으니 들키지 않게 딴짓하며 시간 때우겠다는 거 아니야? 회사에 뼈를 묻든 안 묻든 그게 중요한 게 아니야. 스스로한테 당당한 태도로 살아가느냐 그 문제야."

하지만 면담을 마치고 나온 정 대리님의 얼굴은 굳어 있었다.

"정 대리, 면담 잘했어?"

박 과장님의 물음에도 묵묵부답하더니 사무실 밖으로 나가버렸다. 오후에는 이 대리님 면담이 있었다. 이 대리님은 지난해 진급 케이스였지만 실패했다. 올해는 꼭 진급해야 한다고 항상 입버릇처럼 말씀하셨지만 눈에 띄는 업무 성과를 내지는 못했다. 그래서 올해 진급하기 위해서는 팀장님의 배려가 절실했다. 밀린 차를 먼저 출차해주는 배려 말이다. 면담을 마치고 나온 이 대리님의 얼굴엔 배려받은 기색이 역력했다. 고과 점수나 면담 내용은 공개적으로 말하지 않는 것이 원칙이지만 드러나는 표정까지 가릴 순 없었다. 그날 퇴근 무렵 지호 씨가 말했다.

"오늘 표정 보니 딱 알겠죠?"

"뭐가요?"

수민 씨가 말했다.

"정 대리님과 이 대리님 고과 점수 말이에요."

"정 대리님은 표정이 안 좋아 보였는데… 이 대리님은 올해 진급하실 수 있을까요? 하셔야 할 텐데…"

지호 씨가 정색하며 말했다.

"그렇게 생각해요?"

"지난해 미끄러지셨잖아요. 올해는 해야죠."

"그런 생각 때문에 불공정이 생기는 거예요."

"네?"

"아니, 지난해에 진급 못 했다고 올해 진급할 수 있도록 배려해주면 엉뚱한 사람이 피해를 보게 되잖아요. 생각해봐요. 아마 이 대리님이 진급할 수 있으려면 정 대리님은 A를 못 받으실 걸요. 두 사람에게 A를 줄 수는 없거든요. 그런데 실제 업무 성과로는 정 대리님이 당연히 A를 받으시는 게 맞잖아요. 밀린 차 먼저 빼내주는 게 맞다는 식의 관행 때문에 고과 점수에서 밀리면 정 대리님은 얼마나 억울하겠어요? 아무리 일 잘하는 정 대리님이라도 일할 맛 싹 사라지겠죠."

"아, 그래서 아까 정 대리님 표정이 그랬나?"

"아마 그랬을 걸요? 우리 회사가 생각 외로 업무 성과로만 냉정히 판단하는 게 아니라 받는 사람 입장에선 배려고 옆 사람 입장에서는 피해인 관행이 있더라고요."

지호 씨는 마치 자신의 일인 듯 흥분하며 말을 이었다.

"그래서 죽어라 일만 열심히 하면 미끄러지지 않겠지란 생각은 정말 단순한 생각이에요. 변수가 너무 많거든요. 그중 가장 큰 변수는 아무래도 줄이겠죠, 줄."

"줄이요?"

"나를 끌어줄 라인 말이에요. 라인. 회사에서 자리 잡으려면 확실한 라인이 무엇보다 중요하죠."

팀장님의 면담이 계속되는 일주일 동안 면담 결과에 대해 공개적으로 언급하는 사람은 아무도 없었다. 팀장님 방에 들어갈 때와 나올 때 표정이 조금씩 달라지긴 했어도 공개적으로 이의를 제기하거나 문제 삼는 사람은 없었다. 관행이라는 이유로, 또 자신이 밀린 차가 될 수도 있다는 불안함 때문이었다. 마지막 면담자는 나였다. 나의 고과 점수는 신입사원 프레젠테이션 후 느낀 그 느낌 그대로였다. 고과 점수를 알려준 팀장님은 뜻밖의 얘기를 꺼내셨다.

"지수 씨, 혹시 부서 옮기고 싶은 마음 있어?"

"네?"

생각지 못한 얘기였다.

"지수 씨가 우리 팀에 온 거는 자의가 아니었지, 그지?"

"네…."

"지수 씨가 처음에 지원했던 부서에 자리가 있다고 들었어. 지수 씨가 원하면 내가 그쪽 팀장과 얘기해볼게. 생각해보고 얘기해줘, 다음 주까지."

다시 돌아온 토요일, 나는 초능력 정신과 원장님과 마주 앉았다.

"지난 시간에 나누었던 얘기를 정리해볼까요?"

"네."

"지난 시간에 우리는 '나'라는 프레임, 그 집착에 대해 얘기를 나누었습니다. 여기서 벗어나야 하는 이유는 이 프레임이 현실을 왜곡하게 만들기 때문이었습니다. 이것을 반대로 말하면 이 프레임에서 벗어나면, 왜곡되지 않은 '있는 그대로'를 보게 된다는 말과 같습니다. 즉, 동전의 양면을 모두 볼 수 있게 되는 것이죠."

나는 고개를 끄덕였다.

"왜곡되지 않은 있는 그대로 보는 것. 그것이 바로 고통에서 벗어나는 근본적인 방법이죠."

"고통에서 벗어나는 근본적인 방법이라고요?"

"고통이라는 것은 객관적인 실체가 없습니다. '나'라는 프레임 속에서 현실을 보니 현실과 어긋나기 때문에 고통스러운 것입니다. '나'라는 프레임 속에 있으면 필연적으로 현실과 어긋날 수밖에 없습니다. 왜냐하면 '나'라는 프레임이 불러일으키는 '나'라는 집착 때문이죠."

"네…."

"혹시 장미꽃과 들꽃의 대화를 들어본 적이 있나요?"

"아니요."

"장미꽃은 말없이 장미꽃이 되고 들꽃은 말없이 들꽃이 되니까요."

"혹시 사람들의 대화를 들어본 적이 있나요?"

"네."

"누군가는 자랑하고 누군가는 부러워합니다. 누군가는 우월함을 뽐내고 누군가는 열등감을 느낍니다. 누군가는 자기애에 빠져 있고 누군가는 자신을 가치 없는 존재라고 여깁니다."

나는 고개를 끄덕였다.

"장미꽃과 들꽃, 사람의 차이점이 무엇일까요?"

"글쎄요."

"자연은 '나'라는 관념에 집착하지 않습니다. 장미꽃이 들꽃에게 '내가 장미꽃이라는 꽃인데, 너 장미꽃 알지? 장미가 얼마나 화려하고 이쁜지… 너도 인정할 수밖에 없을 거야. 비록 내가 베르사유 궁전의 장미꽃은 될 수 없겠지만 나 정도면 쉽게 시들진 않아. 영원히 아름답다는 얘기지'라는 말을 하지 않습니다. 그저 타고난 자신의 모습을 최대한 발현할 뿐 나를 주장하지도, 남과 나를 비교하지도 않죠. 그저 여여하게, 즉 본연 그대로의 모습으로 존재할 뿐이죠."

나는 고개를 끄덕였다.

"사실 우리의 삶도 자연의 원리와 다르지 않습니다. 시간의 흐름에 따른 작용이 자연으로 보면 사계절로 나타나고 인간으로 보면 생로병사로 나타나죠. 어떤 나무도 왜 나무로 태어났는지, 어떤 꽃도 왜 꽃으로 태어났는지 알지 못합니다. 사람도 나는 왜 이러한 조건을 타고났고 저 사람은 왜 저러한 조건을 타고났는지 알지 못합니다. 그리고 자연도 사람도 타고난 성품이나 살아가는 환경 등 모두가 다릅니다. 그럼에도 불구하고 자연은 전체적인 조화를 이루고 사람도 온갖 삶의 모습 속에서도 조화를 이루며 살아가죠."

나는 다시 고개를 끄덕였다.

"우리 삶의 속성은 자연의 원리와 다르지 않지만 인간은 자연처럼 여여하게 살기가 참으로 어렵습니다. 인간만이 가지는 관념적인 집착 때문이죠."

"네…."

"자, 인간만이 가지는 관념적인 집착에서 인간은 벗어날 수 있을까요? 이 얘기는 다음 시간에 나눠보도록 하죠."

나는 생각에 잠긴 채 문을 닫고 나왔다. 나무집 밖으로 나가려던 그때 오랜만에 강아지가 나타났다.

"어머, 엄청 오랜만이다. 너."

반가운 듯 꼬리를 흔들던 강아지는 지난번처럼 바짓가랑이를 물고 당기기 시작했다.

"너 또 나 혼자 문 앞에 세워두고 가려고? 이번엔 안 속아."

나는 장난으로 넘어가 보려 했지만 강아지는 기어코 나를 또다시 왼쪽 벽면 문 앞에 데려다놓았다. 그런데 이번에는 혼자 되돌아가지 않았다. 그리고 왼쪽 벽 문을 향해 짖기 시작했다.

"여기 들어가 보고 싶어?"

강아지는 대답이라도 하듯 다시 짖어댔다. 나는 문을 열었고 강아지는 기분이 좋은 듯 꼬리를 흔들며 문 안으로 들어갔다. 나도 강아지를 따라 안으로 들어갔다. 카펫 그림은 몇 주 사이 다시 바뀌어 있었다. 이번엔 그림 속 모든 사람들이 길 위에 엎드려 있었다. 그리고 엎드린 사람들 위로 강렬한 빛이 형상화되어 있었다. 나는 그 빛에 시선이 멈추었다. 그 빛은 태양처럼 타오르는 강렬함이 아니었다. 그저 환한, 환한 빛이었다. 그럼에도 불구하고 범접할 수 없는 강렬함이 느껴졌다.

'이 빛은 뭐야…?'

*

집으로 돌아오는 택시 안, 볼품없이 횅해져버린 나무가 즐비하게 늘어서 있는 가로수 길을 지날 때였다. 전화벨이 울렸다. 전화벨의 주인공은 민준 씨였다.

"지수 씨…."

반갑게 전화를 받은 내 목소리와 달리 그의 목소리에서 피곤함이 느껴졌다.

"잠깐 시간 있어요? 같이 커피 마실까요?"

"좋아요. 어디서 볼까요?"

"제가 지수 씨 집 근처로 갈게요."

기다렸던 그의 연락이었다. 하지만 수화기 너머 들리는 그의 목소리는 이전과 달라져 있었다. 얼마 뒤, 일주일 만에 마주한 민준 씨의 얼굴은 수척해 보였다. 민준 씨는 애써 반가운 미소를 지어 보였지만 이전처럼 밝아 보이지 않았다. 따뜻한 차를 시킨 그는 찻잔을 감싸 쥔 채 말없이 앉아 있었다.

"민준 씨, 무슨 일 있어요? 얼굴이 안 좋아 보여요."

"아, 그렇게 보이나요?"

그는 옅은 웃음을 지어 보였다.

"지수 씨, 내가 아무 말 없이 앉아 있으면 불편하실까요?"

"아, 아니요. 전 괜찮아요."

"그럼 그렇게 좀 있어도 될까요?"

나는 고개를 끄덕였고 그는 마치 혼자 있는 듯 가끔 차만 마실 뿐 아무 말 없이 앉아 있었다. 어느 정도 시간이 흘렀을까, 그가 말했다.

"지수 씨, 3년 전 내 모습 기억나요?"

민준 씨를 다시 만난 후 까맣게 잊어버린 기억이었다.

"요즘은 가끔… 다시 예전의 내 모습으로 돌아갈 것만 같은 기분이 들어요."

생각지 못한 얘기에 대답을 찾지 못한 나는 고개만 끄덕였다.

"그녀를 만난 뒤 서서히 변한 내 모습에 내가 완전히 다른 사람이 되었다고 생각했어요. 그런데 아니었어요."

"무슨 일… 있으셨어요?

나는 조심스럽게 물었다.

"무슨 일이라는 건 항상 있으니까요. 다만 견뎌오던 모든 것들이 벅차게 느껴지네요. 결국 난 변할 수 없는 인간인가 봐요."

나는 그를 바라보았다.

"나약한 인간 말이죠. 불안과 두려움에 휘청거리는…. 휘청거리다 모든 걸 놔버리고 숨어버리고 싶은 비겁한 인간 말이죠."

"… 어떤 불안과 두려움인지 물어봐도 돼요?"

"그러게요, 어떤 불안과 두려움일까요? 금방이라도 숨이 막힐 것만 같은데 말이죠."

"이런 기분을 자주 느끼세요?"

완전히 다른 사람이 된 듯 변한 그의 모습에 지난 과거의 그림자는 생각조차 하지 못하고 있었다.

"네, 하지만 숨길 수 있죠. 지금처럼 무너질 때도 있지만요."

"네…."

"지수 씨, 현실을 동화처럼 살아가는 사람을 본 적 있어요?"

"글쎄요."

"아무도 그가 동화를 구현하고 있는 줄 몰라요. 그저 비웃을 뿐이죠. 아니면 괴짜 취급하거나요. 심지어 누군가는 그의 행동을 가식이라고 생각해요."

"네…"

"그럼에도 불구하고 그렇게 살아가는 이유가 뭔지 알아요?"

"글쎄요."

"그래야 살아갈 수 있으니까요. 그렇게 하지 않고서는 차가운 현실을 견딜 수가 없으니까요."

그는 커피를 한 모금 마신 뒤 씁쓸한 웃음을 지으며 말했다.

"전 아무래도 그녀처럼 삶을 통달할 순 없을 것 같아요."

"아, 밤을 닮은 그녀요?"

"난 아무리 발버둥쳐도 결국엔 벗어날 수 없을 것 같아요. 보이지 않는 감옥에서 말이죠. 난 항상 그 속에 있으니까요."

내가 해줄 수 있는 말은 없었다. 그를 다시 만나게 된 후 처음으로 보는 그늘진 얼굴이었다. 어쩌면 어딘가 드리워져 있었는데 내가 못 본 것일지도 모른다는 생각이 들었다. 항상 드리워져 있었는데 말이다. 그는 지금 누구와도 나눌 수 없는 어둠 속에 침잠해 있는 듯했다. 꽤 무거웠던 한 잔의 차가 비워지고, 그는 나를 집에 바래다주겠다며 일어섰다. 집으로 향하는 길, 우린 분명 나란히 걷고 있었지만 그는 혼자 걷고 있었다. 집 앞 가로등에 도착한 우리는 다시 마주 섰다.

"지수 씨…"

그는 입이 떨어지지 않는 듯 머뭇거리다 말했다.

"내가 몇 년 전 그때처럼 갑자기 사라진다면… 어떨 것 같아요?"

"…"

말없는 대답을 들은 그가 말했다.

"다시 만나게 될 것을 믿을 수 있나요?"

그는 오늘 처음 듣는 명랑한 뉘앙스로 말했다. 하지만 난 선뜻 대답이 나오지 않았다.

"지수 씨, 돌아오기 위해 떠난다는 말 알아요?"

"아니요…"

"돌아왔을 때 다시 떠날 일은 없을 거란 말이죠."

그는 옅은 미소를 지어 보이며 말했다. 몇 년 전, 아무도 모르게 사라졌던 그는 지금 다시 사라짐을 예고하는 듯했다.

"이제 그만 헤어질까요?"

그가 말했다.

"네… 조심히 들어가요."

낯선 인사였다. 그는 우두커니 서 있었고 나는 들키고 싶지 않은 무언가를 숨기기 위해 먼저 발걸음을 옮기고 있었다. 집 앞에 다다랐을 때였다.

"지수 씨."

그가 다시 내 이름을 불렀다. 그리고 뛰어온 그는 다시 내 앞에 섰다.

"지수 씨, 한번… 안아… 봐도 될까요?"

나는 아무 말도 하지 못한 채 그를 바라보았다. 그의 눈빛은 마지막 인사를 건네고 있었다. 내가 팔을 벌리자 그는 내 발끝 앞으로 천천히 다가왔고 조심스러운 손길로 나를 안아주었다. 잠시 후 그는 나를 놓아주며 말했다.

"또 만나요."

그가 남긴 마지막 말이었다. 이날 이후 그의 연락은 오지 않았다. 몇 년 전 그의 회신이 갑자기 끊겼을 때 느꼈던 감정이 상실감이었다면 지금은 그리움이었다. 나는 그를 눈빛으로, 목소리로, 품으로 기억했고 그는 그리움이 되어 있었다. 그가 사라진 뒤 그를 선명히 느낄 수 있는 순간은 오히려 늘어갔다. 샤워기에서 쏟아지는 뜨거운 물줄기를 맞을 때, 전화벨이 울릴 때, 거울 앞에 설 때, 영화를 볼 때, 서점에 들를 때… 일상의 모든 순간, 그는 볼 수 없지만 느낄 수 있는 바람이 되어 있었다.

*

토요일 아침, 어김없이 초능력 정신과의원을 찾았다.

"지난주에 이어서 얘기를 해보기 전에 나누고 싶은 이야기가 있나요?"

다시 사라져버린 그가 떠올랐지만 입 밖에 꺼내지 않기로 했다. 그는 지금 사라져버린 것이 아니라 돌아오기 위해 떠난 것이니까 말이다.

"아니요."

"그럼 지난주에 이어서 얘기를 나눠볼까요?"

나는 고개를 끄덕였다.

"질문을 다시 한 번 드리겠습니다. 인간만이 가지는 관념적인 집착에서 인간은 벗어날 수 있을까요?"

"글쎄요."

"그전에 왜 관념적인 집착에 갇히게 되는지부터 얘기해볼까요?"

"네."

"『심리학의 클래식』에서는 어리석음으로 설명합니다."

"어리석음이요?"

"네. 여기서 말하는 어리석음은 인간을 포함한 모든 생명 존재의 존재 방식에 대해 알지 못하는 것을 말합니다."

"존재의 존재 방식이요?"

"존재의 존재 방식을 모르기 때문에 '나'라는 관념에 속박된다는 것입니다. 바꿔 말해볼까요? '나'라는 관념에서 벗어나려면 존재의 존재 방식을 알면 됩니다. 그렇다면 존재하는 것들의 존재 방식이 무엇일까요?"

"글쎄요…"

"존재 방식이라고 할 게 없는 것이 존재 방식입니다. 아이러니하죠?"

"네?"

방식이라고 할 게 없는 것이 방식이라는 말을 선뜻 이해할 수 없었다.

"우리가 '나'라는 관념에 사로잡히는 이유는 '나'라고 하는 실체가 있다고 생각하기 때문입니다. 살아 숨 쉬는 내가 있으니 '나'라는 실체가 있다고 느낍니다. 그렇다면 살아 숨 쉬는 내가 버젓이 있는데, 즉 존재가 존재하는데 존재 방식이랄 게 없다는 말은 무슨 말일까요?"

"글쎄요."

"이렇게 설명할 수 있습니다. 우리는 살아 숨 쉬는 내가 있기에 '나'라는 실체가 있다고 생각하지만 주어진 삶의 시간이 끝나면 이 몸은 더는 존재할 수 없게 됩니다. 우리가 느끼는 것처럼 '나'라는 고정된 실체가 있는 것이라면 이 존재는 부재(不在)할 수 없어야 합니다. 하지만 생명을 가진 모든 존재는 언젠가 그 형체를 잃게 됩니다. 존재가 부재(不在)하게 되죠. 생명으로 존재하는 모든 것은 언젠가 부재(不在)하게 되는 진리, 이것이 존재의 존재 방식입니다."

알 듯 모를 듯한 말이었다.

"그렇다면 왜 존재 방식이 소멸함에 있다고 하지 않고 존재 방식이라고 할 게 없는 것이 존재 방식이라고 할까요?"

대답은커녕 이해하기조차 어려운 질문이 이어졌다.

"한번 곰곰이 생각해보죠. '존재할 땐 영원히 존재한다고 생각한다. 그런데 그렇게 생각하는 존재는 모두 사라진다. 그래서 존재한다 부재한다가 아니라 한때 존재했다가 사라진다로 표현할 수밖에 없다. 존재했기 때문에 무(無)도 아니고 결국 부재하게 되기 때문에 유(有)도 아니다. 그럼 그러한 존재의 존재 방식은 무엇인가? 재미있지 않나요?"

원장님은 정말 흥미롭다는 듯 눈을 반짝이며 말했다.

"『심리학의 클래식』에서는 이러한 존재 방식을 고정된 실체가 없다는 말로 설명합니다. '고정된 실체가 없다'는 말을 다른 말로 하면 '변화하는 실체가 있다'는 뜻이죠."

"네…."

"그럼 변화하는 실체는 어떻게 일어날까요?"

"글쎄요."

"인간을 포함한 모든 생명 존재는 영원히 지속되는 어떠한 실체가 있는 것이 아닙니다. 어떠한 원인으로 인해 존재하고 어떠한 원인으로 인해 흩어지게 되죠. 결과적으로 실체라고 할 수 있는 것은 없습니다. 즉, 인연의 작용에 따른 존재와 부재라는 변화하는 현상이 있을 뿐이죠. 우리가 생(生)과 사(死)로 인식하는 삶과 죽음도 실제로는 생(生)과 사(死)가 아니라 나타나는 모습의 변화일 뿐이라는 거죠."

"네…."

그는 나의 표정을 이해한다는 듯 웃으며 말했다.

"다음 주에 다시 뵙죠."

새로운 한 주가 다시 시작되었다. 월요일 아침, 팀장님이 부르셨다.

"지수 씨, 생각해봤어?"

"네, 생각해봤는데 부서는 옮기지 않는 게 좋을 것 같아요."

"왜? 처음에 그 부서에 가고 싶어 하지 않았어?"

"처음엔 그랬는데 지금 사업부를 옮긴다는 게 좀 부담스럽기도 하고…."

"부담될 게 뭐 있어? 여기 있으면 뭐 부담이 안 돼?"

"네?"

"아니, 사실은 우리 팀으로 데려오려는 직원이 있는데 트레이드가 돼야 할 것 같아서 말이야. 지수 씨가 처음에 그 부서에 가고 싶어 했는데 못 갔고 지금 갈 수 있는 기회가 생겼으니 팀을 한번 옮기는 것도 괜찮을 것 같은데?"

나는 그제야 팀장님의 제안을 이해했다. 팀장님의 제안은 내가 선택할 수 있는 사안이 아니었던 것이다. 나도 모르게 웃음이 새어 나왔다. 나의 자조 섞인 웃음에 팀장님은 언짢은 듯 인상을 쓰며 말했다.

"왜 웃어, 지수 씨?"

"아니에요. 알겠습니다."

"알겠다는 말은 알아들었다는 말이지? 알겠어. 나가봐."

나는 팀 이전 사실을 아무에게도 말하지 않았다. 부서 이전을 앞둔 회의 시간, 팀장님은 나의 부서 이전 사실을 알렸다.

"오늘 공지할 게 하나 있어요. 지수 씨가 사업부를 옮기게 됐어요. 내일부터요. 그리고 새롭게 우리 팀으로 오는 직원이 있습니다. 새로운 직원은 오면 소개하기로 하고, 그래서 오늘 점심은 다 같이 먹는 걸로 합시다. 어쨌든 한 팀으로 있는 건 오늘이 마지막이니까요. 자, 이제 회의 시작할까요?"

회의가 끝나자 수민 씨와 지호 씨가 황급히 달려왔다.

"지수 씨, 아니 언제부터 얘기가 있었던 거예요? 우리한테 미리 말도 해주지 않고… 사람이 어쩜 그래요?"

수민 씨는 서운함을 숨기지 못했다.

"미안해요."

"아니, 그런데 부서는 왜 옮기는 거예요? 지수 씨가 원한 거예요?"

지호 씨가 이해할 수 없다는 듯 말했다.

"그렇게 됐어요."

나는 길게 말하고 싶지 않았다.

"하긴 이름이 어느 부서 아래 들어가 있느냐 차이지 뭐. 지수 씨가 회사를 떠나는 것도 아니고… 그래도 아쉽다."

수민 씨가 말했다.

"어느 부서로 가요?"

"생산기술 사업부요."

"거기로 가는구나. 참, 거기 팀장님이 식 집사 수준이라고 하던데요?"

"식 집사요?"

수민 씨가 물었다.

"식물 집사요. 고양이 집사처럼 식물 집사."

지호 씨가 답답하다는 듯 대답했다.

"아니, 지호 씨는 누구한테 그런 걸 다 들어요?"

수민 씨가 말했다.

"제대로 된 라인을 찾으려면 그 정도는 알고 있어야죠."

"지호 씨 정말 기대돼요. 20년 뒤에 별 다는 거 아니에요?"

수민 씨가 놀리듯 말했다.

"달 수 있으면 당연히 달아야죠."

지호 씨의 대답이었다.

팀원으로서의 마지막 점심 식사를 마친 후 팀장님은 모두에게 커피를 한 잔씩 사주며 말했다.

"내가 지수 씨 커피 한잔 사줘야 해서… 모두들 지수 씨 덕인 줄 아세요."

아이스아메리카노를 받아 든 나는 쓴웃음이 새어 나왔다. 지난봄, 회사 생활의 영원한 절대 권력자 같았던 김미영 팀장님의 비위를 거스를 순 없었다. 하지만 불과 1년 뒤, 김미영 팀장님은 나와도, 나의 회사 생활과도 전혀 상관없는 인물이 되어 있었다. 팀장님은 그저 할퀴며 스쳐 지나가는 인연이었던 것이다. 퇴근을 앞두고 짐 정리를 할 때였다. 메신저가 울렸다. 팀장님의 호출이었다.

똑똑.

"들어와."

"팀장님, 부르셨어요?"

"응, 지수 씨. 앉아."

팀장님이 책상에서 일어나 테이블로 걸어오며 말했다.

"지수 씨, 퇴근 준비 다했어?"

"네."

"기분이 어때? 오늘이 마지막인데."

"잘 모르겠어요. 아직…."

"지수 씨한테 해주고 싶은 이야기가 있어서 불렀어."

나는 아무 말 없이 팀장님을 바라보았다.

"지수 씨 보면 예전 내 모습이 떠오른다고 했지?"

"네…."

"예전의 나는 너무 어리숙했어. 아니 나약했지…. 모두가 마음속으로 계산기를 두드리고 있는데 그것조차 몰랐으니…. 순진하게 있다가 이리저리 치이는 건 언제나 내 몫이었어. 어느 날 현실을 직시했지. 그때부터 바뀐 것 같아. 없던 철판을 깔려니 처음엔 정말 힘들었지. 그런데 뭐 절박하니 하게 되더라? 나는 회사 외에 다른 선택은 없다고 생각했거든."

"네…."

"결론적으로 내가 해주고 싶은 말은 회사 생활을 계속할 거라면… 무조건 성실함이 무기가 되리라는 생각 같은 건 접어두는 게 좋을 거야. 여기서 살아남고 싶으면 여기의 법칙을 따르는 게 맞으니까. 무슨 말인지 알지? 그동안 수고했어."

수고했다는 말을 끝으로 팀장님과의 인연은 끝이 났다. 나는 팀원들과 마지막 인사를 나눈 뒤 사무실 밖으로 나왔다. 바로 1층으로 내려가려던 나는 발걸음을 돌려 인사과로 향했다.

*

"문의드릴 게 있어서 왔는데요."

"네, 사원증 먼저 보여주시죠."

"여기요."

"무슨 일이시죠?"

사원증을 확인한 인사과 직원이 말했다.

"휴직 신청을 하고 싶어서요."

"휴직이요? 2년 차가 휴직을 신청하는 경우는 별로 없는데…. 혹시 건강상의 이유가 있나요?"

"네? 아, 네…."

"일단 팀장님과 의논을 해보셔야 할 것 같아요. 육아 휴직이거나 10년 차 이상 휴직처럼 사규에 정해진 경우 말고, 건강상의 이유처럼 개인적인 사정이 있는 경우에는 팀장님과 면담 후에 특별 승인 신청을 하셔야 가능하거든요."

"아, 네… 알겠습니다."

이튿날, 나는 새로운 부서의 사무실로 출근했다. 조심스럽게 사무실 문을 열고 들어가자 일찍 출근한 몇몇 직원이 보였다. 그중 한 사람이 다가와 말했다.

"한지수 씨?"

"네."

"반가워요. 김진수 대리라고 해요. 지수 씨 자리랑 간단하게 사무실 안내해줄게요."

그는 출근한 팀원들에게 나를 소개한 뒤 내 자리와 사무실 여기저기를 소개해주었고 끝으로 팀장님 방으로 안내했다.

똑똑.

"팀장님, 한지수 씨 출근했습니다."

"들어와요."

식 집사라는 소문은 사실인 듯 보였다. 팀장님 방은 마치 작은 식물원 같았다.

"김 대리, 수고했어요. 나가서 일 봐요."

김 대리님이 나가고 팀장님은 나를 소파 자리로 안내했다.

"자, 지수 씨. 여기 좀 앉을까요?"

내가 자리에 앉자 팀장님도 앞에 앉으셨다. 팀장님은 얼굴도 체격도 목소리도 아주 후덕해 보였다.

"나는 한기태 팀장이에요. 그러고 보니 지수 씨랑 성이 같네요."

팀장님이 웃으며 말했다.

"안녕하세요, 저는 한지수입니다."

"그래요, 반가워요. 업무와 관련된 내용은 아까 본 김 대리가 알려 줄 거예요. 특별히 얘기할 건 없고 자신이 맡은 바만 열심히 하면 아무 문제 없을 겁니다. 혹시 궁금한 게 있으면 질문해봐요."

나는 망설이다 입을 열었다.

"저…"

"편하게 말해봐요."

망설이는 기색이 역력한 나를 보고 팀장님은 웃으며 말했다.

"그냥 편하게 얘기하면 돼요. 일단 얘기해봐요. 그래야 내가 무슨 답을 주지."

"… 저… 휴직 신청을 좀 하고 싶은데요."

팀장님은 놀란 기색이었지만 차분한 목소리로 말했다.

"휴직이라… 먼저 이유를 들어볼까요?"

나는 쉽사리 입이 떨어지지 않았다.

"혹시 건강상의 이유가 있나요?"

"그건 아닙니다…"

분명 할 말이 많아 보이는 벙어리가 되어 앉아 있는 나에게 팀장님이 말했다.

"지금 당장 말하기가 어려우면 내일까지 이메일로 보내줘요. 계속 이러고 앉아 있을 수도 없잖아요? 글로 정리해서 보내줘요. 내가 읽고 다시 얘기하도록 하죠."

나는 고개 숙여 인사하고 팀장님 방에서 나왔다. 이날 오전 회의 시간, 나는 전체 팀원 앞에서 인사를 했고 팀원들의 소개도 이어졌다. 이전 부서와는 사뭇 다르게 느껴지는 분위기가 무척 낯설었다. 모두가 퇴근한 뒤, 나는 사무실에 혼자 남아 팀장님께 이메일을 썼다. 그리고 이튿날 팀장님은 나를 방으로 부르셨다.

똑똑.

"들어와요."

내가 들어가자 식물 잎을 닦아주던 팀장님은 수건을 내려놓으며 어제와 같은 자리로 안내했다. 내가 자리에 앉자 팀장님도 자리에 앉으며 말했다.

"지수 씨가 보낸 메일 잘 읽었어요. 회사 생활에 대해서 얼마나 고민이 많은지 잘 이해했습니다. 나에게 꼭 맞는 옷이라고 생각했던 옷도 다시 보면 어딘가 이상해 보일 수 있는데 하물며 내 옷이 아니라고 생각하면서도 일단 입었으니 어울리는 점을 찾기 위해 고군분투하는 것은 절대 쉬운 일이 아니지요. 인간적으로는 충분히 이해할 수 있어요."

나는 팀장님의 다음 말을 기다리고 있었다.

"그런데 회사에는 규정이라는 게 있고 그 규정을 어길 순 없어요. 건강상의 이유가 있으면 최대 2주까지 유급 결근이 가능하니까 그렇게 하고 1주는 여름휴가를 미리 당겨서 사용하는 것으로 처리해 줄게요."

"… 감사합니다."

"내가 이렇게 하는 이유는 하나입니다. 현실이 녹록지 않다는 것을 아니까요. 퇴사하고 나면 별다른 무언가가 있을 것 같지만 아마 그렇지 않을 겁니다. 지수 씨에게 제가 모르는 밥벌이 능력이 있는지는 모르겠습니다만, 어쨌든 저도 지수 씨와 같은 딸이 있고 젊은 사람들이 느끼는 고뇌와 혼란을 이해합니다. 그리고 이러한 마음으로 무모한 선택을 해서는 안 된다는 것도 알죠. 지수 씨의 메일이 참 간절하게 느껴졌어요. 그래서 규정을 벗어나지 않는 한에서 기회를 주는 것입니다. 3주간 퇴사원이 되어봐요."

"… 감사합니다."

"인사과에 말해놓을 테니까 퇴근하고 들러서 절차에 따라 신청해요."

"감사합니다."

"참, 팀원들한테도 인사과에 전달하는 내용 그대로 알리겠습니다."

"감사합니다."

감사하다는 말을 백 번도 할 수 있을 것 같았다. 퇴근 시간, 인사과에 들러 필요한 절차를 마친 후 회사를 나섰다. 회사 문을 나서며 곧장 횡단보도를 건너려던 나는 다시 한 번 회사를 돌아보았다. 다시 찾을 수 있을지 없을지 알 수 없는 곳을 눈에 담듯 말이다.

지이잉. 지이잉.

그때 핸드폰이 울렸다. 엄마였다.

"지수야, 별일 없지?"

"응… 없어. 왜?"

나는 태연하게 말했다.

"아니, 요즘 꿈자리가 하도 뒤숭숭해서 말이야. 네가 계속 어디를 가더라고. 어디 가냐고 물어도 대답도 없이 다녀온다고만 하고 말이야."

뜨끔해지는 꿈이었다.

"꿈은 그냥 꿈일 뿐이지. 내가 가긴 어딜 가겠어."

나는 엄마를 안심시켰다.

"그래, 아무튼 몸조심하고. 여러모로 조심해, 알았지?"

"응, 걱정하지 마."

엄마가 전화를 끊자 내 마음은 본격적으로 바빠졌다.

'3주간의 퇴사원….'

불가능하리라 생각했던 일이 현실이 되자 갑자기 여행을 떠나게 된 사람처럼 마음이 바빠졌다. 집에 도착한 나는 민준 씨에게 편지를 쓰기 시작했다. 복잡미묘한 이 순간을 온전히 이해할 수 있는 사람은 그밖에 없다고 생각했다. 나는 보낼 수 없는 편지에 모든 것을 털어놓았다.

*

토요일 아침, 나는 다시 초능력 정신과의원을 찾았다. 나는 지난 일주일간 궁금했던 질문을 했다.

"원장님, 모든 존재가 실체라고 할 것이 없다면 결국 존재의 무의미, 존재의 허망함으로 귀결되는 것 아닌가요?"

그는 조용히 미소 지으며 말했다.

"이러한 귀결은 우리에게 전혀 이득이 되지 않죠. 우리가 이득을 얻을 수 있는 귀결은 '변화하므로 고집할 것이 없다'입니다."

"아, 네…."

"다른 말로 하면 집착할 이유가 없다는 것입니다. 『심리학의 클래식』에서는 고통의 본질적 원인이 인간이 가지는 관념적 집착에 있다고 설명합니다. 집착은 고집하는 마음이죠? 그런데 존재의 존재 방식은 인연 따라 변화하는 것이라고 했습니다. 존재하는 모든 것은 그 존재 방식을 벗어날 수 없습니다. 변화하는 것이 순리인데 고집하고 있으니 고통이 따를 수밖에 없죠. 파도가 밀려오는 바닷가에 예쁜 모래성을 지어놓고 절대로 무너져서는 안 된다고 고집하고 있으면 괴로울 수밖에 없겠지요?"

그는 웃으며 말을 이었다.

"여기서 질문을 하나 하겠습니다. 존재의 존재 방식을 알게 되어 '나'라는 관념조차도 집착 하지 않으면 평안을 마주할 수 있다고 말씀드렸습니다. 그럼 '나'라는 집착을 버리는 것이 어떻게 평안을 마주하게 되는 길이 되는 걸까요?"

"글쎄요."

"세 가지 마음에서 자유로워지기 때문입니다. 『심리학의 클래식』에서는 이 세 가지 마음을 '탐욕'과 '화' 그리고 '어리석음'으로 정의합니다."

"네⋯."

"나에게 집착하여 분수 이상의 것을 욕심내는 것이 탐욕이고, 내 뜻대로 안 되면 견딜 수 없어 분노를 일으키는 것이 화이고, 나의 틀에서 벗어나지 못해 우물 안 개구리가 되기를 자처하는 것이 어리석음입니다."

나는 고개를 끄덕였다.

"탐욕, 화, 어리석음에서 자유로워지면 내면의 평안함을 느낄 수 있습니다. 그리고 이보다 더 중요한, 궁극적인 이익을 얻을 수 있죠."

"궁극적인 이익이요?"

"그렇습니다. 탐욕, 화, 어리석음에서 자유로워지면 이 세 가지 마음 때문에 가려져 있던 것이 드러나게 되는데, 바로 '본래의 마음

자리'입니다. 아주 중요한 포인트, 없던 것이 생겨나는 것이 아니란 것입니다. 원래 있던 것이 가려져 있다가 드러난다는 것이죠."

"네…."

"본래의 마음자리라는 것은 무엇일까요?"

"글쎄요."

"상태로 표현하자면 적멸한 상태를 말합니다. 그리고 적멸하다는 것의 본질적 의미는 모든 인식 작용, 판단 작용에서 벗어난다는 말이죠. 즉, 분별과 차별이 없는 자리를 말합니다."

"분별과 차별이 없는 자리라는 것이 무슨 뜻인가요?"

"이렇게 설명해 볼게요. 내가 분별과 차별을 일으키는지는 어떻게 알 수 있을까요?"

"글쎄요."

"내가 마주한 경계에서 마음이 일어나지 않으면 분별과 차별이 없는 것입니다. 반대로 내가 마주한 경계에서 마음이 일어나면 분별과 차별을 일으킨 것입니다."

"마주한 경계라는 게 무슨 말인가요?"

"감각, 인식 작용이 일어나는 지점입니다."

"마음이 일어나면 분별과 차별을 일으킨 것이라는 말이 무슨 뜻인가요?"

"마음이 일어났다는 것은 내 마음이 동(動)했다는 것입니다. 내 마음이 동(動)했다는 것은 긍정적이든 부정적이든 분별과 차별을 일으켰다는 말이 되죠. 왜냐하면 분별과 차별 없이 있는 그대로 즉, 여여(如如)히 보았다면 내 마음에는 어떠한 동(動)함도 없을 것이기 때문이죠."

"네…."

"본래의 마음자리에서 아주 중요한 포인트가 뭐라고 했었죠? 없던 것이 생겨나는 것이 아니라 가려져 있던 것이 드러나는 것이라고 했죠?"

나는 고개를 끄덕였다.

"왜 이것이 중요한 포인트일까요?"

"글쎄요."

"가려져 있던 게 드러난다는 말은 이미 갖추어져 있다는 것을 전제하는 것입니다. 우리 안엔 이미 본래의 마음자리가 갖추어져 있습니다. 역사 속 위대한 성인에게만 있는 것이 아닙니다. 탐욕, 화, 어리석음에서 자유로워진다면, 그래서 분별과 차별에서 벗어나 적멸한 마음자리에 머문다면 누구나 본래의 마음자리를 마주할 수 있습니다. 누구나 본래의 성품에 이를 수 있다는 사실, 이 사실이 중요한 이유는 모든 존재를 절대적 평등 위에 놓기 때문이죠."

"절대적 평등이요?"

"우리의 분별심과 차별심으로 보면 지위고하가 있고 우월과 열등이 있지만 본래의 성품 자리에서 보면 모든 존재는 평등해집니다. 나라는 집착에서 벗어나 탐욕, 화, 어리석음을 버리고 분별과 차별에서 자유로워진 마음이 머무는 곳은 누가 머물러도 같은 곳이기 때문이죠. 역사 속 성인이 머무는 자리, 우리가 머무는 자리가 따로 있는 게 아니라는 뜻이죠."

"네…."

"마지막 질문입니다. 모두가 평등해지는 이 자리가 왜 중요할까요?"

"글쎄요."

"나와 타인이 다르지 않다는 출발점이 되기 때문이죠."

나는 고개를 끄덕였다.

"권력이 있는 사람이든 없는 사람이든, 부자든 가난한 사람이든, 많이 배운 사람이든 못 배운 사람이든 모두가 본래의 마음자리를 평등하게 갖추고 있지만 모두가 평등하게 그 자리를 보지 못하죠. 모두가 평등하게 '나'라는 집착에 갇혀 모두가 평등하게 탐욕, 화, 어리석음을 일으키죠. 한마디로 내가 누구를 이렇다 저렇다 판단할 깜냥이 안 되는 거죠. 내가 이렇다 저렇다 판단하는 타인의 모습은 또 다른 나의 모습일 뿐이에요."

"네…."

"'나'라는 집착에 사로잡혀 있는 것은 자신만의 굴레에 갇혀서, 갇힌 줄도 모르고 세상을 향해 탐욕과 화와 어리석음을 쏟아내며 살아가는 것과 같습니다. 반대로 그 자리에서 벗어나 본래의 마음자리에 머물면 본연 그대로인, 여여한 세상과 조화를 이루는 삶을

313

살게 되죠. 삶의 진실한 모습, 즉 실상(實相)을 아는 것은 인생이라는 길에서 가장 밝은 길잡이가 됩니다. 그렇기 때문에 반드시 알아야 하죠."

말을 마친 원장님은 조용히 미소 지었다. 원장님의 말씀을 완전히 이해하기엔 시간이 필요할 듯했다. 하지만 분명한 것은 내 안의 울림이 될 것이라는 사실이었다.

상담을 마치고 나올 때 전화벨이 울렸다. 오랜만에 걸려온 현주 선화였다.

"야, 신지수. 너는 내가 먼저 연락 안 하면 어떻게 전화 한 통이 없냐?"

"미안, 내가 좀 바빴어."

"네가 뭐가 바빠? 맨날 회사 집, 회사 집 하는 애가."

"네가 모르는 엄청난 스케줄들이 있어."

"얼마나 엄청난 스케줄인지 한번 들어나 보자."

"아니야, 내가 엄청난 스케줄이 뭐가 있겠어? 그런 거 없어."

현주는 '혹시나'는 '역시나'라는 듯 웃음을 터뜨렸다.

"민호 씨랑은 잘 지내?"

"아니, 헤어졌어."

"뭐? 왜?"

"나도 연애에 쿨한 편이고 민호 씨도 그런 편이어서 스트레스 받을 일은 없겠다고 생각했는데 너무 쿨하니까 그것도 스트레스더라?

결국에는 내가 해바라기가 되더라고. 정말 난생처음으로 남자 때문에 질척여본 것 같아. 그런 내가 싫으면서도 쿨하게 그만 만나자는 얘기를 못 하겠더라고."

"네가?"

"그래, 내가. 놀랍지?"

"박현주를 연애 앞에 나약한 여자로 만들 수 있는 사람이 있긴 있구나."

"그러게 말이야. 나도 내가 이럴 수 있을 줄 몰랐어."

"네가 이렇게 말하는 거 보니 꽤 마음고생한 거 같은데…. 그동안 왜 말 안 했어?"

"말하면 뭐해. 내가 내 마음을 어쩌지 못해서 괴로운 건데…. 처음으로 지금까지 나를 만났던 그들의 입장을 이해해봤네."

"민호 씨한테 고맙게 생각해야겠다."

"고맙게 생각할 것까지야 있니? 마음고생은 내가 했는데?"

"말이 그렇다는 거야."

"아, 그리고 나 해외 지사 근무 신청했어."

"무슨 소리야?"

"말 그대로야. 해외 지사에서 일해보려고."

"정말? 왜?"

"이 땅이 너무 좁게 느껴진다고나 할까?"

"뭐?"

"농담이고. 너도 알잖아, 나 대학교 때 교환 학생으로 가고 싶어서 난리였는데 못 갔던 거."

"응, 기억나. 아빠가 반대하셔서 못 갔다고 했지."

"맞아. 내가 본능적으로 답답함을 느끼는 건 아빠 때문인 것 같아. 보이지 않는 무언가에 항상 감시당하고 있는 듯한 느낌이 든다니까. 너도 알지? 우리 아빠."

"알지."

"어쨌든 이젠 완전히 벗어나 보려고. 아빠의 숨 막히는 보호와 나를 가두는 이 작은 세상에서."

현주는 웃으며 말했다.

"응… 근데 너 괜찮겠어?"

"안 괜찮을 게 뭐 있어? 아마, 지금 아니면 절대 못 할 것 같아. 아직 결혼 전이고 한 살이라도 젊을 때 해봐야 하지 않겠어?"

지금 현주의 마음은 불과 얼마 전 내 마음이었고 그 마음이 완전히 다른 선택을 하게 했다. 단 3주간일지라도 말이다.

"너는 별일 없어?"

"사실, 있어."

"별일 있어? 뭔데?"

"휴직했어."

"뭐? 휴직? 연차 쓴 게 아니고?"

"아니야."

"어떻게? 휴직하려면 사유가 있어야 하잖아?"

"건강상의 이유로 2주, 여름휴가 앞당겨서 1주. 3주 휴가 받았어. 어쨌든 의미는 휴직이야."

"건강상의 이유라고? 너 어디 아파?"

"아니, 그게 아니라 얼마 전에 부서를 옮겼는데 팀장님이 배려해주신 거야. 내가 회사원이 되느냐, 퇴사원이 되느냐 선택의 기로에서 생각할 수 있는 시간이 절실하다고 메일을 보냈거든."

"뭐? 퇴사? 너 퇴사하려고 했어?"

"말 그대로 기로에 서 있는 거야. 어쨌든 자세한 얘기는 만나서 해줄게."

"그러자, 그런데 3주간 뭐 할 생각이야?"

"한 가지 확실한 계획이 있어."

"그게 뭔데?"

"나중에 알려줄게. 3주 지나고 말이야."

"그래… 여하튼 너는 나 응원하는 거지? 아니다, 나는 너 응원한다."

"응원하는 거지?"라는 현주의 말이 나에게는 '잘한 결정이라고 해줘. 내 선택이 틀리지 않을 거라는 확신을 가질 수 있게 말이야.'라는 말로 들렸다.

"그럼, 당연히 응원하지. 그리고 분명 잘한 결정일 거야."

"그걸 네가 어떻게 알아? 괜히 해외 지사 나갔다 와서 낙동강 오리 알 신세 될지도 모르는데…."

"분명히 말하는데 절대로 틀린 선택은 아닐 거야. 왠지 알아?"

"왜?"

"네 자신의 선택이라면 결과에 관계없이 후회를 남기지 않거든. 네 자신의 선택이라면."

"꼭 내 자신의 선택이어야만 하는 거야? 내 자신의 선택인지 나도 모르게 하게 된 선택인지 어떻게 알아. 난 몰라."

"모르긴 왜 몰라, 간절함. 간절함이 바로 네가 원하는 것이라는 증표야."

"응…."

"참, 그런데 회사에서 너를 보내주긴 한대?"

"지원자가 없다니까 별일이 없다면 가게 되겠지?"

"오늘에서야 너랑 내가 어떻게 친구가 됐는지 알겠다. 우리처럼 다른 사람도 없을 텐데 말이야."

"뜬금없이 그게 무슨 소리야?"

"우린 같은 길을 걷는 사람이란 걸 서로 알아본 거지."

현실적인 인간이라 자처하는 현주도 현실적인 인간이라 자처하지 못하는 나도 우린 모두 삶이라는 길에서 자신을 찾는 중이었다.

현주는 화들짝 놀라며 물었다.

"어머, 지수 너도 중국 갈 생각 있었구나?!"

"뭐?"

나는 황당한 웃음을 터뜨렸다.

"해외 지사가 중국이었구나."

"네가 방금 말했잖아. 우리가 같은 길을 걷고 있다며?"

"야, 길이 중국 가는 길만 있냐?"

"그 뜻이 아니야?"

"아니야."

"야, 괜히 좋다 말았잖아."

"나 택시 타야 돼. 또 연락하자."

"알았어, 수고해."

*

사실 확실한 계획이 있다고 했지만 확실한 계획이랄 건 없었다. 다만 경험해보고 싶은 하루가 있을 뿐이었다. 직업 작가의 하루, 직업이 글쓰기라서 하루 종일 글을 쓰는 게 당연한 하루 말이다. 글쓰기는 어릴 적부터 나 혼자만 알고 있는, 가장 잘할 수 있을 것 같은 일이었다. 문제는 나 혼자만 알 수 있다는 사실이었다. 다른 사람도 알 수 있을 만한 근거가 없었기 때문이다. 이를테면 글짓기 대회 상장 같은 것 말이다. 하지만 매일 밤 끄적이던 작은 이야기들은 끝없는 상상의 나래로 이어졌고 이 상상의 나래는 흥미로운 이야기로 이어지곤 했다. 대학 입학 원서 접수를 앞둔 어느 날, 나는 엄마에게 넌지시 말했다.

"엄마, 나 문예창작과에 지원해볼까?"

엄마는 깜짝 놀라는 표정으로 말했다.

"그게 무슨 소리야?"

"구체적인 직업은 생각 안 해봤는데 어쨌든 글 쓰는 일을 하면 잘 할 수 있을 것 같아."

"지수야."

엄마는 답답함과 타이름이 뒤섞인 듯한 목소리로 말했다.

"네가 글 쓰는 거 좋아한다는 건 엄마도 알아. 그런데 좋아하는 일과 전공을 선택하는 문제는 다른 거야. 취업할 때를 생각해야지."

"엄마, 글 쓰는 일이 직업이 될 수도 있잖아? 왜 무조건 취업해야 된다고 생각해?"

"그게 그리 쉬운 일이 아니야. 누구나 쓸 수 있는 게 글이지만 글로 먹고살 수 있는 사람은 많지 않아. 열에 한 명만 밥벌이 작가가 되는 거야."

나는 '누구나'에 속한다는 세뇌의 힘을 이기지 못했다. 세뇌를 뿌리칠 만큼 스스로를 확신하지 못했던 나는 엄마 말을 따라 취업을 위한 경영학과를 선택했다. 대학교 진학 후에도 여전히 글을 끄적였지만 단지 몸에 밴 습관 같은 것에 지나지 않았다. 나는 취업을 해야 하는 '누구나'에 속하는 사람이니까 말이다. 그렇게 대학교 1

학년이 끝나갈 무렵, 우연히 인문대 앞 게시판에 붙여진 문학 공모전 포스터를 보게 되었다.

"어떤 이야기든 좋습니다. 당신이 간직해온 이야기를 들려주세요."

포스터에 쓰인 글귀는 나를 사로잡았고 나는 처음으로 간직해온 이야기를 꺼내기로 했다. 하지만 그 결과는 내가 열에 한 명이 아닌 아홉에 속하는 사람임을 확인해주는 것이었다. 공모전 수상 목록에 내 작품 제목은 없었다. 엄마의 말이 세뇌가 아닌 현실 직시였음을 인정한 나는 책상 서랍 안에 원고를 처박아버렸다. 그렇게 시간은 흘렀고 글쓰기는 말 그대로 한여름 밤 꿈이었던, 이제는 사라져버린 꿈이 되어 서랍 깊숙이 방치되어 있었다. 열에 아홉이 가질 수 있는 최선의 목표를 이룬 지금, 나는 다시 한여름 밤의 꿈이 간절해졌다. 서랍 속에 갇혀 있던 실패한 원고를 꺼내 위에 쌓인 먼지를 조심스레 닦아냈다. 상심으로 처박아두었던 원고는 몇 년이 지난 지금, 더 이상 상심으로 남아 있지 않았다. 시간조차 잊어버린 채 하루해가 다 가도록 매달렸던 순수한 열정의 시간만이 남아 있었다. 나는 실패한 원고 속 이야기로 한 걸음씩 다시 들어가기 시작했다.

어느새, 일주일이 지나가고 있었다. 토요일은 어김없이 찾아왔고 나는 다시 초능력 정신과의원을 찾았다.

"오늘은 어떤 이야기를 해보고 싶나요?"

"제가 지난주에 휴직을 했거든요. 벌써 일주일이 지났네요."

"휴직을 하셨군요."

"지금 멈추지 않으면… 지금까지처럼 살게 될 것 같아 무모한 용기를 냈죠. 이후에 어떻게 되든 말이에요."

원장님이 고개를 끄덕이며 말했다.

"지금까지처럼 살게 될 것 같다는 게 어떤 의미인가요?"

"회사원이든, 퇴사원이든 아니면 그 중간 어디쯤이든, 그게 무엇이든 귀신의 집 안을 걷듯이 그렇게 살고 싶지가 않거든요."

"귀신의 집 안을 걷듯이요?"

"원장님, 귀신의 집 들어가보신 적 있어요? 앞이 칠흙같이 어둡고, 뭐가 튀어나올지 몰라서 무섭고, 그래서 앞 사람을 무조건 붙잡고 따라 걷게 되거든요."

원장님은 의미를 이해했다는 듯 미소 지었다.

"귀신의 집이야 이렇게 걸어 나오면 되지만 삶의 길은 이렇게 걸어선 안 될 것 같아요."

원장님은 고개를 끄덕이며 말했다.

"그렇군요. 그 누구도 아닌 당신이 걸어야 할, 당신의 길을 찾으려는 거군요."

나는 고개를 끄덕였다. 그는 문득 무엇인가가 생각난 듯 아련한 미소를 지었다.

"문득 지금의 당신과 같은 삶의 순간에 섰을 때가 떠오르는군요. 서른다섯 살 겨울이었죠."

"원장님도 그런 순간이 있었나요?"

"그럼요, 있었죠. 아주 지독한 방황이었죠."

"지독한 방황이요?"

"그 당시 처절했던 나의 고뇌를 아무도 이해하지 못했죠. 나한텐 반드시 풀어야 할 절체절명의 문제였지만 말이죠."

"원장님도 그런 시간이 있었다니 상상이 안 돼요. 지금은 어떤 거센 바람이 불어와도 흔들리지 않으실 것 같거든요. 뿌리 깊은 나무처럼 말이죠."

"그런가요?"

원장님은 웃어 보였다.

"혹시… 그 방황에서 어떻게 벗어날 수 있었는지 여쭤봐도 돼요?"

"제가 했던 방법을 알려드릴까요?"

나는 고개를 끄덕였다.

"저는 몸으로 하는 명상이 큰 도움이 되었습니다."

"몸으로 하는 명상이요?"

"반복적인 행위를 통해서 명상의 상태에 머물 수 있기 때문에 몸으로 하는 명상이라고 한 것입니다."

"그런데 명상의 상태라는 게 어떤…."

"마음이 산란하지 않은 것입니다."

나는 고개를 끄덕였다.

"방황을 잠재울 수 있었다고 한 이유가 여기에 있습니다. 방황은 뭐가 뭔지 모르겠는 혼란스러운 상태죠? 일단 혼란스러움을 산란하지 않은 상태로 돌려놓아야 혼란을 일으키는 그것의 정체를 알 수 있으니까요."

그가 말을 이었다.

"예를 들면 이런 것이죠. 흙탕물 안에 미꾸라지가 있는지 피라미가 있는지 모르면 잡아야 할지 말아야 할지 혼란스럽잖아요? 이때 흙탕물에서 불순물을 가라앉히고 나면 물 안이 훤히 보이게 되니까 미꾸라지인지 피라미인지 확인하고 잡을지 말지 판단할 수 있게 되는 것처럼요."

"네… 그런데 왜 하필 몸으로 하는 명상인가요?"

"반복적이고 규칙적인 몸의 움직임이 정신 또한 혼돈의 상태에서 벗어나는 데 도움을 주기 때문이죠."

"네… 그럼 혼란스럽던 정신이 뭐랄까, 정리가 된 상태가 되나요?"

"사실 정신이란 건 본래 형체가 없기 때문에 질서, 정돈이란 말이 적절하지 않습니다. 정신적 혼돈 상태를 벗어났다는 말을 다른 말로 하면 바로 몰입입니다."

"몰입이요?"

"그렇습니다."

"몰입은 가장 완전한 정신 활동이죠. 몰입은 시간을 잊게 하고 공간도 잊게 하니까요. 시공간마저 벗어난다는 것, 바로 완전한 자유죠."

"네…"

"우리는 '저 날아가는 새처럼 자유로워지고 싶다'고 하지만 새가 된다고 해서 자유로워지는 것이 아닙니다. 왜냐하면 완전한 자유는 정신 활동에서 가능한 것이거든요. 새가 되었든, 사람이 되었든 육체는 절대 시공간까지 벗어날 순 없으니까요."

"그럼… 몸으로 하는 명상은 어떻게 하는 건가요?"

"혹시 오체투지를 보신 적 있나요?"

"아, 네. 티브이에서 본 적 있어요."

"오체투지는 몸으로 표현할 수 있는 지극한 겸손입니다. 가장 낮은 마음가짐의 표현이죠. 정신의 산란을 벗어나는 데 이보다 도움이 되는 몸짓은 없을 겁니다. 왜냐하면 정신의 산란이 '나'라는 고집을 벗어나지 못해서 생기게 되는 것이니까요."

나는 고개를 끄덕였다.

"매일 매일, 하루 108번 정도 데일리 루틴처럼 해보시길 추천 드립니다. 처음부터 100번 넘게 하는 것이 어렵다면 자신에 맞는 정도부터 시작할 수 있겠죠? 그런데 행위를 하는 것 이상으로 중요한 것은 간절한 마음입니다."

"간절한 마음이요?"

"그저 몸만 움직이는 것은 운동입니다. 몸으로 하는 명상이 되려면 마음의 에너지가 필요하죠. 왜냐하면 하루 이틀 해서는 명상의 상태를 경험하기 어려우니까요. 육체적으로 힘든 행위를 꾸준히 하기 위해서는 이것을 뛰어넘는 마음의 에너지가 있어야 하는데, 그것이 간절함입니다. 이 고통, 이 방황에서 벗어나고자 하는 간절함 말이죠."

"그럼 몸으로 하는 명상을 시작하고 나서 어떤 변화를 경험하셨나요?"

그는 빙긋이 미소를 지어 보인 후 말했다.

"서서히… 하지만 분명한 변화를 느낄 수 있었죠. 바뀌어가는 세절과 함께 말이죠. 어느 순간 나를 옥죄던 과거도, 두렵기만 했던 미래도, 도망가고 싶었던 현재도 느낄 수 없었죠. 자유로워지고 있었어요."

"자유요?"

"자유… 느껴본 적 있나요?"

"자유… 그러고 보니 글쎄요…."

"물리적으로 구속되어 있지도 않고, 육체적으로도 자유롭습니다. 아주 자유롭죠. 하지만 그럼에도 불구하고 '자유롭다'라는 느낌은 마치 낯선 감정과 같습니다. 왜 그럴까요?"

"글쎄요."

"우리는 속박되어 있다는 그 사실조차 알지 못합니다. 왜냐하면 자유로움을 느꼈을 때 지금껏 자유롭지 않았다는 사실을 알게 되니까요."

"네…."

"『심리학의 클래식』을 통해 보았듯 우리는 감각 작용, 인식 작용을 일으키는 프레임을 가지고 있습니다. 이러한 프레임은 우리의 영혼을 가로막고 있는 보이지 않는 두꺼운 장막과 같죠. 이 장막이 걷히면 어디에도 걸릴 것이 없는, 생생한 영혼의 에너지가 모습을 드러내게 됩니다. 자신의 영혼이 살아 있다는 것을 깨닫게 되죠."

"네…."

"이것은 모든 것을 바꿔놓게 됩니다. 모든 것을요."

그 순간, 왼쪽 벽 문 안에서 보았던 길 위에 엎드려 있던 사람들과 그들의 머리 위로 강렬하게 느껴지던 빛, 그 빛이 뇌리를 스쳐 지나갔다.

"살아 있는 영혼이 어떻게 모든 것을 바꿔놓게 되나요?"

"살아 있는 영혼은 그 모습을 발현하고자 하거든요. 그리고 그 영혼의 에너지가 행동으로 나타나죠. 행동이 바뀐다는 것, 바로 삶이 변화한다는 말이죠."

"네…."

"말로써 이해하려고 하면 가슴에 와 닿지 않을 겁니다. 하지만 직접 해보면 당신도 알게 될 겁니다. 삶의 길을 찾는 시간 속에 있다면 경험해볼 것을 추천합니다."

원장님이 말을 마쳤을 때, 나는 원장님을 다시 바라보았다. 뿌리 깊은 나무 뒤, 미처 보이지 않던 연약한 나뭇가지들이 보이는 듯했다. 원장님은 정신적 완전무결함을 지닌 사람도, 삶을 가르치려는

327

사람도 아니었다. 그는 삶에서 고통을 느낀 사람이었고 그 고통을 벗어나고자 발버둥친 사람이었고 그 결과로 삶에 대한 배움을 얻게 된 사람이었다. 그리고 그 과정을 통해 삶의 변화를 경험한 사람이었다.

집으로 돌아온 뒤, 나는 오로지 원고 수정에만 매달렸다. 토요일 아침 초능력 정신과를 찾을 때를 제외하곤 말이다. 그렇게 남은 2주간의 휴직 기간이 모두 지나갔을 때, 내 몰골은 거지꼴과 다름없어져 있었다. 다음 주 회사 복귀를 앞두고 다시 초능력 정신과의원을 찾았다.

"휴직 기간이 끝났을 것 같은데 맞나요?"

"네. 벌써 3주가 흘러버렸네요."

"휴직하기 전과 비교하면 어떤가요? 어떤 결정이 내려졌나요?"

"여전히 어느 쪽으로도 정하지 못했어요. 어느 것도 놓칠 수가 없나 봐요. 현실적인 문제, 이상적인 문제 모두를요."

원장님은 조용한 미소를 지으며 말했다.

"본래 한쪽을 택할 수 없는 문제니까요. 현실 속에 이상이 있고 이상 속에 현실이 있는 것이 삶이니까요. 속물처럼 보이는 사람의 삶에도 그만의 꿈이 들어 있습니다. 그리고 꿈만 좇으며 살 것 같은 사람에게도 그만의 현실이 있죠. 그러니 현실이냐 꿈이냐의 갈림길에 서 있었다면 이제 거기서 내려오셔도 됩니다."

나는 뒤통수를 한 대 맞은 듯한 기분이 들었다. 그런데 참 시원하게 얻어맞은 듯한 기분이었다.

"당신은 지난 3주간의 시간을 통해 당신이 얼마나 주체적일 수 있는 사람인지 완벽하게 깨달았을 겁니다."

나는 고개를 끄덕였다. 일은 허둥지둥 쫓아가는 것인 줄만 알았던 나는 그렇지 않을 수도 있다는 것을 알게 된 터였다.

"회사 생활에 대한 방황은 바로 이 문제에서 시작되었습니다."

나는 이어질 그의 말이 궁금했다.

"누구나 본질적으로 자유의지를 추구합니다. 내가 원했고, 내가 선택했고, 내가 하고 있다는 느낌이죠. 그런데 회사 생활을 하다 보면 늘 그럴 수는 없죠. 내가 원할 수 없고, 내가 선택할 수 없고, 내가 하는 것이 아니라 상사가 지시하니까 어쩔 수 없이 할 수밖에 없는 여러 상황에 직면하게 됩니다. 이때부터 우리는 자신을 월급에 저당 잡힌 사람으로 인식하기 시작합니다. 그리고 이 저당 잡힌 삶에서 벗어날 수 없다고 생각하죠. 여기서부터 하루의 비극이 시작되고 삶의 후회가 쌓이기 시작합니다. 스스로 자신의 영혼은, 자유의지는 죽었다고 낙인찍고 현실이라 이름하는 그 무언가에 끌려다니니까요."

나는 고개를 끄덕였다.

"하지만 이번에 당신이 느낄 수 있었듯 당신은 어딘가에 저당잡힌, 꼼짝없이 무기력한 영혼이 아닙니다. 당신에게 지난 3주는 선택하는 시간이 아니라 확인하는 시간이었습니다. 당신의 영혼이 여전히 자유의지로 충만함을 말이죠."

나는 전율을 느꼈다. 원장님은 표면적 이유 너머를 꿰뚫어보고 있었던 것이다. 원고 작업에 몰두할 때면 느꼈던, 뭐라고 정의 내릴 수 없던 그 기분, 그 기분의 의미가 원장님의 입에서 흘러나오고 있었다.

"당신에게 묻고 싶은 질문이 떠오르는군요."

나는 그를 바라보았다.

"영혼이 살아 있다는 건 어떤 말인가요?"

"내 안의 에너지, 그 힘을 확인했다는 말 같아요."

"자신 안에 존재하는 에너지, 그 힘을 확인하고 나니 어떻게 달라졌나요?"

"더는 어딘가로 끌려다니는 기분이 아니에요. 아니, 본래 그럴 수 없는 것이란 걸 알았어요. 내 안의 에너지가 나를 움직이게 만드는 것이니까요."

그는 조용히 미소 지었다.

"제가 더는 말하지 않아도 되겠군요."

나도 미소를 지었다.

"3주간 수정 작업한다던 원고는 마무리되었나요?"

"지금부터가 본격적인 시작인 것 같아요. 3주간은 시작을 위한 워밍업이었고요."

"그렇군요."

"이젠 내 안의 에너지를 따라가보려고 해요. 앞으로 어떻게 풀어나 갈지 저조차도 예상할 수 없지만 분명한 건 매우 흥미롭다는 거예 요. 그걸 찾아가는 과정이 말이죠."

*

지난 3주간 방치한 집은 엉망진창이었다. 나는 묵은 때를 벗겨내 듯 구석구석 청소하기 시작했다. 언제 떨어져 말라붙었는지도 모 를 커피 자국을 닦느라 박박 문지를 때였다. 문득 어린 시절 엄마 가 목욕탕에서 때를 밀어주던 순간이 떠올랐다. 지금은 엄마랑 목 욕탕에 간 게 언젠지 기억조차 나지 않는데 말이다. 나는 엄마에 게 전화를 걸었다.

"지수야, 웬일이야? 네가 먼저 전화를 다 하고?"

"그렇게 놀랄 일이야?"

"놀랍지. 네가 언제 먼저 전화한 적이 있니?"

"그랬나…"

나는 말끝을 흐렸다.

"우리 목욕탕 갈까?"

"목욕탕? 갑자기 왜?"

"아니 오랜만에 가고 싶어서… 같이 가자."

"같이 가면 엄마는 좋지. 오늘 웬일이라니? 먼저 전화도 하고 목욕탕도 가자 하고. 그럼 이따가 집으로 와. 엄마 가게 문 닫을 때쯤."

"알겠어."

나는 이불 빨래를 탁탁 펴서 건조기에 반듯하게 널어놓는 것을 끝으로 엄마 집으로 향했다. 버스를 타고 도시철도를 타고 엄마 집에 도착했다. 정말 오랜만에 찾아가는 집이었다. 엄마는 아직 가게에서 오지 않은 듯 아빠 혼자 있었다.

"아빠, 나 왔어."

"안 그래도 엄마한테 들었다. 어서 들어와라."

현관 앞 러그부터 벽에 걸린 액자까지 모든 게 그대로였다. 여전히 안방, 제일 잘 보이는 곳에는 대학교 졸업식 때 찍은 학사모 사진이 걸려 있었고 그 액자 모서리에는 사원증 증명사진이 꽂혀 있었다. 하지만 세월의 흔적은 숨길 수 없는 듯 그사이 집은 더 낡아 보였다.

"아빠. 이사 한번 할까?"

"너 말이냐?"

"아니, 이 집 말이야."

"이 집? 멀쩡한 집을 왜?"

"멀쩡하긴… 너무 낡았잖아. 너무 오래 살았어. 여기서 한 20년 살았지 않나?"

"낡긴 뭐가 낡았다고 그러냐."

그때 현관문이 열리며 엄마가 들어왔다.

"지수야, 왔어?"

내 이름부터 부르며 들어오는 엄마 손에는 검은 봉지가 여러 개 들려 있었다. 분명히 그 안에는 갈비찜 재료도 있을 것이다. 아니나 다를까 엄마는 봉지를 내려놓으며 말했다.

"지수야, 엄마가 너 좋아하는 갈비찜 해주려고 재료 사 왔다."

"안 그래도 먹고 싶었는데…."

나는 반가운 마음에 봉지를 열어보며 말했다.

"그런데 지수야, 너 얼굴이 왜 그래?"

"어? 뭐 묻었어?"

"아니, 너무 핼쑥해졌잖아. 너 요즘 회사 일이 많이 바쁘니? 죽도 못 얻어먹고 다니는 애 얼굴 같아."

"아, 그래?"

엄마 목소리에 아빠도 티브이에서 내 얼굴로 시선을 돌렸다.

"아, 좀 바빴어. 그래서 그렇지."

"아무리 바빠도 잘 챙겨 먹지. 얼굴이 그게 뭐야?"

"알겠어. 엄마, 그런데 이사 한번 해야 하지 않아?"

"이사?"

"여기서 너무 오래 산 것 같아서…."

"지수야, 말도 마라. 엄마도 그러고 싶은데 아빠가 말도 못 꺼내게 해. 이 집에서 지수 너 잘 크고 학교 잘 가고 취직 잘하고 다 잘됐으니 너 시집갈 때까지 이 집에 살아야 된대."

"뭐?"

나는 어이없는 웃음을 터뜨렸다.

"아빠가 너 하나는 끔찍이 생각하잖니. 표현을 안 해서 그렇지."

내가 아빠를 바라봤을 때 아빠는 여전히 티브이만 보고 계셨다.

"지수야, 밥 먹고 목욕탕 갈까? 목욕탕 다녀와서 먹을까?"

"목욕탕 다녀와서 먹을까? 개운하게?"

"그러자, 그럼."

엄마는 얼른 목욕 바구니를 챙겨 나왔다. 엄마의 목욕 바구니는 여전했다. 어린 시절, 목욕탕에 가면 다른 사람의 목욕 바구니에 가득 채워져 있는 색색가지 목욕용품들이 무척 궁금했었다. 엄마의 목욕 바구니엔 항상 어디에 쓰는 물건인지 분명한 용품밖에 없었기 때문이었다. 때수건 한 장, 샤워타월 한 장, 샴푸, 비누가 전부였다. 엄마의 목욕 바구니는 지금도 그때와 같았다. 동네 목욕탕으로 걸어가는 길, 노을이 지고 있었다.

"지수야, 저기 노을 좀 봐. 어쩜 저렇게 색이 곱니? 너무 이쁘다."

"응. 이쁘네."

"엄마 인생도 저렇게 저물어갈 수 있을까?"

"무슨 소리야?"

"이제 엄마 나이가 몇이니? 엄마 인생도 이제 노을이 물들기 시작할 때지…"

처진 눈꺼풀 사이로 노을을 바라보는 엄마의 눈빛이 내 가슴을 아프게 찔렀다.

"엄마, 요즘 백세 시대인 거 몰라? 엄마가 뭐 벌써 노을이 물들기 시작할 때야. 아직 대낮이지. 솔직히 말하면 대낮은 아니고 늦은 오후쯤?"

"모두가 평균 수명대로 산다니? 수명은 알 수 없는 거지."

"건강 관리 잘하면 평균 수명대로 살 수 있어. 엄마, 말 나온 김에 일 좀 줄여."

"아직은 아니야. 너 시집가고 나면 줄일게."

"내가 시집을 언제 갈 줄 알고? 그리고 시집가는 건 내가 알아서 할 테니까 그것까지 신경쓰지 마. 그러니까 이제 일 좀 줄여."

"엄마는 너 시집 잘 보내는 것까지가 엄마 몫이라고 생각해. 그때까지 열심히 일하고 그 후에 엄마 인생 즐기면서 살아볼 거니까 그렇게 알아."

이렇게 말한 엄마는 내 말을 더 듣지 않으려는 듯 발걸음을 재촉했다.

내가 어린 시절 다녔던 목욕탕도 옛 모습 그대로였다. 다만 빛이 바래져 있을 뿐이었다. 토요일임에도 목욕탕 안은 텅텅 비어 있었다. 저녁 시간이라 그런지 오래된 목욕탕에는 사람이 거의 없었다.

"엄마, 오늘은 때 밀 생각하지 마. 세신도 받고 마사지도 받을 거야."

"얘, 뭐 하려고 그런 데 돈을 써?"

엄마는 쓸데없는 소리 한다는 듯 말했다.

"뭐 하려는 게 아니라 편하게 때 좀 밀려는 거지."

우기며 카운터로 갔지만 하필 세신사가 출근하지 않은 날이었다. 하는 수 없이 직접 때를 밀 수밖에 없었다. 엄마가 먼저 내 등을 밀어주겠다며 나를 돌려 앉혔다.

"지수야, 오랜만에 네 등 밀어주니 너 어릴 때 생각난다…"

"나도 기억나. 그때 엄마가 엄청 세게 밀었었는데 제대로 안 밀면 때만 불려 간다고 말이야."

말없이 때를 밀던 엄마가 말했다.

"그런데 지수야, 너한테 엄마가 미안해."

갑자기 엄마 입에서 떨어진 당황스러운 말이었다.

"어?"

"아니, 엄마가 어린 너한테 별소리 다했잖니. 그때는 말할 사람도 없고 네가 내 옆에 있으니 그저 의지 삼아 이 얘기 저 얘기 별소리 다했는데… 지나고 보니 내가 어린 너한테 쓸데없는 소리를…"

나는 엄마 말을 끊으며 말했다.

"아이, 엄마. 나는 엄마가 무슨 말을 했는지 기억도 안 나."

나는 거짓말을 했다.

"그렇다면 다행이다. 엄마는 항상 너한테 미안한 마음이 있어. 가진 것도 없고 배우지도 못한 엄마 밑에서…"

엄마는 녹록지 않았던 삶을 그 누구보다 묵묵히 살아냈음에도 불구하고 자신의 가엾은 운명까지 사과하고 있었다.

"그래서 엄마가 나는 많이 배우고 많이 가지라고 이렇게 열심히 뒷바라지해줬잖아. 그런데 뭐가 미안하다고 그래. 내가 엄마한테 미안하지…"

"네가 뭐가 미안해? 자식은 자기 인생 열심히 살면 그걸로 부모한테 모든 걸 다해준 것과 같은 거야."

"…"

"엄마, 등, 물로 한 번 헹굴까?"

하지만 나는 샤워기를 얼굴로 틀었다.

*

목욕탕에서 돌아온 후 엄마는 저녁 준비를 서둘렀고 나는 아빠 옆에 앉았다. 아빠는 여전히 티브이를 보고 계셨다.

"아빠, 재미있는 거 있어?"

"뉴스 봐야지."

"응."

"오늘 자고 갈 거니?"

"응?"

사실 나는 저녁만 먹고 나설 생각이었다.

"늦은 시간에 나서지 말고 자고 가."

"아, 안 그래도 자고 가려고 했어. 오랜만에 왔는데 바로 가면 서운하잖아."

나는 태연하게 거짓말을 했다. 저녁 준비가 다 되었고 우리 세 사람은 식탁에 둘러앉았다.

"지수 하나 있다고 밥상 분위기가 다르네."

엄마는 갈비찜을 내 앞으로 밀어주며 말했다.

"아빠랑 둘이 먹으면 고기반찬이 있으나 없으나 그 맛이 그 맛인데 지수가 있으니 진수성찬이 따로 없어 보이네."

아빠는 엄마의 기분 좋은 넋두리를 잠자코 듣고만 계셨다.

"… 너무 오랜만에 왔지? 이제 자주 오도록 노력할게."

"그럴 필요 없다. 버스 몇 코스만에 오는 거리도 아니고."

아빠는 마음과 다른 이 말을 잊지 않으셨다. 저녁은 아주 맛있었다. 오랜만에 한 상 잘 차려진 집밥을 맛있게 먹었다. 사우나 후 배까지 부르자 3주간 쌓였던 피로가 한꺼번에 밀려오는 듯했다. 나는 아빠한테 인사를 하고 일찍 잠자리를 준비하러 들어갔다. 내 방으로 들어갔던 나는 다시 나와 엄마 방으로 들어가며 말했다.

"오늘 엄마 방에서 잘래. 같이 자자."

엄마 방에서는 늘 엄마 냄새가 났다. 어릴 때 그토록 좋아했던 엄마 냄새는 아니었지만 말이다. 내가 잠자리를 준비하고 있을 때 엄마가 들어왔다.

"이불이 하나밖에 없지? 잠깐만 하나 더 가져올게."

"아니야, 엄마. 그냥 같이 덮자."

"너 불편하지 않겠어?"

"괜찮아. 같이 덮어."

나는 엄마와 한 이불을 덮는 걸로 어릴 적 엄마의 품을 대신했다.

"엄마, 내일 가게 몇 시에 문 열어?"

"일찍 열지. 엄마가 아침 해놓고 나갈게."

"나도 엄마 나갈 때 같이 나가야 돼."

"그렇게 일찍?"

"응. 내일 약속이 있어."

"그래. 그럼 알겠어."

"응. 엄마 잘 자."

"그런데 지수야."

"응?"

"전에 선봤던 청년 말이야… 전혀 연락 안 하니?"

"아직 안 잊어버렸어? 안 해."

"그래…"

"나 정말 잘게. 엄마도 잘 자."

"그래, 우리 딸 잘 자라."

엄마는 내 이불을 목까지 덮어주며 말했다. 아무리 더워도 얇은
천 하나는 꼭 덮고 자야 한다는 엄마의 습관은 여전했다.

이튿날 아침, 이른 아침을 먹고 집을 나섰다. 길가에 흐드러지게 피어 있던 벚꽃은 이제 몇 장 남지 않은 채 안녕을 고하고 있었다. 벚꽃이 물러난 자리는 차츰 짙은 녹음으로 채워지기 시작했다. 봄의 초록빛과는 확연히 다른 초록빛이었다. 하루하루 가는 사이 여름이 오고 있었다.

'민준 씨는 어떻게 지내고 있을까…'

내 기억 속 그는 작년 겨울에 멈춰져 있었다. 바뀌는 계절은 그가 존재했던 시간을 점점 아련하게 물들이고 있었다.

집으로 돌아온 나는 다시 원고를 수정하기 시작했다. 어둑해진 창밖에 시계를 확인했을 땐 생각보다 많은 시간이 지나 있었다. 나는 침대에 털썩 누웠다.

'3주가 이렇게 쏜살같이 지나갈 줄이야…'

초능력 정신과 원장님의 말씀이 떠올랐다.

'맞아… 지난 3주는 확인의 시간이었던 거야… 내 영혼이 살아 있음을 확인하는 시간 말이야.'

내 방 천장 은하수 속, 작은 별 하나가 유달리 반짝이고 있었다. 그리고 내일 출근할 때 입을 옷을 챙겨 반듯하게 걸어놓았다. 첫 출근을 앞둔 전날처럼 말이다.

이튿날 아침, 나는 서둘러 출근 준비를 하고 집을 나섰다. 얼마 뒤, 빨간 카펫이 깔린 회전문 앞에 다시 섰다. 나는 사원증을 목에 걸고 회전문을 힘껏 밀었다. 사무실에 들어가자 첫날 안내해주었던 김 대리님과 가장 먼저 눈이 마주쳤다.

"안녕하세요."

"아, 지수 씨. 오늘부터 출근이구나. 건강은 괜찮아졌어요?"

"네? 아, 네."

"다행이네요. 참, 팀장님이 출근하면 바로 보자고 하셨어요."

"팀장님은 출근하셨나요?"

"네, 팀장님 방에 계세요. 저희 팀에선 가장 먼저 출근하는 사람이
팀장님이에요."

김 대리님이 웃으면서 말했다. 나는 곧장 팀장님 방문을 두드렸다.

똑똑.

"들어와요."

내가 문을 열고 들어서자 팀장님은 반갑게 맞아주셨다.

"어, 지수 씨. 들어와요. 앉아요."

오늘도 화초의 잎을 닦고 계셨던 듯 수건을 정리하며 말씀하셨다.

"어땠어요? 유익한 시간 보냈어요?"

"팀장님 덕분에요. 정말 감사합니다. 진심이에요."

"지수 씨가 운이 좋은 거예요. 얼마 전까지만 해도 연차 사용도 어
려울 정도로 바빴는데 마침 그 프로젝트가 딱 끝나고 재정비하는
시기에 지수 씨가 왔거든요. 그런데 이제부터는 꽤 빡빡할 겁니다."

팀장님은 웃으며 말씀하셨다.

"업무분장표와 각종 관련 서류들은 이메일로 보내져 있을 거예요.

확인해보세요. 그리고 김 대리가 지수 씨 맞선임이에요. 잘 배우도록 해요."

"네, 알겠습니다."

"그럼 수고해요."

팀장님은 유익한 시간이었는지만 물어보셨을 뿐 더는 아무것도 묻지 않으셨다. 문을 닫고 나오려는데 팀장님이 뒤따라 나오며 팀원들을 향해 말했다.

"오늘 점심은 다 같이 먹읍시다. 새로운 팀원도 복귀했으니 같이 식사 한번 해야죠? 서로 간 인사는 조금 있다가 회의 시간에 다시 한 번 하도록 하고. 마치고 따로 회식하는 것보다 이게 좋지요?"

"좋습니다."

팀원들의 명랑한 대답이 차례로 들려왔다.

"아, 그리고 오늘 점심 메뉴 선택권은 누구한테 있죠? 누구 차례죠?"

"접니다."

황 대리님이 기분 좋은 목소리로 말했다.

"그럼 메뉴는 황 대리가 정하는 걸로 하고, 이따가 회의실로 모여요. 수고해요."

팀장님이 들어가고 난 후 차장님께서 말씀하셨다.

"황 대리."

"네, 차장님."

"오늘 한식 먹으면 안 될까? 하필 과음한 다음 날 황 대리한테 선택권이 있냐?"

"과장님, 오늘은 제가 선택하는 날입니다. 제가 항상 뭐 주문하는지 아시죠?"

이곳의 분위기는 여느 곳과는 좀 다른 것 같았다. 팀장님도, 농담을 나누는 두 사람도 격의가 없어 보였다. 나는 내 자리로 가서 앉았다. 3주간 비워놓았던 책상은 뽀얀 먼지가 내려 앉아 있었다. 그런데 책상 위에 작은 화분이 하나 놓여 있었다. 지난번엔 보지 못했던 것이었다.

'화분이 여기 왜 있지?'

그때 맞은편 파티션 너머로 김 대리님의 목소리가 들려왔다.

"지수 씨 화분 있죠? 그거 팀장님이 갖다 놓으신 거예요. 책상에 다들 하나씩 있어요. 팀장님 방 안에서 봤죠? 거의 식 집사 수준이세요. 식물을 가까이하는 것만큼 마음을 편안하게 해주는 것도 없다고 항상 말씀하세요. 팀장님의 모토가 '마음이 모든 걸 결정한다'거든요. 일단 마음이 편안해야 모든 일을 잘 해결해나갈 수 있다고 항상 말씀하세요."

"네…."

"그건 그렇고 업무분장표 확인했어요?"

"지금 보려고요."

"내가 지수 씨 맞선임으로 되어 있을 거예요. 확인해보고 얘기합시다."

"네."

그러고 보니 팀원들의 책상에도 작은 화분이 하나씩 놓여 있었다. 나는 왠지 이곳에 잘 적응할 수 있을 것 같은 예감이 들었다. 이날 오전 회의 시간, 팀원들이 차례로 자리에 앉았고 중심이 어디인지 알 수 없는 둥근 테이블의 빈자리에 팀장님이 앉으셨다.

"자, 오늘은 회의 시작하기 전에 서로 인사부터 나눕시다. 저번에 소개는 했지만 곧바로 휴직을 하게 돼서 얼굴 익힐 시간도 없었죠? 다시 한 번 인사 나누고 정식으로 환영의 박수 한번 칩시다."

내가 자리에서 일어나려 하자 팀장님이 손을 저으며 말했다.

"일어설 것 없어요. 편하게 앉아서 하면 됩니다."

"네? 아, 네."

나는 다시 자리에 앉아 간단하게 복귀 인사를 했다. 내 말이 끝나자 팀원들은 박수로 환영해주었다. 그리고 팀장님께서 말씀하셨다.

"자, 우리 팀의 모토는 '스트레스는 업무만으로도 충분하다. 즉 업무 외의 것은 스트레스 주지 말자.'입니다."

팀장님의 말에 팀원들이 익숙하다는 듯 웃음을 터뜨렸다.

"그리고 '가능하면 업무 스트레스도 줄여주자.'입니다."

팀원들의 박수가 터졌다.

"어떻게 줄이느냐? 일을 안 할 순 없고. 일은 최선을 다해서 해야 됩니다. 대신 언제든 당 충전! 카페인 충전!이 가능하도록 제가 준비해놓습니다. 기호까지 꼼꼼히 체크해서 말이죠."

팀원들은 웃으며 고개를 끄덕이고 있었다. 팀장님의 말이 빈말이 아님을 팀원들의 끄덕임에서 알 수 있었다.

"지수 씨. 아직 탕비실 안쪽까지 안 들어가 봤죠? 정말 대박."

옆에 앉아 있던 이 과장님이 작은 목소리로 엄지척을 해보이며 말했다. 그 사이 팀장님은 말을 잇고 계셨다.

"그리고 시각적 힐링 효과를 위해 사무실을 식물로 가꾸고 있죠. 어쨌든 지수 씨, 이렇게 한 팀이 된 걸 환영합니다. 같이 잘해봅시다."

"네. 감사합니다."

"자, 그럼 오늘 같이 이야기 나눠야 하는 안건은 무엇인가요?"

본격적으로 업무 회의가 시작되자 모두들 진지해졌지만 불편한 긴장감은 없었다. 누구나 편안하게 발언할 수 있었고 회의하는 내내 기록하느라 가장 바빴던 사람은 팀장님이었다. 회의가 끝나고 잠시 후, 새로운 수신 메일을 알리는 알람이 울렸다. 발신자는 팀장님이었다.

✉ 제목, 오늘 회의 내용 정리?

"놀랐죠?"

김 대리님이었다.

"직원들이 자유롭게 낸 의견들을 팀장님이 정리해서 보내주세요. 매 회의 때마다요."

"그건 그렇고, 지수 씨 이거 한번 읽어봐요."

대리님은 익숙하다는 듯 서류를 건네며 말했다.

"대리님, 궁금한 게 있는데요."

"뭔가요?"

"이전에 계시던 분이요, 왜 팀을 옮기신 거예요? 여기만큼 업무 환경이 좋은 곳도 없을 것 같은데요."

"아, 인호 씨 말씀하시는구나. 왜냐하면 우리 팀에서 하는 사업이 회사의 주요 사업은 아니잖아요. 아마, 메인 로드를 타고 싶었겠죠?"

부서 이전 후 첫 일주일은 매우 바쁘게 지나갔다. 새로운 업무를 익히는 일은 여전히 낯설고 긴장되는 일이었다. 그래도 다행인 건 지난해 첫 나의 사수였던 대리님처럼 내 앞에서 머리를 쥐어뜯는 일은 일어나지 않았다는 사실이다. 금요일 저녁 퇴근길, 무사히 일주일을 보냈다는 안도감이 밀려왔다. 회사에 복직한 첫 날, 컴퓨터 모니터 아래 붙여놓은 포스트잇이 있었다.

Today is not a piece of cake. Today is just a whole cake even covered with secret rainbow sugar!

오늘 하루가 단지 1일이 아닌, 인생의 축소판임을 잊지 않기 위해서였다. 인생의 축소판, 지금 현재 내가 내린 결론을 한 문장으로 표현하기에 가장 적절한 문장이었다. 숨겨진 비밀처럼 도무지 알수 없는, 무지개처럼 하나의 색깔로 단정할 수 없는 인생이란 길, 그 길의 유일한 단서가 있다면 그것은 바로 '오늘'이었다. 다시 돌아온 일상에서 나는 더 이상 현실이란 무게로 무기력해지지 않았다. 나는 현실적으로 기능하는 존재이자, 영혼의 에너지가 이끄는 대로 움직이는, 순수 자유의지를 가진 존재니까 말이다.

이튿날 아침, 나는 다시 초능력 정신과로 향했다. 오랜만에 택시 안에서 잠이 들었다. 기사님 목소리에 잠에서 깼을 땐 비밀의 정원 앞에 도착해 있었다. 문득 초능력 정신과의원을 발견한 그날이 떠올랐다. 그때와 지금의 차이점이 있다면 지금은 내가 눈을 뜬 곳, 이곳이 어디인지 안다는 것이었다. 나는 익숙하게 택시 뒷좌석 문을 열었다.

"깜짝이야."

강아지가 코앞에 앉아 있었다.

"여기까지 나와 있었어?"

이런 적은 처음이었다. 마치 나를 기다리고 있었다는 듯 강아지는 꼬리를 흔들어댔다.

"같이 들어갈까?"

나는 머리를 쓰다듬어주며 말했다. 내 발걸음을 따라 강아지도 나란히 걷기 시작했다.

똑똑.

상담실에 도착한 나는 문을 두드렸다.

"들어오세요."

내가 의자에 앉자 원장님은 차(茶)를 내주었다. 그리고 원장님 앞에도 차 한 잔을 놓았다.

"감사합니다."

나는 차 한 모금을 마셨다. 첫날 마셨던 바로 그 차였다.

"3주간 쉬었다가 출근해서 힘들진 않았나요?"

원장님의 따뜻한 질문이었다.

"안 피곤했다면 거짓말일 거예요. 육체적으로는 소진되고 정신적으로는 충만했다고 할까요?"

나의 말에 원장님은 빙긋이 미소 지었다.

"충만이라… 어떻게 충만했는지 궁금해지는군요?"

"매일 80년 인생을 살았거든요."

그는 내 말을 이해한 듯 고개를 끄덕이며 미소 지었다.

"이제 당신에게 질문할 때가 된 것 같군요."

"질문이요?"

나는 궁금한 눈빛으로 그를 바라보았다.

"억만금을 줘도 살 수 없는 슈퍼 파워 울트라 절대 가치가 무엇인가요?"

"네? 그건 원장님께서 알려주시는 거 아닌가요?"

나는 황당함을 숨기지 못한 채 말했다.

"이미 당신이 알고 있으니 제가 따로 알려드릴 필요가 없죠."

그가 여전히 미소 지으며 말했다.

"네?"

나는 혼란스러웠다. 억만금을 줘도 살 수 없는 슈퍼 파워 울트라 절대 가치. 나를 이곳으로 이끈 문구였다. 나는 원장님 입을 통해 의문이 풀리게 될 그날을 고대하고 있었다. 마치 언젠가 받게 될 서프라이즈 선물처럼 말이다. 그런데 지금, 원장님은 내가 이미 알고 있다며 오히려 나에게 질문을 하고 있었다.

"아니, 제가 그걸 알면 여기에 오…."

나의 말이 채 끝나기도 전에 그가 말했다.

"그럼 제가 다른 말로 바꿔서 질문을 드려볼까요?"

그가 빙긋이 웃으며 말했다.

"억만금을 줘도 절대 바꾸지 않을 무엇인가가 당신에게 있나요?"

질문이 바뀌자 너무 쉽게 대답이 떠올랐다. 가장 먼저 떠오른 건 그 사람이었다. 이어서 초능력 정신과의원을 찾았던 순간들이 떠올랐고 마지막으로 퇴사원이 되었던 3주간의 시간이 떠올랐다. 초능력 정신과에서 배우게 된 가르침이 떠올랐고 마지막으로 지난 3주간의 휴직 기간이 떠올랐다.

"네, 있어요."

"떠올리는 게 그리 어렵지 않죠?"

원장님은 마치 내 머릿속에 떠오른 대답이 보이는 듯 말했다.

"몇 가지가 떠오르나요?"

"세 가지가 생각나요."

그는 다시 한 번 빙긋 웃었다.

"가장 먼저 떠오른 게 뭔가요?"

"그 사람이요. 저번에 말씀드린 적 있죠? 책을 매개로 회신을 주고받았고 몇 년 뒤 우연히 다시 마주하게 된 그 사람이요."

"기억납니다."

"그는… 환상 속을 거닐던 저를 현실로 데려다 놓았어요. 내가 믿는 운명적 만남, 그건 환상 속에서나 가능하다고 생각했었거든요. 하지만 그를 만난 후 현실에서 기대하게 되었죠. 이것만으로도 왜 그가 제일 먼저 떠올랐는지 아시겠죠?"

"물론입니다."

그가 그 어느 때보다 선명히 떠올랐다.

"그리고 그는… 우리는 흔들리는 것이 두렵기 때문에 삶의 아이러니들을 직면하고 싶어 하지 않잖아요? 그저 한 편의 코미디 영화처럼 가볍게 살고 싶어 하죠. 하하호호 하하호호 하면서 말이에요. 하지만 그는 적어도 보고 싶은 것만 보기 위해 한쪽 눈을 가리진 않았어요. 그는 삶이란 길을 끊임없이 알고자 했고 찾고자 했던 것 같아요. 그런 그는 저에게 영감이 되었죠."

"인생에서 영감이 되는 누군가를 만난다는 것은 매우 행운입니다. 잠자고 있던 영혼조차 강렬한 스파크로 일깨우니까요."

나는 고개를 끄덕였다.

"이러한 행운은 선택받은 사람에게만 일어나는 특별한 일이 아닙니다. 마음 속 영감을 놓치지 마세요. 그것이 삶을 생생하게 만드는 한 방법입니다."

그가 말을 이었다.

"두 번째로 떠오른 것은 뭔가요?"

"두 번째는… 이곳을 찾게 된 것이에요."

원장님은 빙긋이 미소 지었다.

"원장님께서 말씀하신 관점은 신선한 충격이었어요. 한 번도 생각해보지 못했으니까요. 낯선 신선함이 진정성 있게 느껴진 건 원장님께서 겪으셨던 방황, 그 시간들을 듣고 난 후 부터였어요. 단순히 말로써 『심리학의 클래식』을 알려주신 게 아니란 걸 알게 됐죠. 원장님은 『심리학의 클래식』을 직접 경험하셨던 거예요. 저번 주에 말씀하신… 방황과 그 고통을 벗어나기 위한 시간을 보내시면서 말이죠."

원장님은 고개를 끄덕이며 말했다.

"『심리학의 클래식』은 인간을 본질적으로 이해할 수 있게 합니다. 인간이란 존재가 가진 보편적 속성을 제시하니까요. 인간은 누구나 자신만의 프레임을 가지고 그 굴레에 갇혀 살아갑니다. 그런데 문제는 이러한 사실 조차 모른다는 겁니다. 그래서 우리는 먼저 자신이 굴레 속에 있음을 알아야 하고 그 다음에는 굴레에서 벗어날 수 있도록 해야 합니다. 우리가 굴레에서 벗어나야 하는 이유는 허무한 삶을 살지 않기 위해서 입니다. 평생 죽을 만큼 열심히 살았는데 죽을 때가 되어 자신의 삶이 어떤 의미였는지 알지 못한다면 얼마나 큰 비극이겠습니까? 자신의 굴레 속에서는 절대 진실한 의미를 찾을 수 없습니다. 삶의 진실한 의미는 모든 것의 조화 속에 있고 조화는 자신만의 굴레에서 벗어나야 하기 때문이죠. 『심리학의 클래식』은 삶의 본질적인 원리를 깨닫게 해줍니다. 우리는 내 눈앞에 있는 것에 휘둘리니 그 너머를 보지 못하죠. 현상 너머에 있는 실상을 안내해주는 책, 그것이 제가 『심리학의 클래식』을 꺼낸 이유입니다."

나는 고개를 끄덕였다.

"마지막, 세 번째는 무엇인가요?"

"퇴사원이 되었던 3주간의 시간이에요. 아마 억만금을 준다 해도 이 시간과 바꾸진 않을 것 같아요. 경험으로 느낀 건 절대 돈으로 살 수 없으니까요."

원장님이 조용히 미소 지었다.

"그땐 현실에 쫓기느라 영혼 따위에 귀를 기울이긴 힘들었죠. 그래서 너무 간절했어요. 뭐가 뭔지도 모른 채 허둥지둥 쫓기고만 있는 일상에서 벗어나 보고 싶었어요. 그리고 내 마음 속 분명한 무언가를 따라 움직여보고 싶었죠."

원장님은 고개를 끄덕이며 듣고 있었다.

"그 일이 저한텐 글쓰기였어요. 예전에 실패하고 처박아두었던 원고를 다시 꺼냈죠. 다시 시작하니 무섭게 몰입할 수 있더라고요. 정말 시간이 어떻게 지나가는 줄 몰랐어요. 이렇게 3주가 지나자 내가 살아 있다는 것을 느꼈어요. 정말 나라는 사람이 분명해지는 느낌이었죠."

원장님은 이제 환한 미소를 띤 채 듣고 있었다.

"그러자 현실에 쫓긴다고만 생각했던 것들도 조금 달리 느껴지기 시작했어요. 사실, 어디에도 쫓기고 있지 않더라고요."

나는 멋쩍은 웃음을 지으며 말을 이었다.

"아니, 본래 쫓길 수 없는 것이더라고요. 왜냐하면 모든 일의 시작은 나의 선택이었으니까요. 나의 선택이란 말은 내 책임 안에 있다는 말이죠? 이 말을 달리하면… 저는 컨트롤하는, 컨트롤해야 하는 존재였던 거예요. 처음부터 끌려다니는 존재가 아니었던 거죠. 적어도 내 삶에 있어서는 말이죠."

"조금 더 분명히 말해보면 유익할 것 같군요. 어딘가에 끌려다닌다고 느끼는 것과 본래로 어딘가에 끌려다닐 수 없음을 아는 것. 이 차이는 어디서 생기는 걸까요?"

나는 잠시 생각한 뒤 대답했다.

"선택한 것을 적극적으로 수용하느냐, 선택한 것을 부정하느냐의 차이 같아요."

"조금 더 구체적으로 얘기해볼까요?"

"임금 때문이든 그 일을 사랑해서든, 어떤 이유로든 선택을 한 건 나 자신이에요. 그런데 내 선택임을 스스로 부정했기 때문에 마치 쫓기는 듯한 기분을 느꼈던 거죠."

원장님은 고개를 끄덕였다.

"내가 포기하는 선택을 하고 있지 않을 뿐인데 어딘가에 갇혔다고 생각한 거예요. 내 자신이 아닌 그 어떤 것도 나를 가둘 수 있는 건 없는데 말이에요."

"당신은 마지막 답까지 모두 찾아낸 것 같군요."

"네?"

"영감을 찾는 것, 그리고 프레임으로부터 벗어나는 것. 이것이 슈 퍼 파워 울트라 절대 가치가 될 수 있는 이유는 단 하나입니다. 이 것이 이끌기 때문입니다. 자신의 진실한 영혼에 다다르는 길로 말 이죠."

나는 고개를 끄덕였다. 원장님은 책상 서랍을 열어 무언가를 찾는 듯하더니 나에게 건네주었다. 꽤 오래된, 낡은 메모지였다.

Reaching the soul is not just feeling like happiness. reaching the soul is what experiencing endless energy of your inside.

원장님은 말을 이었다.

"누군가의 삶을 동경해서, 그 사람의 삶을 좇기 위한 롤 모델이 필요해서 영감을 찾는 것이 아닙니다. 영감은 말로 표현될 수 없는, 하지만 한 사람의 영혼을 깨우는 가장 강력한 불꽃이 되기에 필요하죠. 프레임에 대한 자각도, 그 자각이 '나'라는 존재에 대한 인식을 확장해주기 때문에 가치가 있죠. 이러한 경험을 통해 우리는 자신의 가치를 볼 줄 아는 진실한 눈을 뜨게 됩니다."

"네."

"자신의 가치를 볼 줄 아는 진실한 눈은 고유함을 알아차릴 수 있습니다. 고유함. 오직 자신만이 가진 것이죠. 이렇게 되면 더 이상 삶의 기준을 외부에 두지 않게 됩니다. 결과적으로 나에게 주어진 삶의 시간 동안 내가 할 일이 무엇인지, 그 의미가 무엇인지 스스로 확신하게 될 것입니다."

나는 고개를 끄덕였다.

"슈퍼 파워 울트라 절대 가치는 모두의 삶 속에 이미 녹아 있습니다. 그것을 알아차리느냐, 못 알아차리느냐의 문제일 뿐이죠. 이미 당신이 느꼈듯 제가 당신에게 가르쳐드린 것이 아닙니다. 단지 저와 이야기를 나누며 확인하게 되었을 뿐입니다."

그는 마지막 한 모금 남은 차를 마시곤 자리에서 일어나며 말했다.

"오늘은 제가 배웅해드리겠습니다."

"네?"

"오늘은 저도 정원 한 바퀴 걸어보면 좋을 것 같네요."

그렇게 원장님과 상담실 문을 나섰다. 정원으로 나가자 꽃 사이를 뛰어다니던 강아지가 우리를 발견하곤 뛰어왔다. 나는 문득 강아지와의 첫 만남이 떠올랐다.

"원장님, 제가 나무집 안으로 들어가게 된 계기가 이 강아지 때문인 거 모르시죠?"

나는 강아지의 머리를 쓰다듬어주며 말했다.

"그랬나요?"

"살짝 열린 문틈으로 얘가 얼굴을 빼꼼 내밀더라고요. 너무 귀여웠어요. 그래서 좀 놀아주다 보니 글쎄 제 발이 집 안에 반쯤은 들어가 있더라고요."

원장님은 다른 대답 없이 그저 미소 지었다. 강아지는 여느 날처럼 벌러덩 드러눕지도 않았고 나를 당기지도 않았다. 그저 우리와 발걸음을 맞추듯 뛰어다닐 뿐이었다. 정원의 절반쯤 지났을 때 나는 엉뚱한 곳에 혼자 피어 있던 꽃 한 송이가 어느새 군락을 이룬 것을 발견했다.

"원장님, 저는 이 꽃이 왜 혼자 여기 심어져 있는지 의아했거든요? 이 꽃의 군락이 저 뒤편에 있더라고요. 그래서 얘는 왜 여기에 혼자 폈지? 했는데 이곳에 새로운 군락을 이루었네요? 신기해요."

"이 꽃을 보셨군요."

"땅속에서 막 올라왔을 때부터 눈에 띄더라고요. 잎사귀 색깔이 특이하고 예쁘잖아요. 황금색…"

"이 꽃은 자신이 있는 곳을 아름답게 만들죠. 원래 이 꽃의 군락이 있었던 게 아닙니다. 꽃 한 송이가 주위를 아름다운 군락으로 만든 것이죠."

"아… 그런 거였군요."

"배울 점이 많은 꽃이죠."

"네?"

"우리는 무지개 너머를 꿈꾸잖아요? 이 자리에 서서 말이죠."

어느새, 택시 앞에 다다랐다.

"어쩌다 보니 택시까지 태워주시네요."

"그렇게 됐군요."

"그럼 다음 주에 뵐게요."

바로 택시에 타려던 나는 문득 궁금해졌다.

"참."

"원장님, 그런데 왜 병원 이름이 초능력 정신과의원이에요?"

"초능력은 신비한 힘을 말하는 게 아닙니다. 무한한 영혼의 에너지가 만들어내는 변화, 그것이 바로 초능력이죠."

'영혼의 에너지가 만들어내는 변화….'

나는 전율을 느꼈다. 택시가 출발하기 전, 창밖으로 원장님과 강아지의 모습이 보였다. 나는 창문을 내리고 다시 한 번 고개를 숙여 인사했다. 이날 오후, 집으로 돌아온 나는 초능력 정신과의원을 처음 찾았을 때부터 지금까지의 시간들을 빠짐없이 적어 내려갔다.

그곳에서의 시간들이 마치 꿈처럼 느껴졌다.

*

월요일 아침, 나는 다시 회사로 출근했고 하루하루를 80년 인생처럼 채워갔다. 다시 돌아온 금요일, 나는 초능력 정신과의원으로 향하는 시간이 기다려졌다. 어느새 그곳은 기묘하지도 낯설지도 않은, 따뜻하고 편안한 곳이 되어 있었다. 토요일 아침, 어김없이 택시는 집 앞에 서 있었고 나는 택시를 탔다. 하지만 택시가 도착한 곳은 초능력 정신과의원 앞이 아니었다. 내가 내린 곳은 처음 이곳을 찾은 그때처럼 공터였다. 나는 황당해졌다. 마침 택시는 아직 출발하지 않았고 나는 기사님께 다가갔다.
"기사님, 혹시 잘못 내려주신 거 아니에요?"
기사님은 대답 없이 종이 한 장을 내밀었다.

다시 택시를 타고 집으로 돌아가십시오. 이제 택시는 당신의 집 앞으로 가지 않을 것입니다. 당신은 이제 어느 때라도 당신의 마음속에서 초능력 정신과의원을 찾을 수 있으니까요.

나는 나의 상담이 종료되었다는 것을 알아차렸다.

358

'아! 상담 비용.'

한 번도 지불하지 못한 상담 비용이 떠올랐다. 모든 상담이 끝나고 지불하기로 약속되어 있었다. 그때, 미처 보지 못한 작은 메모지 한 장이 바닥으로 떨어졌다.

당신은 이미 모든 비용을 지불하였습니다. 당신의 시간, 당신의 눈물, 당신의 노력 그것이 비용이었습니다.

눈물이 왈칵 쏟아졌다. 집으로 돌아가는 택시 안, 이유를 알 수 없는 눈물이 하염없이 흘러내렸다. 이날 이후 택시는 다시 볼 수 없었다. 나는 매주 토요일 10시가 되면 어김없이 집 앞으로 나가 보았지만 택시는 오지 않았다.

빠르게 흘러가는 시간 속에서 나는 매일 아침 내 마음속의 초능력 정신과의원을 찾았고, 회사원으로서, 글 쓰는 사람으로서 내 인생의 시간을 채워갔다. 인생이란 시간은 그저 흘러가는 것이 아니었다. 주어진 삶의 시간을 내가 채워가는 것이었다.

어느덧, 겨울이 다시 찾아왔다. 야근으로 인해 파김치가 된 몸을 이끌고 집으로 걸어갈 때였다. 눈이 날리기 시작했다. 올해의 첫눈이었다. 나는 그 자리에 멈춰 섰고 손바닥으로 내리는 첫눈을 조심스럽게 받았다.

'그가 있는 곳에도 눈이 내릴까…'

나는 지난겨울 첫눈과 함께 나타났던 그를 생각하며 천천히 걸었다. 집 앞에 도착했을 때 자동차 불빛이 보였다. 그 불빛은 나를 향해 비추는 듯했다. 그때 누군가 차에서 내렸다. 그리고 나를 향해 걸어오기 시작했다. 어두워서 잘 보이지 않던 나는 그가 가까워질수록 심장이 터질 듯 뛰기 시작했다. 그리고 내 발끝까지 그가 다가왔을 때 내 눈엔 눈물이 흐르기 시작했다. 그는 그 눈물을 조심스레 닦아주며 말했다.

"지수 씨, 첫눈이 내리네요."

그가 돌아왔다.

당신은 지금 초능력 정신과의원의 문 앞에 서 있습니다.

우연히 이곳을 발견하게 된 당신,

이곳에 당신을 오래도록 기다려온 누군가가 있다면 믿으실 수 있을까요?

아마도 당신은 당신을 기다려온 누군가가 있다는 사실보다 '왜 나를 기다렸지?'란 의아함이 먼저 들 것입니다.

당신을 기다려온 이유, 이곳은 애초부터 당신을 위해 지어진 곳이기 때문입니다.

'살아온 길'에 대한 회의, 후회, 부정(否定)하고 싶은 마음으로 인해 방황했던 한 사람이 있습니다. 걷잡을 수 없이 불어닥친 폭풍을 잠재우기 위해 인고(忍苦)의 시간을 보낸 한 사람이 있습니다. 인고의 시간이었던 하루가 지나가고, 한 계절이 지나가고, 한 해가 지나가면서 서른다섯 살 겨울, 자신에게 불어닥친 폭풍의 의미를 이해하게 된 한 사람이 있습니다.

그 사람은 인고의 시간을 통해 얻게 된 진실한 마음의 이익, 그 이익을 당신과 나누고 싶어졌습니다. 어떻게 하면 당신과 가장 잘 나눌 수 있을까 고민하던 그 사람은 초능력 정신과의원을 짓기로 했습니다. 흥미진진한 곳을 지어놓는다면 당신을 만날 수 있을 것이고, 만나게 된다면 마음의 이익을 함께 나눌 수 있을 것이라 생각했기 때문입니다.

당신의 눈과 마음이 머물게 되는 글을 쓰고자 최선을 다했지만 많이 부족할 것입니다.
그렇기 때문에 더욱 염원합니다.
이곳을 찾아온 당신, 그 누구도 아닌 당신만의 진실한 마음의 이익을 얻을 수 있길….

2023년 7월
성희연 드림

달아실한국소설 17

초능력 정신과 의원

1판 1쇄 발행	2023년 7월 31일

지은이	성희연
발행인	윤미소
발행처	(주)달아실출판사

책임편집	박제영
디자인	전부다
법률자문	김용진, 이종진

주소	강원도 춘천시 춘천로 257, 2층
전화	033-241-7661
팩스	033-241-7662
이메일	dalasilmoongo@naver.com
출판등록	2016년 12월 30일 제494호

ⓒ 성희연, 2023
ISBN : 979-11-91668-82-7 03810